古朴村风情

侯树槐小说选

侯树槐◎著

長春出版社
全国百佳图书出版单位

图书在版编目(CIP)数据

古朴村风情：侯树槐小说选 / 侯树槐著. -- 长春：长春出版社, 2025. 1. -- ISBN 978-7-5445-7562-1

Ⅰ. I247.5

中国国家版本馆CIP数据核字第2024DF9951号

古朴村风情——侯树槐小说选

著　　者　侯树槐
责任编辑　闫　伟
封面设计　宁荣刚

出版发行　长春出版社
总 编 室　0431-88563443
市场营销　0431-88561180
网络营销　0431-88587345
地　　址　吉林省长春市南关区长春大街309号
邮　　编　130041
网　　址　www.cccbs.net

制　　版　长春出版社美术设计制作中心
印　　刷　长春天行健印刷有限公司

开　　本　880mm×1230mm　1/32
字　　数　194千字
印　　张　11.375
版　　次　2025年1月第1版
印　　次　2025年1月第1次印刷
定　　价　59.80元

目　录

清　沟

沟　泣

一夜北风，一场大雪。风风雪雪，飘来了漫天的严寒。

树冻僵了。草枯萎了。山石，噼噼啪啪地炸裂着。千里滔滔的松花江，顿时化作一条银色的冰带。

千里冰封，万里雪飘，大河上下，顿失滔滔……

在人们的眼里，这景象可应了毛泽东那首《沁园春·雪》中的一段词的大意。可在他的眼里，或者说在他的心里，并不是这样。千里冰封，万里雪飘，是真;大河上下，顿失滔滔，是假。你看，在那高高的鹰山下，长长的黄鱼圈旁，众多的渔家船只漂浮在江面上，则出现了一种奇观。

厚厚的冰雪下，正有一股奔腾的暖流蠕动着。

暖流中忽地腾起一道道雪岭，唰地旋下一片片深深的陷坑。接着，便从雪岭和陷坑中间升起一缕缕乳白色的蒸汽。

那蒸汽，像雾，又像云。随着凛冽的北风，飘飘忽忽，缭缭绕绕，含情脉脉地笼罩在江面上，依托在山岩下，不知不觉地把满坡满岭的蒿草树木涂上了一层美丽而又神秘的色彩。

这美丽而又神秘的色彩，赏心悦目，令人陶醉。可在他的眼里，或者说在他的心里，这一切的一切则是那样的可憎可恶……

那腾起的一道道雪岭，仿佛有无数的魍魉作祟。

那塌下的一个个陷坑，似乎有很多的鬼魅欲动。

尤其是那如云似雾般的缕缕蒸汽中间，好像隐匿着阴谋，隐匿着诡计，隐匿着杀机。

他有点望而生畏，更有点望而生怒。

他重重地唾了口吐沫，狠狠地骂道："该死的清沟！"

清沟，清沟，这清冷深沉的清沟跟他结下了一生的怨！

"呜！呜！呜！"

狂涛怒吼，寒风嘶鸣。在他的耳朵里，或者说在他的心里，这怒吼和嘶鸣仿佛是从那清冷深沉的清沟里传出的动情的哀叹和哭泣。

这时候，每当这时候，他总是迎着这动情的哀叹和哭泣，朝着那清冷而又深沉的清沟走去。

他在那里徘徊。他在那里凝视。他在沟边一蹲一站就是半夜的时光。那神态，那情景，像是期待着什么，像是寻找着什么。可期待、寻找着什么呢？

这是潜伏在清沟里的疑问，也是埋藏在心底里的秘密。这疑问和秘密还是一时难以揭开的谜！

神秘的守沟人

说是个谜，还真是个谜。他这人本身就有很多难解的谜。

他来得突然，来得蹊跷。

有人说他是从河北来的。

有人说他是从山东来的。

听口音，他既有一口山东腔，又有一口河北调。细品味，又像是辽宁海城人。看相貌，六十左右。自报说，七十有三。可走起路来，沙愣得像个五十岁上下的人。

他来的时候，正值数九隆冬，恰好是江心村推行联产承包责任制那一年。

有人包山。

有人包地。

他呢，却郑重地提出要承包那条清冷深沉的清沟。

一听说他要承包清沟，有不少人都不约而同地笑了。

清沟，那清冷深沉的清沟有什么好承包的呢？它能出金？它能生银？

有人笑他愚。

有人笑他笨。

他却一本正经地签下了承包清沟的合同。

有人想从乡长那儿探出他的身世来路。乡长笑而不答。

有人想从村民委员会主任那儿摸清他的家庭底细。村民委员会主任摇头不语。

从神态和表情上看，乡长和主任对这一切像知又像不知。

乡长只说过他姓欧阳，村主任又加上个“修”字。

什么欧阳什么修，听来怪逆耳的，叫起怪别嘴的。干脆，拆开叫了。

有人称他为欧老头。

有人称他为阳老头。

还有人称他为修老头。

可多数人，则一口一个守沟人。

守沟人，把精力全集中在沟上了。不论是春夏秋冬，或者是黑夜白天，一有空就往江边上跑，几乎守着清沟过日子。

只见他，有时面对清沟默默不语，有时面对清沟振振有词，有时长吁短叹，有时感慨万千。

有个过路的后生，偶尔听到这样一段话：

天上有道河，
地下有条沟。
沟沟沟，沟情沟恋；
沟沟沟，沟合沟断；
沟沟沟，沟聚沟散；
沟沟沟，沟恩沟怨。

那后生听得入迷，感到新奇，故追上前来，想问个究竟。

“哎哎，欧老头！不不，守沟人，你这话是啥意思？”

“啥，啥，啥？啥也不是！”守沟人似答非答，飘然而去。

“不不，这里一定有景！”那后生又追了上来。

“不，不，不，不能言传！”守沟人笑而不答，款步而行。

“守沟人！不，师傅，告诉我吧！”那后生竟然拦住了守沟人的去路。

守沟人长叹一声，摇了摇头："情情恋恋，合合断断，聚聚散散，恩恩怨怨，乃是人生八忌。请自斟自酌，自悟自明。"

那后生听罢，若明若暗，似是而非，本想追上前去，再问个究竟。可抬头一看，守沟人已经走到江边，面对清沟，又吹起他那支铜管箫来。

箫声如歌如泣，随着清冷的夜风，飘向遥远的天际……

忽然，箫音顿止。接着，便是长长的一声呼唤："荷花!"

"荷花?"那后生放眼一看，哪有什么河花呀江花呀，呼唤来的竟是满江的雾!

雾，是雾，而且是白茫茫的雾。可在守沟人的眼里，或者说在他的心里，那白茫茫的雾中却有一道人影晃动着。

那人影，时隐时现，时明时暗。

一会儿被雾气拥到沟边，一会儿被雾气卷到堤下。

雾气缭绕，人影飘忽。

人影，是那样的俏丽，那样的熟悉。

是她……

他心里有些骇然。

难道说，人真的能再生？能复活？或者真的阴魂不散?

那俏丽熟悉的身影，随着清冷的夜风，轻飘飘地朝清沟这边走来了，走来了……

"荷花!"

回音，是那样的响亮，那样的动听，惊涛骇浪般地压了过来。

风被驱散了。

雾被驱散了。

那俏丽熟悉的身影也随着被驱散的风和雾一道消失了。

闪现在守沟人眼前的还是那条清冷深沉的沟。

又一个坠沟者

怎样跳进清沟，怎样救出了落水者，怎样将落水者抱进了屋里，他怎么也记不清了。

好像还是那样一个雾茫茫的黑夜。

雾茫茫的黑夜中，好像还是有那样一道俏丽熟悉的身影晃动着，晃动着……

晃动到了沟边，晃动到了水里。好像还是那样一声长长的哀号和一声重重的击水声。在哀号和击水声中，又好像有那样的一股水流溅到他的脸上，溅到他的身上，溅到他的心里。他只是感到周身冷得难受，却怎么也想不起来当时的情景了。因为这一切的一切都发生在朦胧之中。

朦胧的月色，朦胧的景物，朦胧的面颊，朦胧……

在他的眼里，或者说在他的心里，时空错乱了，心神恍惚了，一切都颠倒了。这朦胧的夜色，朦胧的景物，朦胧的面颊，仿佛不是现在，而是往昔某些情景的再现。大约是三十年前，或者说是四十年前，确切一点说是五十年前，似乎也是在这样一个雾茫茫的黑夜，他也是站在这里，怀里也是抱着这样一个落水的姑娘。

他有些紧张，有些恍惚，多少还有那么一点点难为情。一个男人，抱着一个女人，尤其是抱着一个近乎全裸的女人，心里难免会有那么一点点慌乱。只觉得，那湿漉漉的身体，渐渐地温热起来。接着，便有一股冲动的暖流涌遍全身。煞白的脸开始泛红，紧闭的嘴角抽搐着，水从口里呕吐出来。

他支起膝盖，顶住姑娘的腹部，左手托着胸，右手搓着背，像江边人抢救溺水者那样，把灌到她肚子里的水全部倒空出来了。

“啊！”

那姑娘像中了魔似的挣扎着，哭喊着，双手用力地拍打着前胸，撕掳着衣襟。

“荷花！荷花！”

他情不自禁地呼唤着。

“不，不。”那姑娘被这呼唤声惊呆了。她先是一怔，接着便用手捂住撕破了的衣襟，连声喊叫：“我不是荷花！我……”

“你……”

“我！呜、呜、呜……”

“这……”

这撕裂人心的哭声，终于使他从朦胧中清醒过来，幻觉变成了现实。闪现在他眼前的，确切一点说躺在他怀里的根本不是什么荷花，而是又一个坠沟者！

沟　恨

又一个坠沟者，又一番的情恋，又一番的恩怨，又一番的风流……

情恋、恩怨、风流，全凝聚在姑娘的脸上了。

这是个十分美丽的姑娘。

这是个十分不幸的姑娘。

这姑娘姓杨，取了个单名柳儿。

柳儿，自幼丧失父母，是姨母一手养大的，今年恰好二十岁。

二十岁的柳儿，出落得好标致，杨树一般的挺秀，柳树一般的柔和。

柳儿，不仅人漂亮，手也巧。她上山能打柴，下地能种田，回到家里更是姨母的一把好帮手，讨得姨母姨夫好喜欢。

说来是去年夏天的事儿了。一天，柳儿正帮姨夫在江上撒网，忽听渔家船口那边哗的一声响。回身一看，原来是一个人坠落到清沟里去了。

柳儿赶忙打舵，把船儿拨了过去，跟姨夫一道救起那个坠沟者。那坠沟者是个后生，二十多岁，满嘴江苏口音，背着个工具兜子，原是个跑江湖的小木匠。

柳儿见小木匠那一副落汤鸡的样子，笑眯眯地说："嘻嘻！你也要当个替身？"

小木匠不知这替身的含义，便一边用手拧着湿漉漉的衣裳，一边不好意思地笑着："嘿嘿，俺以为这水跟俺家乡的河一样，一蹚就过去了呢！没想到，竟这样的深。真险哪！要不是二位搭救，俺怕是见不到爹娘啦，俺得好好谢谢你们！"

说谢就谢。这个跑江湖的小木匠凭着两只巧手和一身力气，没出三天时间，硬是用烂疙瘩木头，给柳儿家做了一屋子时兴家具。什么写字台，穿衣柜，三脚桌，靠边站，还特意为柳儿选了块老桃木，雕了一架描龙绘凤的梳妆台。

柳儿高兴，满村风扬，引逗得不少姑娘媳妇活了心，家家户户都来请小木匠。这家一天，那家两日，偌大个江心村，至少有两百户人家，揽下的活足够干一年的了。尽管他起早贪黑，昼夜兼程，加之还有柳儿为他打下手，可他还是从夏干到了秋，从秋干到了冬，又从冬干到了春、干到了夏，干了足足一整年，才算干完了所揽下的活。

柳儿心灵手巧，学啥会啥，干啥像啥。她先是帮小木匠画线，后是帮小木匠打眼儿，渐渐地便能亲手合成家具，喜得小木匠暗自总是用眼睛瞄着她笑。

“柳儿！”

“嗯。”

“你真好！”

“啊，不。”

“想不到你心这么灵！”

“啊，不。”

“跟我一块出外揽活去吧！”

“嗯，不，这得问问姨夫姨母。”

“那你快去问问！”

“嗯。”

柳儿笑着跑出去了。可不一会儿，便哭着跑回来了。

“怎么啦？”

“姨夫姨母不依。”

“为什么？”

“为……”

“你说呀！”

“江心村有个规矩。”

“什么规矩？”

“女人出门不过岭，姑娘嫁人不过沟。”

“就这……”

是呀，就这。这个偏僻的江心村，至今还保留着许多旧的习俗。而这些旧的习俗，往往都同这条清沟有着这样或那样的渊源。姑娘嫁人不过沟，这沟指的就是这道清冷而又深沉的沟。哪家姑娘要是越过这条清冷而又深沉的沟，她和她的老人就要遭白眼、受唾弃，是大逆不道！她，柳儿，怎么能忍心做出这种使姨夫姨母受辱的事呢？

“那，我们怎么办？”

“你留下来吧！”

“我？”

“嗯。”

“我留在这儿没用了。这里的活计都干完了！”

“不会干点别的吗？”

“干什么呢？”

“种田、打鱼、砍柴，干啥还不都活一辈子！”

“不，不……”小木匠痛苦地摇着头，“我是个跑江湖的木匠，离开桌椅板凳，我会活不下去的。我……”

“那我便留不得你了。”柳儿打了个唉声站起身，“你走吧！”

“给。”小木匠塞给柳儿厚厚一叠钱。

“不，我不要。”柳儿把那厚厚一叠钱还给了小木匠。

小木匠说：“这是你挣的，应得的。”

柳儿说：“应得的也不要！”

“你……”

“走吧！”

柳儿抽身出去了。小木匠心里感到茫然。他默默地思索着、权衡着，最后还是决定走。

不知什么时候，他睡着了。

不知什么时候，她回来了。

梦中，小木匠被碰醒了，发现身边躺着一个人。

“谁？”

“我！”

“你来干什么？”

“跟你亲近亲近！”

“我可是要走的人了。”

“正因为你要走，我才回来的。”

“这……”

“这也是我们江心村的规矩。对自己心上的人，要奉献出自己的心。”

“是这样？”

“嗯。我姥姥当年这样做过，我妈妈当年这样做过，我今天也要这样做。我……”

她呜咽了。

他也呜咽了。

“柳儿，我不走了。我……”

“不，你走吧。这里没有你的用武之地。你……”

“你等着，我会回来的。我……”

“都这么说。当年，姥姥的心上人这样说过，妈妈的心上人也这样说过。今天，你又这样说。可姥姥和妈妈的心上人说是说了，却没有一个回来过。你……”

“柳儿，你放心，我一定会回来的。少则三个月，多则半年，你一定要等着我!”

等着，等着。从夏等到秋，从秋等到冬，眼见等到转年开春，还是不见他回来。

她失望了。

她绝望了。

她没有姥姥和妈妈的勇气，把心上人的孩子生下来，而是带着心上人的骨血，带着满腹的哀怨和惆怅，跳进了姥姥、妈妈以及许许多多女人殉情的这条清冷而又深沉的沟里……

沟情沟恋

清沟不清，沟里并非都是水。

沟里有泥有沙……

沟里有鱼有虾……

沟里有数不清的冤枉事，有说不尽的是与非。

唉！世间事，真奇巧。他无意中救起了个坠沟者，竟从这坠沟者身上发现了许多意想不到的事。

他从柳儿的哭诉中，了解到他绝望的因由。

他从柳儿的绝望中，了解到她的身世。

他从柳儿的身世中，竟意外地发现了他盼望多年的、寻求已久的那种血缘关系。他是她的外公，她是他的外孙女。可他一时又不敢承认这个现实，一时也无法向柳儿说清楚这一切。他深深地叹了口气，扫了一眼似睡非睡的柳儿，便走出了房门，走近了清沟。

沟，还是那样的清冷深沉。

沟，还是那样的怒吼嘶鸣。

沟，还是那样的雾气茫茫。

此时此刻，这条鸿沟又唤起了他许多往昔的回忆。

他只觉得眼前一亮，仿佛是从清冷深沉的鸿沟里，似乎是从茫茫的雾气中唰地又闪现出一道俏丽熟悉的身影。

那身影，像风一样轻盈，像云一样洁白，像花一样美丽，朝着他站立的地方飘移过来。

“荷花!”

“嗯。”

“你到底来啦!”

“怎能不来呢？说不定……”

“俺一定会回来的。等开辟完了新区，打完了老蒋，那……”

“那得啥年月呀?”

“快!”

“几天?”

“几天不行。”

“几个月?”

“几个月也不行。”

“那几年?”

“那……”

“你还是跟俺走吧，一道参加革命!”

“不，走不了。我不是跟你说过嘛，江心村有个规矩，女人出门不过岭，姑娘嫁人不过沟！这沟……嗯！半年前，你就是在这里救起了我，你还记得吗?”

“记得，记得，怎么能不记得呢?”

半年前，也就是农历三月十八，他奉支队长的派遣，化装成货郎到江心村一带侦察敌情，偏巧在清沟边上遇上两名土匪正劫掳一个姑娘。这姑娘就是荷花。

两个土匪,一人架着荷花的一只胳膊正往沟边的柳条通里拖。

荷花又蹬又跳，又哭又叫，拼命挣扎。怎奈，她身单力孤，眼见被两个土匪拖进柳条通里去了。

他心急如焚。管还是不管? 管，怕暴露了身份；不管，又于心不忍。一个县大队的战士,眼见坏人欺凌妇女,却袖手旁观,那还算什么战士!

他伸手掏枪。不,不行,枪一响,会惊动外人。他急中生智,抽出货郎担上的榆木扁担，凭着在部队上练就的一身本事，呼呼一抡,还没等那两个土匪反过劲儿来,竟都死在他的扁担下了。

他收拾完那两个土匪,正要去看望荷花,荷花却跳进了清沟,水面上漂浮着她那条又长又粗的大辫子。

他甩出扁担，钩住荷花那又粗又长的大辫子猛地将她拉了上来。可荷花由于惊吓和溺水，已经晕了过去。

他把她抱到沟边，放到一块卧牛石上，理了理她被风吹乱的头发，顿时露出一张俊秀的脸。

“哇，真美!”他心里感叹着。

“啊，不!”荷花清醒过来了，眼见身边站着一个男人，以为是歹人，惊叫着挣扎起来。可当她看见两个倒在地上的土匪以及那副货郎挑和榆木扁担，心里全明白了。他是个好人，是她的救命恩人。她扑通一下跪下了，一边连连地磕头，一边连连地叫着：“恩人！恩人……”

“这……”就在荷花跪在地上连连磕头连连叫着恩人的时候，他已经将两个土匪的尸体投进江里，回身挑起货郎担走了。

“恩人！你……”荷花抓住挑担哀求道，“救命之恩，不能不报。走吧，跟我去见爹妈，他们一定会重谢你的。”

“不，不。我还有事要办，你家我不能去。”不管他怎么说，荷花只是抓住挑担不放。无奈，他只好随她去了。

荷花爹妈听说他是女儿的救命恩人，不仅好酒好菜招待他，还要把女儿许配给他。

“不，不，我是个跑江湖的穷货郎。今日东，明日西，哪有能力养活起家呀!”他执意不从，荷花爹妈便也不好强求，但一定要留他住几日。

他眼见推却不了，加之又有任务在身，住在这里倒也便于开展工作。所以，他便住了下来。

这一住不要紧，两个人便住出了感情。

一天，荷花对他说："哎，你别走了，留下来吧。"

"留下来干什么呀?"他明知故问。

"长期住在我家，跟我……"碍口的话，不好说了。

"不，不行。"他长出了一口气，摇了摇头，"俺有任务在身，留不得呀!"

"任务，"荷花听着新鲜，问道，"啥任务呀?"

"这……"他沉吟了一会儿，试探地说，"这样吧，你跟俺走!"

"走?"

"对。走，走得远远的，到沟那边去，到山那边去，投奔共产党，跟俺一道干革命!"

"不，不行。咱是个女儿家，怎能走得了呢?"

"为什么?"

"江心村，有村规。女人出门不过岭，姑娘嫁人不过沟。"

"这算啥规矩，不会破吗?"

"破？谁敢哪！这是祖辈传下的章法，谁违犯了全家要跟着遭殃的。唉——"

荷花轻轻地叹息着，叹息着……

在荷花的叹息声中，他挑起担儿上路了。

"等等!"荷花从后面追了上来。

"嗯?"他慢慢地转过身来。

荷花说："我送送你!"

"送?"

"嗯!"

这一送不要紧，竟又送出了不少的人情世故。

当荷花送他到清沟边，也就是那天从土匪手中救下她的那个地方，荷花站住了，说要到柳条通里方便一下，让他在原地等着她。

等呀，等。没等来荷花，却等来她的呼叫声。

他循声赶去。嗯！荷花竟以天做房，地做炕，折了柳枝做幔帐，搭起了一座天然洞房。

“来呀！”

“这……”

“这是天地的安排。”

“这……”

“这是我对你的报答。”

“这不行。”

“行。这是江心村的规矩。对于心上的人，要奉献出自己的心。来，来吧！”

“不，不……”

尽管他嘴里说不，心却贴到了一起。他们结合了，可很快又分开了。一个朝东，一个朝西，距离越拉越大，人影越来越模糊，彼此之间的心弦却越拉越紧。他忍不住回过头来。

天哪！荷花竟然走到清沟里去了。

“荷花！”

长长的一声呼唤，重重的一道回音。只觉得眼前唰地一亮，哪里还有什么荷花。站在他眼前的却是一个后生，一个那日跟他搭讪的后生。

那后生像是朝他走来，可又不像朝他走来。只是朝他笑了笑，便擦着肩头走过去了。

他回身一看，那后生竟同柳儿抱在了一起。

他心里一颤，终于从幻觉中回到现实里来了。

鸿沟难逾越

现实,是严酷的。不管你承认还是不承认,正视还是不正视,一条鸿沟，如同一道天堑，隔绝了几代人的出路。

柳儿的姥姥没有越过这条鸿沟。

柳儿的妈妈没有越过这条鸿沟。

柳儿自己也没能越过这条鸿沟。

这条鸿沟，在人们的眼里，像一条绳索，像一把利剑，捆住了多少人的手脚，斩断了多少人的情思，断送了多少人的青春和年华。

他面对着鸿沟，默默地沉思着，沉思着。在这严酷的现实面前，他感慨万千，无限惆怅。

他……

天上有道河，
地下有条沟。
沟沟沟，沟情沟恋；
沟沟沟，沟合沟断；
沟沟沟，沟聚沟散；
沟沟沟，沟恩沟怨。

“你……”

不知什么时候，那后生已拥着柳儿走了过来。

“你这人生八忌，总算让我悟出一点道理。人间事，本来就是自古难周全呀！所以，我失掉了生意，求得了爱情。我……”

“唔，”他抬眼一看，“你就是那……”

“他，”柳儿接过话头，“他就是那跑江湖的小木匠！”

“唔，你是……”他仔细打量着，“你行！你有勇气，你有情分，你该得到这一切。可我……”

“哎，你……”柳儿问道，“刚才你喊啥哩？荷花！”

“嗯。”他点了点头。

“你认识她？”

“认识。何止是认识，我和她，她……”他的呼唤，他的声音，又带来了满江的雾气，满沟的哀鸣，也带来了满生满世的风雨烟云。

那日，他离开了江心村，离开了荷花，便随军南下了。战吉林，困长春，攻沈阳，打锦州，渡黄河，过长江，直至海南。转战南北，行程万里，度过了整整三年的时间。

三年后，他本想复员还乡，可是以美国为首的“联合国军”又在朝鲜燃起了战火，所以便打消了复员的念头，又随着中国人民志愿军抗美援朝去了。一去，又是三年。

前三年，后三年。六年后，他托人到江心村去寻找荷花，可荷花早已不在人世了。

他悲痛欲绝，感到有愧于荷花，便请求组织派他到青藏公路上一个荒无人烟的兵站工作，在那里度过了大半世的时光。直至离休之年，他才默默地来到了这里。在当年救过荷花的地方，也就是他们幽会和分手的地方，盖起了一座面对清沟的草房住了下来。

“啊！清沟……”

“外公……”

“呜，呜，呜！”

“外公！”

“呜，呜，呜！”

那后生的呼叫和柳儿的哭声，使大江的雾气更浓了，满沟的哀鸣声更大了，那满生满世的风雨烟云更加充满了悲怆的色彩。

“孩子，别哭。俺不配做你们的外公，俺对你们有罪呀！俺……”

“不，不。你对我们有罪，那谁对你……”

“沟，沟……”

“沟！对，沟……”他紧紧拉住那后生和柳儿的手，不无感慨地说，“俺在这条沟里失去的太多了，太多了。你们……你们要越过它，到沟外面去，到山外面去，到广阔的世界里去……”

“这，要付出代价呀！”

“代价由俺来付！”

“这……”

“柳儿——”这时候，突然从江心村那边传来了呼唤声。

“姨母在叫我！”

“柳儿——”

“姨夫在叫我！”

“任他们叫去吧，俺送你们走!”

说罢，他唰地卸下草房的门，啪地扔到江里，“上!”

“一扇板门，怎擎得起两个人?”

“还有俺呢!”说着，他一把将那后生和柳儿推到板门上，然后跳进沟里推起板门便走。

“柳儿——”

“柳儿——”

呼唤声越来越近，板门却越驶越远，眨眼间便到了对岸。

“给，这是俺一生的积蓄。拿去好好过日子，好好做生意!”

“外公!”

哪里还有外公了。他们的怀里除了捧着一个重重的钱袋之外，眼前只是一片白茫茫的雾气和笼罩在白茫茫雾气中的那条清沟。

沟，清冷而又深沉。

沟，恐怖而又神秘。

沟，喧闹而又宁静。

当他推着板门把柳儿送到对岸，把随身携带的全部积蓄扔给他们的时候，他好像卸掉了身上多年沉重的包袱，感到是那样的轻松，那样的自如，那样的心安理得。

他，不知是游累了，还是其他什么原因，竟然推开板门，收拢手脚，任凭波拍浪打，顺水沉没……

他先是感到身子很沉，很沉。接着，又感到身子很轻，很轻。耳边，听不见任何声息。眼前，看不见任何光亮。静静的，沉沉的，仿佛坠到一个无底的洞穴里去了。

坠着，坠着……

忽然，耳边像是有什么鸣响。听了听，又像是有谁在呼唤。睁眼一看，原来是荷花笑着朝他走来了。

“荷花!”

他张开双臂抱住了她。唔，就在这一抱之间，只听轰的一声鸣响，眼前顿时迸发出一片火光。

火，燃烧着，炸裂着，扩散着。

他在火中烧着了，他在火中消失了。

他，彻底地解脱了。

啊！沟、沟、沟……

关东烟

引子

山不在高，
有仙则名。
水不在深，
有龙则灵。

曲曲弯弯的松花江，自从受了皇封以后，那真是窗户眼儿吹喇叭——名声在外了。只要人们一提起关东，便都自然而然地想到了这条受过皇封的大江，想起乾隆当年出访关东时所说的“铜帮铁底松花江”那句话来，以及他点墨挥毫，奋笔疾书六个刚劲有力的大字：天下第一江山！

一九八一年六月，笔者有幸从当年辽金两代军事重镇黄龙府乘车北上，经小城，过黄鱼，登青山，渡松花，直至德惠、九台、榆树。陆路八百里，水路一千三，漫游了曲曲弯弯的松花江，饱赏了这条受过皇封的大江的秀丽景色。

当然，乾隆的话未免有些言过其实。松花江，虽然有它的独到之处，然而它既算不上铜帮铁底，更称不上天下第一。论长度，它不及长江；论宽度，它不及黄河；论流急，它不及金沙；论清澈，它不及下牢溪……

不过，笔者在漫游了曲曲弯弯的松花江之后，意外地发现了一个世上独一无二的、真真正正的天下第一。啥呢？关东烟！

通往关东村的小道

在岸边的柳树和蒲草中间，闪出一条羊肠小道。

江沙伴着卵石，均匀地铺在路面上。卵石呈白色、黑色、红色、绿色，在中午阳光的照耀下，五彩斑斓，恰似无数颗宝石镶嵌在彩带上。

温和的风，从岸边柳树那吹了过来，凉丝丝，湿漉漉，夹杂着一点点的鱼腥味，偶尔还卷来了一声声水鸟的鸣叫。

数不尽的蜻蜓，在柳梢上飞翔。大大小小的蝴蝶，在蓝天下翩翩起舞。啄食的燕子，嗖！嗖！嗖！往来穿梭。草绿色的青蛙，土灰色的蚱蜢，噌！噌！噌！像放花似的活蹦乱跳。

“嘘——”

方成轻轻地长舒了口气。这个在城里出生长大的年轻人，有生以来还是第一次到江边来。

中午的阳光，彩色的小路，温和的风，以及水鸟的鸣叫，飞翔的蜻蜓，啄食的燕子，蹦跳的青蛙和蚱蜢，都使他感到无限的新奇和惬意。旅途上的疲劳，临行前的恐惧，都被眼前的景象和气氛驱赶得一干二净了。

方成，是春城烟厂的烟质鉴定员。他千里迢迢下关东，肩负着一项特殊的使命。

春城烟厂正在研制一种准备打入国际市场的高级香烟，牌子名为“关东烟”。

关东烟，顾名思义，产地关东。据厂里的老师傅们回忆，关东烟的发源地在关东村，关东烟的培育者是一位护庙老僧。那老僧种植的关东烟，茎细、叶长、宽边，红闪闪的，伸展开来，像一只绣满花纹的芭蕉扇，隔老远就能嗅到一股沁人心脾的清香。

回忆，毕竟是回忆。老师傅们也只是听人所传，并非亲眼所见。然而去年春节前，厂里从各地烟叶收购站送来的烟草之中，竟意外地发现了老师傅们经常讲述的那种关东烟。意外的发现中又发现了一个意外，在那包扎得独特的烟把里，却裹着一张“告示”（纸条）。

那“告示”写道：真里边有假，假里边有真。本是飞毛铜，偏要充黄金。切记，切记，莫让挂羊头卖狗肉的人钻了空子，以假当真！关东村关东烟。庚申年农历冬月十八。

这事，在厂里传开了，引起了很大的轰动。厂长会议决定，派专人到关东村拜访这位在烟把里裹“告示”的“关东烟”，总结和推广他种烟的经验。据鉴定，这种烟有很大的经济价值，如能采用它研制生产高级名牌“关东烟”，将会在国际市场上打开销路，为国家换取大量外汇。

想不到，这个任务竟然落到方成的身上了。

方成是个十分好学且工作热情极高的年轻人。他接受任务以后，做了很多准备工作，查地图，翻县志，终于在黄龙府北一百多公里外的松花江边上，查到了这个不起眼的地名——关东村，以及通往关东村的交通路线。

一切都准备就绪，方成便整装出发了。

出发前，好多人都跟他开玩笑，说："喂！方成，你听说过关东三宗宝吗?"

"知道，知道！"方成爽快地答道，"人参、貂皮、鹿茸角！"

"不对，不对——"有人拖着长声叫道，"关东三宗宝——沙子打墙墙不倒，小伙子跳墙狗不咬，姑娘丢了妈不找！我说方成啊，你这次下关东，可要十分留神注意，别给咱哥们儿丢人现眼，好去不好回呀！"

说这话的，当然都是一些打哈哈逗趣儿的年轻人了。那些上了年纪的老师傅们，一听说他要去关东村，都千叮咛、万嘱咐。说什么，关东村是个雁过拔毛的地方，山高皇帝远，那里的人野性，天地不怕。说得瘆人巴拉的，闹得方成真有点六神无主了，疑疑惑惑地上了路。

他先是乘火车，后又换汽车，晃晃悠悠又上了江轮。转了好几天，总算踏上了通往关东村的小道，想不到这里竟如此的宁静，如此的惬意。他一边慢悠悠地吸着烟，一面左右观看着眼前的秀丽景色，鼻子里还嗯嗯咦咦地哼唱着什么，脚在江沙伴着卵石的小道上轻轻地拍打着，发出响亮动听的脚步声。

刀光闪闪

刀，一把半月形的大砍刀，在岸边柳树和蒲草遮掩的小道上空挥舞着，折射出一道道耀眼的光芒。

一个赤身裸体的老汉，挥舞那把半月形的大砍刀，气势汹汹地追赶着一男一女。

“快跑！快……”女的喊声。

“你呀！你……”男的喊声。

“杂种！看我不宰了你！”挥刀老汉的骂声。

喊声，骂声，在柳树和蒲草遮掩的小道上空汇成了一股嘈杂的声浪，惊动了整个关东村。

有人推开了窗户。

有人走出了家门。

邻舍之间，传出了相互询问声：“出了啥事？”

靠近村头和路口的一些人家，已经有人朝闹事地点跑过来。

那一男一女，原是朝村里跑的。可眼见村中的情景，又掉头往外跑，一边跑着，一边喊道：

“跟上，快跟上！”

“别管我！我……”

“看你能跑到哪去！能上天？能入地？哼！上天，俺追到你灵霄殿！入地，俺追到你酆都城！俺豁出这条老命不要了，非叫你小子人头落地不可！非让你林家断子绝孙不可！”

那一男一女，先是手扯手并排地跑。跑着，跑着，那个女的不知是气力不佳呀，还是另有什么原因，眼见着落后了。

那个男的见了，想回身去拉扯那女的。可那女的一边催他快跑，一边转身朝挥刀老汉扑去，看样子是想迎头拦住他，以便让那男的脱身。然而，那个挥刀追赶人的老汉像头激怒了的公牛，她哪里能拦得住他。只见他，胳膊一甩，架开那女人，径直地朝那男人逃遁的小道追去……

这是一条死路!

左边是松花江，右边是鹰嘴山，只有岸边的柳树和蒲草中间的这条小道方可通行。

那男人拎着帽子敞着怀，光着脚板，左拐右转，挣命似的朝前跑着。

那老汉穷追不舍。亮闪闪的大砍刀，在那男人的头上挥舞着，晃动着。

“爹！别追啦，别追啦……”那个被甩在后边的女人，现在是返身追那个挥刀追赶人的老汉了。

在那女人的背后，一瘸一拐地跑着一个干瘦的小老头。

小老头一边气喘吁吁地跑着，一边朝前边那个男人吼道：“熊货儿！跑什么？你站在那儿，看他敢捅了你？还没王法了呢!”

小老头的背后，扯扯拉拉跟着一帮人。

男的，女的，老的，少的，呼喊着，劝说着，叫嚷嚷的如浪一般涌了过来。

方成哪见过这阵势，他下意识地朝后退了几步，可在这狭窄的小道上，退避是不可能的。

“拦住他！拦住他！”

近了，也看得清了。那个在前边奔跑的男人，原来是个很俊秀的青年。他望着眼前的方成，求救似的喊着，擦着他的身边跑过去了。紧跟着，那个挥刀追赶人的老汉也到了眼前……

方成拦在路中间，本能地叉开双手。只见刀光一闪，便同那个挥刀的老汉撞了个满怀，一并跌倒在江沙伴着卵石的小道上。

方成感到，在他同老汉相撞和跌倒的一瞬间，手背像被蜂子蜇了一下，麻酥酥地刺痛。

这时候，后边的人也陆续赶到了，围成了一道人圈儿。

有的问：“伤着没有？”

有的说：“摔坏了吧？”

有的疑惑不解地议论：“这到底为的是哪宗事呢？”

在人们的议论声中，方成从地上爬起来，伸手去扶那老汉，忽见手背上渗出一汪血。

“血！”方成并未在意，可一个姑娘惊叫着抓起他的手，并狠狠地瞪了那老汉一眼，“都怪你……”

唔，方成仔细一看，眼前的这个姑娘不正是刚才同那个年轻人奔跑的女子吗？

“这……”

这时候，那个老汉从地上拾起那把大砍刀，摇了摇头，便冲着那个干瘦的小老头站的地方走去。

“你……”那个干瘦的小老头像被风吹了似的倏地闪开了

道眼儿，任凭那老汉擦着他的鼻子尖走过去了。

“爹！这位同志……”姑娘边看着方成的那只受伤的手，边向那风风火火走去的老汉喊着。

“噢！”老汉猛地转过身来，冲着那姑娘粗声粗气地说，“去！问问那年轻人，他是过路的还是下店的？要是过路的，就请他到咱家歇歇腿！要是下店的，就请他到咱家落个宿！咱老汉无意伤了人家贵体，该备桌酒菜赔个礼才是！”

那老汉的嗓门真大，这席话像滚雷似的从他嘴里迸了出来，句句响，声声脆。好多人的目光一下子都集中到方成的身上了。

方成有点不好意思，赶忙抽回手，说：“没事，没事，伤得不重。”

“唉！羞惭啥？”那姑娘嗔怪地瞪了方成一眼，随之又抓起他的手，命令似的口吻，“走，跟我回家包扎一下。”

方成拗不过那姑娘，只好随她去了。

烟　花

扯扯拉拉，方成像被牵羊似的让那姑娘领进一家小院。

小院真僻静。高高的土墙头，插着一排碎玻璃。用老黄榆打的木板门，本来够坚固的了，可在坚固的木板上，硬是罩上一层黑铁皮。

一把大锁挂在门上，看上去很重，以至那姑娘启锁开门时，发出了沉闷的咕咚声。

一条黑狗扑过来，朝方成发出惊人的狂吠。

几只大白鹅，咯嘎地叫着，伸起长长的脖子，蛇一般地冲他使威风。

“去！大黑！”

那姑娘一边吆喝狗，一边驱赶着大鹅，护着方成进了屋。

方成心里想：“什么沙子打墙墙不倒，小伙跳墙狗不咬！这家人的狗可是够厉害的！”进了屋，半天稳不住神儿，直到那姑娘取来酒精、纱布，再一次抓起他的手时，他的心才渐渐地稳定下来。

“来，我给你咂咂伤口！”那姑娘说着，便擎起了他那只受伤的手。

“咂咂？”方成一怔，下意识地把手抽了回去。

“对！把坏水咂出来，免得瘀血圈住毒。”那姑娘把方成抽回去的手又紧紧地抓住了，往身边拉了拉，擎得更高了。

“这……”方成还在挣扎。

“这法子可灵了！咂出坏水，保准你不闹发。来，来吧！”那姑娘不容他挣扎。说话间，她的嘴已经贴到方成的手背上了。

“唔——”方成先是感到手背的伤处针扎似的刺痛，接着便像火炭一样的发烧。渐渐地，便觉得麻木起来，丝痒起来，缕缕行行的像有数不尽的小虫子从伤口里爬出来。他心里有点发慌，手不由得哆嗦起来，引起了周身的一阵战栗。

“别动，别动。”那姑娘用腮压住他那哆嗦的手，用头顶着战栗的身体，嘴唇嗫嚅着，使劲地抿着。由于肌肉的收缩，致使脸上的两个小酒窝格外的显眼，鼻尖儿渗出一层汗珠。粉嘟嘟的脸蛋儿，涨得越发的红了，红得像一团火，像一朵花。他心慌意乱，六神无主，真有点不能自持了，慢慢地抬起另一只手，想要轻轻地抚摸那花一般的脸蛋儿。可就在这时候，那姑娘竟然抬起头来，哇地吐了一口，笑道："看！坏水都咂出来了，没事了。"

方成望着吐到地上的血水，不无感激地说："这，太对不起你了。"

"不！对不起的是我爹，是我！"那姑娘嘴快，手也快。说话间，她很麻利地缠好了绷带，"哎，闹了半天，我还没问你姓什么，叫什么？从哪来，到哪去？"

"啊，"经那姑娘一提，方成便也收起了心，赶忙答道，"我姓方，取个单字'成'。我从春城来，到关东村办事！"

"到关东村？"那姑娘又仔细地打量一番方成，"到关东村干什么？是走亲戚会友呀，还是下乡工作？"

方成说："不是走亲戚会友，我是来访一个人！"

"访人？"那姑娘急不可耐地问，"谁？"

方成说："关东烟！"

"他？"那姑娘神情有些激动，"你访他干什么？买烟？谈生意？"

方成说："不，不是买烟谈生意，我是来总结他的经验，推广他的种烟方法。你看……"

"嘘，你也是来讨方的？"那姑娘的神情突变，显得有些惶惑，"那你可又要挨一刀了！"

“你说什么？又要挨一刀？”刚才的那场遭遇，使方成对刀已经特别的敏感，有些神经质了。他心里不由得打了个冷战，脱口道，“这是为什么？”

“为什么，为什么……”那姑娘若有所思地摇着头，却做了一个十分肯定的回答，“因为他把烟方看得太金贵了，金贵得超过他的生命。”

“有这事？”涉世不深的方成感到不可思议。

“是呢，就有这事！”那姑娘把声音压得很低，语气却十分郑重。

“他可真是个怪人！”这一说，方成越发疑惑不解了。

“怪吗？”那姑娘似乎反问，又像自语，“怪，是有点怪！旁人都这么说，可我倒是了解他。他……”

“他在哪儿？快告诉我，我想立即见到他！”方成有点着急。

“你已经见到了。”

“见到了！啥时候？”

“刚才，在江边的小道上，就是用刀砍伤了你的那个老汉！”

“他？”

“他就是关东烟！”

“他……”

“他是我爹，我是他女儿，我叫烟花。”

“烟花！不，烟花同志，你得帮我说说情呀，我可是奉公而来。”

“我说没用，谁说也没用。”

“那我找你们的村长去！”

“村长？哼哼，你就是找县长、市长也没用！我说了，你趁早死了这份心。要喜欢烟，这屋里有的是，你尽管拿。要是喜欢这地方，就在这儿住几天，明儿个咱领你四处转转。青山口，黄鱼圈，连三坑，可好玩了！”

“不，不。”方成眼见柁空、炕上、地下，到处都是烟，都是上好的关东烟，心情越发的不能平静了，“我千里迢迢，就是为关东烟来的，怎么能不提这个呢？”

“提不得，提不得。”烟花诚恳善意地劝说着，“你还不知道我爹的脾气，他可是沾火就着的性子，翻脸不认人哪！客气点儿，他把你轰出去；不客气的话，他会抡起砍刀赶你走！他……”

“他为什么会这样呢？”方成诧异地摇着头。

“为什么，为什么……”烟花轻轻地重复着，喃喃地絮叨着，“就因为他在烟上受的磨难太多了，付出的代价太大了。他……”她的声音有些颤，眼里含着晶莹的泪珠。

“唔，”方成不再追问了，悄悄地坐在炕沿上。

烟花也坐下了，坐得很近，以至于从她身上散发出的热乎乎的气息和混合在热乎乎气息里那甜丝丝的烟粉味，一并扑到他的脸上。

他有些醉意，眯起眼睛看着烟花。

烟花沉吟了一会儿，抬起头来，正要对方成讲起她爹，那个性情古怪的关东烟。突然，大门外传来一阵脚步声。脚步声很急，扑扑腾腾的，滚雷似的响了起来。

夜幕下的威胁

院门哗啦一声，大黑扑了出去，鹅又咯嘎地叫起来。

脚步声，伴着吆喝声，从外面传到了屋里。

鱼腥味，伴着浓重的汗臭，充满了僻静的小院。

“唔，爹回来了！”烟花说着，站起身来。

方成抬头一看，可不，那个挥刀追赶人的老汉已经摇摇摆摆地走进院子里。

他脸盘很大，额头特别的宽，在晚霞的映照下，闪着红亮亮的光。宽阔的肩头上，架着那把大砍刀。刀把系着两瓶酒，刀尖上挑着一串鱼，悠悠荡荡，看上去十分好笑。

“花儿！客人在哪儿？”

烟花跑出了屋，方成也跟了出来。

“今天摆鱼宴，招待这位客！”

他卸下肩上的砍刀，朝方成善意地笑着。

方成感到关东烟并非像烟花说的那么可怕，心里便增加了几分胆气。

“摆鱼宴？”

烟花一怔，目光从关东烟的脸上转向了方成，神情有些异样。

方成不知，摆鱼宴是关东村的上席，专为招待高门贵客的，只有姑老爷进门，才能有这番的举动。方成不知，烟花可知。

她不动声色地笑笑，便拾掇起鱼来。

关东村拾掇鱼的方法，同城里不大一样。他们掐着鱼尾，用刀刮鳞。哗、哗、哗，刮罢，咚、咚两声，剁掉鱼头、鱼尾，便开膛破肚，将鱼下水全掏到地上。

“啧啧!”方成觉得可惜，望着鱼头鱼尾，连声啧啧，感叹不已。

“啥?”关东烟兜着嘴笑，拾掇得更欢了，“看来，这位小兄弟定是从上坎儿来的啦?”

“啊，我是从城里来，头一次见你们这样拾掇鱼。真，真……”方成毫不隐讳地说，“真开了眼界!”

“哈!”关东烟又兜着嘴笑了，“江边没啥好吃的，鱼虾有的是！要不嫌腥气，保管你吃个够！来，这边坐，这边坐。”

两个人面对面地坐下了。

关东烟搓了搓手上的鱼鳞，掏出旱烟袋，想要抽烟。

方成机灵，就势掏出一盒试制品“关东烟”，麻利地打开盒递过一支，“来，抽这个!”

“关东烟?”关东烟一怔，摆弄着方成递给他的那支烟。

“嗯。”方成说，“试制品，准备出口的。品尝品尝，味道正不?”

“咦，这烟?”关东烟只吸了一口，便锁起眉头，“有……”

“有什么?”方成笑问。

关东烟说：“有假!”

“有假?”方成觉得是时候了，眨了一下眼睛，笑道，“真里边有假,假里边有真。本是飞毛铜,偏要充黄金。切记,切记,莫让挂羊头卖狗肉的人钻了空子,以假当真!”

“咦!”关东烟打了个愣神儿。

方成趁机把那张夹在烟把儿里的纸条递给了他,“请看这个!”

关东烟瞪大了眼睛,“这……”

方成说:“这是一位老烟农的声明。”

关东烟的眼睛睁得更大了:“你……”

“我嘛,”方成觉着到了报名号的时候了,他说,“我是春城烟厂的烟质鉴定员,名叫方成,千里迢迢下关东,就是为这张条子而来。”

“来干什么?”

“访关东烟呀!”

“访我?”

“嗯。”

“我有什么可访的?”

“求真哪!”

“求真?”关东烟的脸色有些变了,“求什么真?”

“真烟,真货……”

“这有的是,看!”关东烟答得爽快,绷紧的脸缓和下来。

“真方,真诀……”

“真方,真诀?”关东烟像被针扎了似的,缓和下来的脸又绷紧了。

“总结你的种烟经验,推广你的种烟方法。一句话,我是为你的秘方来的。”

“你也是来讨方子的？”关东烟那张绷紧的脸，又添上了几分敌意。

“是的，是的。”方成求真心切，根本没注意到关东烟的神态变化，只是按照自己的思路往下说。什么献出秘方呀，全面推广呀，大面积播种呀，满足烟厂需要呀，等等，说得绘声绘色，谈得龙飞凤舞。可他哪里知道，关东烟那张绷紧的脸，不仅添上了几分敌意，而且爆发出抑制不住的火气。他忽地站起来，一脚蹬翻了矮凳，伸手抓起了刀，掂量掂量，朝在灶间的烟花喊道：“不摆鱼宴了，一锅炖了它！”

“啊！”烟花惊慌地探出了头。

“鱼宴是招待贵客的，他……”

“啊……”烟花眼见这情景，心里全然明白了。她偷偷地向方成递了个眼色：一是责怪他，不该提那事；二是让他躲避一下，等她爹消消气再回来。然后，她便扯着拉着，把关东烟推进了屋。

方成摇了摇头，长长地出了口气。对关东烟的举动，他实在不能理解。古怪的脾气，古怪的人……

思思量量，走出了院门。

晚霞渐渐隐去，夜幕已经降临。

出了院门，他信步朝前走着，先是沿着街道走，后又踏上国堤，不知不觉便走进江湾的柳条通里。

柳条通十分茂密。枝条、柳叶，像跟他过不去似的，拨拨棱棱，直扫他的脸。

他一边用手拨着柳条，一边顺着道眼儿小心翼翼地走着。

走着，走着，背后像有什么响动，他正想回身看看，忽听啪的一声，肩头被一只大手重重地擒住了，脖子上触到一个冷冰冰的东西。

“刀……”方成凭感觉，认定搭在脖子上的是件利器，眼前顿时闪现出关东烟和关东烟的那把大砍刀。

“别动！喊，我搂死你！”一个相当严厉的声音，却不是关东烟。

“你，你……”方成突然受到惊吓，不由得口吃起来，“你是谁？”

“是谁，一会儿你就知道了。老实跟我走！”吆喝声中，手抓得更紧了。

方成抽了口冷气，任凭那人把他推搡到柳林深处。

“抬眼看看，我是谁？”那人抹身转到方成的眼前。

“是你！”方成认出是被关东烟追赶的那个年轻人，心里不由得一怔，“你这是干什么？”

“不干什么，嘻嘻！跟你闹着玩的。”那年轻人扬扬手，眼前唰地闪过一束亮光。原来搭在脖子上的哪里是刀，是一个手电筒。手电的光，正照在他们的脚下。那年轻人扯着方成的手叫道：“你看，这是啥？”

“烟？”手电光下，是一片烟。那烟，茎细，叶长，宽边，样子和关东烟一模一样，十分讨人喜欢。方成被这片烟吸引住了，他几乎忘记了那年轻人跟他开的那种不礼貌的玩笑，从他手里一把抓过手电筒，晃着，照着，叫着，“啊！烟，好大的一片烟哪！”

“这才哪到哪?”那年轻人说,“这仅仅是我跟烟花合作试种的一块烟地。要试种成功了,我们准备推广到全村、全乡、全县、全省,保你那烟厂吃个饱!哎,听说你是烟厂技术员,帮我们鉴定一下,这烟赶上他关东烟不?我俩的目标,不仅要像关东烟,而且要超过关东烟,成为关东烟之最!”

“好!”方成被这年轻人的抱负所感染,顺手掰下几片烟叶,说,“我带回去化验化验,烟质要是达到或超过了关东烟,我就建议烟厂同你签订合同。可你是——”

“我是林雨,烟花的同学”。那年轻人自报了名号,把烟花两个字咬得很甜。“要签合同,得跟我俩签。这烟,是我和烟花结合的产物,缺一不可呀!为了这片烟,我和烟花动了不少心思,花费了不少心血!在这一叶烟上,我家和她家,我爹和她爹,有过恩,也有过怨,有过情,也有过恨哪!这恩恩怨怨、情情恨恨,全集中在一叶烟上。”

“一叶烟?”

“一叶烟!”

“怎么说?”

“话长了。”

“……”

“……”

恩恩怨怨都系结在烟上

林雨的父亲林青山,曾经救过关东烟的命。说实话,林家对他本是有恩的，关东烟知恩不报，却结下了怨恨，这怨恨就系结在烟上。

伪满康德八年，关东烟和林青山都是为逃避抓劳工，从乡下跑到长白山老林子里。一个住在山左，一个住在山右，一个靠打猎谋生，一个靠种烟过日子。两人虽说天天见面，可并没啥交往，说话的次数都有限。

一年秋天，关东烟正闷头在地里割烟，被一只大黑熊扑倒了。

熊，在山里人的眼里，可是最厉害的野牲口，比狼、虎、豹要凶猛得多。那熊扑倒了关东烟，便就势往腚底下压，使劲地委蹭着，委蹭得他透不过气来。他拼命地挣扎着，一心想从大黑熊的腚下挣脱出来。那大黑熊仿佛知道了他的心思，故意变着法儿戏弄他。黑熊一会儿欠欠屁股，让他往起爬爬，可他刚要起身，又颠颠屁股把他再压到腚底下……

完了,一切都完了,一股绝望的情绪袭上了关东烟的心头。可绝望中，他竟然想到了烟，想到了烟方，想到了种烟的秘诀。她，跟他患难与共的妻子，能保守住这个秘密吗？唉——他感到无限的怅惘。看来，这是最使他牵肠挂肚的事了。

这时候，就在这时候，仿佛有一道闪电从他的眼前一闪而过，接着，一声雷鸣般的爆响在他的耳边炸开了。那只压在身上的庞然大物先是猛地颤抖了一下，接着便从身上滚落下去了。

他得救了，却晕了过去。当他从昏迷中清醒过来的时候，发现已经躺在自家的炕头上了。

年轻的妻子在低声抽泣。

抱着猎枪的林青山，坐在他的对面，焦急地望着他。

妻子见他清醒过来，便止住了眼泪。

林青山咧开大嘴笑了。

妻子告诉他，他的命是林青山救下来的。他开枪打死了那只熊，并亲自把他背回家。

他挣扎着爬起来，冲着林青山重重地磕了三个响头。山里人，讲义气，救命之恩不能不报。

他一面让妻子备酒备饭，一面考虑怎样报答他。

他伸手从炕上的箱子底下摸出一双崭新的“蹚蹚马”（类似马靴的一种防寒鞋）:“这玩意对你有用。你上山打猎，穿在脚上，风钻不透，雪灌不进，又轻快，又暖和，就让它作为我对你救命之恩的一点报答吧!”

林青山推开了“蹚蹚马”，摇了摇头：“我不要!”

“不要?”他迟疑了一下，“啊，嫌少!”心里这样想着，又伸出手在箱子底下摸，摸出一个沉甸甸的红布包，唰地抖开了，白花花的两百块现大洋全抖落到林青山的眼前，“这是我多年攒下的一点血汗钱，送给你买匹快马换支枪吧!”

林青山又抬手推开了，摇了摇头：“我不要!”

“你还不要?”他不由得惊叫起来，“鞋鞋你不要，钱钱你不要，那你到底想要什么?”此时此刻，他真感到为难了。可一抬头，看见了正在灶房里烧火做饭的春香，心里不由得一颤，把春香叫了过来，“你……你……你……要不嫌弃，就把她送给你，作为我对你救命之恩的报答，总算行了吧!”

“啊！你……”

在春香的惊叫声中，林青山又摇了摇头，还是说了声：“我不要！”

“那你到底想要什么？”他有些生气，也有些茫然。

“我要——”林青山抱着猎枪，眯着眼睛在屋里扫了一圈儿，目光便落到柁空的烟把儿上了，“既然山里人有这个规矩，那就把你种烟的秘诀传给我吧！”

“这……”他脸色唰地变了。

“这什么？”林青山望着他那突变的脸，“这点要求，不为过吧！”

“不……”他欲言又止。

“‘不’什么？”林青山反问道。

“这……”他眼睛瞪得圆圆的，老半天才说出这句话来，“这等于要了我的命！”

“笑话！”林青山冷笑道，“一个种烟的秘诀，竟比命还珍贵？”

“是比命还珍贵！”他辩白着，“你听我说……”

“算了！”林青山狠狠地横了他一眼，忽地跳下了炕，“怪我瞎了眼，救了个忘恩负义的小人！”

“你说什么？”关东烟也从炕上跳了下来，“我忘恩负义？忘在哪？负在哪？我把崭新的靴子给你了，你不要！我把白花花的银圆给你了，你不要！我把年轻的妻子给你了，你还不要！为什么非咬住我那烟方不放？说！你打的啥主意，安的啥心？”

“去你的吧!”林青山推开了关东烟，抬腿便走。

“站住!”他一把抓住林青山的猎枪,枪口顶着胸口,喊道,“你开枪救了我，再开枪打死我，咱用这条命报答你总算不欠情了吧?”

关东烟和林青山的恩怨就是这样开始的。

怨易结，不易解。

解放了,关东烟和林青山都回到了乡下,回到了关东村。土改那年，林青山私下央求工作队，非要跟关东烟分一趟房，辟一排地，说他和他都是房无一间、地无一垄的贫农成分，又都受过地主金大头的压迫，该平起平坐，平分胜利果实。

工作队不知底细和其用心，便答应了他的要求。结果，两家人便成了房脊连着房脊的屯邻和垄挨垄土挨土的地邻。

这样一来,关东烟开门,林青山能听见响动。关东烟下地，林青山能抓到人影。

关东烟下种他下种。关东烟移苗他移苗。关东烟打叉他打叉。关东烟掐尖他掐尖。关东烟割烟他割烟。关东烟晾晒他晾晒。一句话，凭着近邻近地，你关东烟咋干我咋干，你关东烟咋做我咋做。结果呢，关东烟还是关东烟，林青山还是林青山，就是种不出人家那成色!

他又气又恨，背地里骂了好几天娘。真见了鬼！莫非说他还有什么咒言咒语?

有一年，又到了掐尖打叉的季节。这一次，他留了点心眼儿，关东烟掐完尖头脚走了，他后脚就跑到人家地里去了，看看他关东烟到底咋个掐法。不看则罢，一看顿时火冒三丈！咦——让他糊弄了！他关东烟低头蹶腚忙乎一下午，原来是假装样子给人看，诱你上当哩！

他从掐尖想到移苗、下种、铲地、施肥、收烟、上架，以及整整这几年，真让他捉弄得好苦呀！你——关东烟，真不是人！一赌气，抡起手里的砍烟刀，咔嚓咔嚓！把关东烟的半垧烟砍了个溜溜光。

这一砍，可造了孽！经官一问，定了个破坏青苗罪，硬是劳教了半年。怨，结成了恨。

林青山从劳改队回来，第一件事就是捅咕他那支猎枪。

半年没使了，枪膛里长了很厚一层锈，准星也不那么光滑了。他捅呀，擦呀，平时瞄起准来，枪口总是对着关东烟的院门。

几十年的狩猎生活，这个干瘦的汉子练就了一身胆气，也养成了一种特别贪婪和残暴的性情。不论是凶狠的豺狼，温顺的小鹿，还是愚蠢的獐狍，笨拙的山鸡，只要一对上枪口上的准星，他对它们都是无情的，都是火和血的撞击！

不知是职业上的习惯，还是贪婪习性在作怪，他把关东烟的种烟秘诀定为自己枪口准星上的猎物，一心想得到它！

然而，关东烟毕竟是关东烟。

他是一个生死不怕、软硬不吃的硬汉子。要想得到他种烟的秘诀，可不那么容易，真是一个定不到准星上的猎物。

讨，没能得到。

偷，又未得逞。

从中华人民共和国成立前到成立后，从旧社会到新社会，不知是利令智昏，还是恩怨难解，几十年如一日，他时刻忘不了关东烟的秘方。

一年、两年过去了。

十年、二十年过去了。

这个干瘪瘦弱的汉子，一没有灰心，二没有泄气，以隐身在暗处狩猎的那种耐性，窥视方向，等待时机，想方设法把关东烟的秘方弄到手。

等呀等！终于等到了这一天。

凭着猎人的眼力，他一下子就看出了烟花和他儿子的关系。

他激动了，兴奋了，以一种庆幸和报复的心理，歇斯底里地喊道："关东烟呀关东烟！你躲过三枪，可没躲过一马叉！只要你女儿恋上我的小子，还愁得不到你的烟方子！哈哈……"

他的笑声惊动了在灶房吃饭的儿子林雨。

林雨侧过头来，疑惑地问："爹，你笑啥？"

"啥，啥！"他眨了眨眼睛，跟儿子打起埋伏，"我笑的是你和烟花的事儿。好小子，有眼力，目标选得不错！"

"小点儿声。"林雨指着隔壁，示意别让关东烟听见了，"这事儿，八字还没一撇呢！只是我们两人要好，烟花跟他爹牙齿口风都没露，谁知她爹啥态度？"

"他爹算什么！"林青山头一仰，"这年头，兴的是自由恋爱，只要姑娘同意，天王老子也没招儿！不过，这事不能拉长谈，瞄准了，就搂火！俗话说，夜长梦多呀！”

林雨觉着他爹的话说得过分了，便说：“爹！我们的事你别管，由着我们慢慢计议，尽量把她爹感化过来，急不得。”

“啥？急不得？”林青山瞪起眼睛，“我还等着抱孙子呢！你都二十好几了，该成家立业了。跟烟花吹吹风，就说‘我爹准备秋天办喜事……’”

“爹，别说了。”林雨接过话头说，“像你这么说，烟花就得跟我吹了！”

“为什么？”他有点担心了。

林雨说：“还不到时候！烟花说，至少还得考验我两年。”

“两年？”林青山惊道，“要不看她……”本想说，要不看她爹的烟方，别说两年，一天都不让她考验。可为了这一点，只好改口说，“她考验你，你也得考验她，不能让她剃头挑子一头热！”

林雨惊愕了：“考验她啥呀？”

“看她是不是真心！”

“是真心。”

“空口无凭！”

“莫非说还得让人家立个字据？”

“那倒不必，但得有点表示。”

“早都表示过了，她起誓发愿的……”

“话完无声，屁过没影，那算啥表示？”

“那你要人家表示啥呢？”

“啥,”林青山终于把话引入正题,“不大不小,不多不少,只要她说出她爹的种烟秘方就行!”

“这……”林雨一怔。

“这什么?这就看她是不是跟你真心实意了!要是真心实意,人都随了你,何况烟方了。”

“这……”

“这一点若不肯,她就是跟你玩假的,咱就跟她吹!”

林雨说不服他爹,只得说:“好,我去跟她说说!”

“啥时候?”林青山眼睛放光了。

“就去。”林雨把最后一口饭拨拉到嘴里,碗筷一推,抬脚就走了。

林青山隔着窗户,一直瞄着儿子。

林雨从屋里出来,在窗下踌躇了一会儿,攀上搭在房檐下的梯子,朝隔壁院里招了招手,便下了梯子,朝门外走去。

儿子前脚走了,他后脚跟了出来。

这个不知好歹的老家伙,竟然攀着儿子攀过的梯子,蹬梯上了房,眼见烟花也推开院门走出去了。

为了避人耳目,林雨和烟花从家里出来,便分头而行,一个走堤里,一个走堤外,目标却是一致的,形成个“人”字路线。到了江湾柳条通里,两人便合二为一了。

“哈哈!成了,成了!”林青山一高兴,便忘乎所以了。仿佛儿子这一去,那梦寐以求的烟方就到手了。

他笑着,喊着,竟然在屋顶上蹦跳起来。

这一扑腾不要紧,把正在睡午觉的关东烟扑腾醒了。

中午，关东烟吃罢饭，裤褂子一脱，顺着炕沿躺下了。

顺着炕沿睡午觉，这已是关东烟多年养成的习惯。可今天，不知为什么，干瞪着两眼睡不着。

一片片白云，从蓝天上飘过去了，像风荡起的一叶叶白帆。关东烟的心，仿佛也随着那飘忽而过的白云向远天驶去了。

驶向哪里？是遥远的未来，还是流逝的过去？他只觉得昏沉沉的，自己也说不清楚，朦朦胧胧感到疲倦，感到空虚，像一个走了很远很远路程的人，又饥又渴，又累又乏，仿佛一步也迈不动了。

“船到码头车到站！唉——”

“哗啦啦！哗啦啦！”

叹息声被灶房里的洗碗声淹没了。他意识到女儿的存在：“烟花不小了，该给她找个婆家，该把烟方传给她了。她……”

朦朦胧胧，似睡非睡，忽然被什么响动惊醒了。

侧耳细听，房顶上有咯咯吱吱的脚步声。

“谁这么不要脸，跑房顶上干什么！”关东烟骂着，光着脚板从屋里跑出来，抬头一看，原来是林青山。

林青山见骂骂咧咧跑出来的关东烟，瞪了一眼，故意跷脚朝江湾那边张望着，并煞有介事地呼喊着：“林雨——林雨——”

他虚张声势，故意逗引关东烟。

关东烟知道这里有景，朝林青山张望的地方看了一眼，由于院墙挡着，什么也看不见，急得他在院子里打起转转。

“真是鬼迷心窍了！”林青山瞅了一眼焦躁不安的关东烟，

故意卖起关子，“人家烦恶你，可你偏往人家眼前站！天底下，两条腿的牛没有、马没有，可两条腿的活人有的是！何苦非觍着脸去讨人家那门高亲？”

这时候，关东烟已经爬到院墙外的柴火垛上了。咦！他看见烟花跟林青山那个混账儿子钻进了茂密的柳条通里。眼见这情景，他肺都要气炸了！

不知好歹的林青山则得着便宜卖着乖，还在那里煽风点火将着军：“有什么办法呢？这叫子大不由爷、女大不由娘，你老子算什么！乐意也罢，不乐意也罢，反正人家有国法护着，你不是干瞪眼？哈哈哈！哈哈哈……”

正当林青山洋洋得意的时候，忽见关东烟拎着大砍刀跑出去了。

蚌壳上的爱恋

方成从外面回来时，夜已经很深了，可烟花还站在门口等他。

“哪去了，这么长时间？”语气柔和，带着点嗔怪。

方成说：“随便转转。没承想，天这么晚了，真对不起。”

烟花笑道：“我以为你跑了呢，嘻嘻！”

方成说：“往哪跑，烟方还没讨到呢！”

烟花说：“没记性，还惦记着烟方！”

方成说：“这是我的任务、我的目标。不达目的，绝不罢休！”

“那你就走着瞧吧，有你好戏唱！不过，嘻嘻！”烟花跨过屋门，压低了声音，“我爹对你还算客气，没抡刀像赶林雨那样把你赶走。”

“林雨，刚才他……”话到嘴边，方成又咽了回去。

“林雨他怎么啦？”烟花问。

“他，他……”方成本想把刚才林雨领他看烟的事告诉她，想了想还是过会儿再说为好。所以话题一转，回了句，“他现在不怎么着急上火呢！”

“活该！”说话间，他们已经走进屋里。烟花嘘了一声，示意他别说话，悄悄地把他引进了西屋。

从摆设上看，西屋定是烟花的房间了。虽说是土墙土炕，却收拾得利利亮亮。

沙土抹的墙壁，平光光的，在灯光照耀下，黄澄澄的像涂了一层金。

炕上铺着苇席，一色“人”字形，显得十分整洁。

西墙下摆着一张地桌，圆腿方形，涂着黑亮亮的油漆，是有名的老式地八仙。

地八仙上除了摆着女人常用的化妆品，如胭脂、头油、雪花膏之外，便是纸张、刻刀、油彩和图案。特别引人注目的是一张涂在蚌壳上的烟雨图和烟雨图上的一行小诗。

方成上前细看，是一首有名的唐诗：杨柳青青江水平，闻郎江上踏歌声。东边日出西边雨，道是无晴却有晴。

诗文，书写得刚劲有力，顿时引起了方成的好奇心：“你画的？”

“嗯，”烟花一边往桌上收拾碗筷，一边点头应道，“景是我画的，字是别人写的。”

“谁？”方成问道，“林雨？”

烟花未置可否地抿嘴笑了。

方成又仔细看了看，觉得诗文书写得确实不错，心里不由得感叹起来：“画得不错，写得也不错。看来，这是你给林雨刻的啦？”

烟花又未置可否地抿嘴笑了。

“是信物？是纪念品？”

“什么信物、纪念品，是我随便刻着玩儿的！你稀罕，走时送给你！”

“这可不敢当！你把它送给了我，林雨那你搁啥应对？”

烟花说：“江边上，蚌壳有的是，我再拣只给他刻一个就是了。”

方成说：“这么简单？”

烟花说：“有啥难的！”

“行了。”

“好了。”

“咱不说这个了。”

“对，吃饭吧。”烟花说着，擎起酒杯，“来，爹不陪你，我陪。喝下这杯酒，算给你压惊了！”

方成见烟花一口搁了，心里不由得惊讶起来，“呀！她还会饮酒？”

“来，这杯酒是给你赔礼的！”方成还在愣神儿，烟花又擎起了酒杯。

方成眼见烟花又把第二杯酒撺了，心里越发的惊讶了：“呀！她酒量还不小呢。”

“来，再来一杯！”烟花又把第三杯酒举到方成的眼前，“这是我们的见面酒、相识酒、友谊酒……喝下这杯酒，永远是朋友。来，干！”

在一连串的附加语之后，烟花又撺下第三杯酒。方成见了，心里不仅惊讶，而且有点害怕：“呀！她不会喝多了吧？”

三杯酒下肚，烟花的脸红了，话也多了，笑得也更妩媚动人了。

“嘻嘻！”烟花笑着，拾起蚌壳，擎起刻刀，“人都有表达感情的方式！当然，城里人有城里人的方式，乡下人有乡下人的方式。我们乡下人表达感情的方式可能土一点、笨一点，没城里人那么精明！不过，”她用刻刀敲了敲蚌壳，蚌壳发出清脆动听的响声，“我们可没有虚头巴脑那一套，讲的是实在。”

方成说：“这在蚌壳上刻诗作画，也算是表达感情的一种方式吧？”

“也算，也不算。”烟花放下刻刀和蚌壳，感慨地说，“这里有恩爱，也有怨恨，很难预料将是怎样的一种结局。”

方成说：“据我的推测，结局一定是美满的。”

烟花一怔：“你的推测？”

方成笑道：“嗯。”

“你根据什么推测？”

“这个！”方成说着，把两片烟叶放到烟花的眼前。

“烟，”烟花双手捧起烟叶，惊道，“哪来的？”

方成说：“从你和林雨的试种田里采来的。”

烟花又一怔：“试种田，你怎么找到的？”

方成说：“是林雨领我去的。”

“他……”

“他啥啥都告诉了我。他……”

“原来是这样！”烟花抚摸着那两片烟叶陷入了沉思。

烟哪，烟！在她的眼里，这小小的一叶烟，包含着多少人情世故。小时候，她从父母的只言片语中零零碎碎得到一点印象：这烟，对她家来说有着剪不断理还乱的特殊关联。记事以后，她渐渐地明白了，这烟不仅对她一家的生活产生深远影响，而且她家和他家的恩恩怨怨又都系结在这烟上。她清楚地记得，这烟是怎样吸引着林雨他爹那贪婪的目光，他爹又是怎样故弄小技诱使林雨他爹上当受骗，以及林雨他爹又是怎样恼羞成怒毁了她家的烟田……特别使她奇怪的是，当林雨他爹因毁烟被劳教以后，她母亲又是怎样背着父亲照看着林雨，偷偷为他缝缝补补、洗洗涮涮。上学以后，她的书包里总是装着两份午饭，一份是她的，一份是林雨的。她迷惑不解，总问妈妈，这是咋回事？妈妈摇了摇头，不肯多讲，只是说，过去咱欠人家的情！直到他们长大成人了，才弄清了这叶烟上的秘密，以及他们两家恩恩怨怨的来龙去脉。年轻人开朗，他们不会被老一辈人的恩怨所左右，有自己的人生追求和处世哲学。他们认为，两家的恩怨是历史造成的，是社会的产物，决心用自己的双手抹掉它。思来想去，他们便想出了一个烟上恩怨烟上解，试种出比关东烟更好的关东烟，来个以毒攻毒，以物易物。两个年轻人瞒着家人和外人，在关东烟当年于柳林深处开的半亩荒地上试种了半亩烟田。选用他的种子，采用他的方法，一招一式全照他关东烟的把式干，步步不出格。这当然全靠烟花传递的信息了。今天中午，烟花和林雨本是约好一起去烟田打底叶的，可让林雨他爹一闹腾，弄得满城风雨，丢人现眼不说，险些露了底。

这时候，烟花轻轻摇着那叶烟，喃喃地说道："这是我们俩的秘密，他怎么对你说了呢？"

方成说："秘密应当公开了。不仅要让我看到，还应该让你父亲看到它！"

"他，"烟花摇了摇头，"他看到会发火的。"

"不，"方成说，"说不定，他看到了会高兴的。"

"得了吧！"

"真的！你听我……"

"真的也罢，假的也罢，天不早了，该休息啦。"烟花放下烟叶，帮方成铺展被褥。

方成眼见铺展开的被褥，真有点不好意思，说："真对不起，我来了给你们添了这么多麻烦！"

"外道啥？你是贵客嘛！"烟花说，"我爹就是那脾气，别生他的气。"

烟花轻轻地带上屋门走了，可走了几步，又踅身回来，探进半个脑袋，叮嘱道："乡下比不得城市，夜里有风，常常变天，忽冷忽热，没个准头。下半夜要是冷了，就再扯上一床被，多盖点儿，别着了凉！嘻嘻！别看被褥不新了，可保管没虱子、臭虫，你尽管安心地睡。嘻嘻……”

笑声，伴着脚步声，消失在东屋里。

方成走了几十里路，又受了一场惊吓，确实感到累了。可躺下之后，又一时难以入睡。

不知什么时候，月亮已经从云缝儿里挤了出来，清幽幽的，洒下一片暗淡的光。

挂在房檐上的咸鱼干，投下一道长长的阴影，恰好罩在方成的脸上。

方成翻了个身，忌讳地避开了。

远处起风了。风不大，扬起一片沙尘，沙沙地拍打着窗棂。

大黑不知看到了什么，吼叫着，跳着，发疯似的朝门外扑去。

犬吠声后，池塘里的蛙又叫了起来。

呱呱呱！

南塘的，北塘的，大江的，小河的，四面齐鸣，八方呼应，在灰蒙蒙的夜空下，汇成了一股强大的声浪。

方成索性把头紧紧地裹了起来。

蛙声听不见了，可鼻子里钻进一股奇异的气息，甜丝丝、香喷喷的，原来是浸在被褥中的胭脂味。

不知是味道起了作用，还是实在太乏困了，烦躁的心情渐渐地平静下来，眼前一片朦胧。

恍恍惚惚，不知过了多长时间，方成被什么响动惊醒了。

睁眼一看，曙光已经爬上了窗棂。曙光中，他看见一张严峻的脸和一把雪亮的刀。唔，关东烟！他跪在灶房的东墙下，托着那把闪闪发光的大砍刀，振振有词地默念着什么。

从窗口射进来的曙光，恰好映到刀刃上，又从刀刃折射到脸上。

他的脸上，挂满了泪水。泪水，流到腮边，滚到了胡须上，亮闪闪的，像挂在草尖上的露水珠。

他叩拜着，呜咽着，凝视着，仿佛有叙说不尽的心事……

关东烟啊，关东烟

关东烟，既不是他的真名，也不是他的实姓，是人们送给他的绰号。

他姓魏，取了个双字德善。

魏德善年轻时，以种烟为生，并以种烟得名，故得了美称关东烟。

关东烟，本不是关东人，原籍山东文登。他七岁那年，老家遭了大旱，赤地千里，两季无收，多病的妈妈和年幼的妹妹都死在了这场大灾之中。他孤身一人，跟着一个远房舅舅下了关东。

关东有多远，是个啥地方，人们为啥都往那里逃？莫非那里有取不尽的金银财宝，有用不完的柴米油盐……

这在一个孩子的心里还是个谜。

他走呀，走……究竟走了多少日子，多少路，他怎么也记不清了。可有一点，他心里明白，就是那逃荒的人，越走越少。有的死在路上，有的分头逃生，到了关东村只剩下他和舅舅了。

陌生的山，陌生的水，陌生的村庄，陌生的人，使他想起了家。

他哭了，在他舅舅的背后默默地哭了。舅舅带他到财主家讨活干，财主眼见他俩那副模样，二道门没让进，就把他们赶了出来。

舅舅带他到穷人家讨饭吃。穷人家眼见两人可怜，这家一碗粥，那家半块馍。可穷人家也有难处，供一饥但不能供百饱，心有余而力不足。两人断顿了，挨饿了，眼下又逢隆冬，真到了饥寒交迫的境地。

不知是饿的冻的，还是得了什么病症，这一天他只觉得头发昏，眼发花。好歹跟着舅舅回到落脚的关帝庙，扑到草堆上便睡着了。

是幻觉，还是梦境？他只觉得恍恍惚惚回到了老家。

他见到了父亲。

父亲是个又矮又瘦弱的庄稼人，整天愁眉苦脸，为一家人的生计忧虑着。

他看到了母亲。

在他的眼里，母亲是位最善良最可怜的人。

到了灾年，眼见救不活一家人，母亲含着眼泪哭诉道：“死活要给魏家留条后呀！”她把三个人的口粮紧缩给两个人，又把两个人的口粮紧缩给一个人。最后饿死了妹妹，饿死了自己，总算保住魏家一条根。

母亲临死前，哀告远房的舅舅："求求你，把善儿带出去吧！好歹要给他找条活路，魏家不能断了这……条……根……唉——"深深地出了口气，带着满腹哀怨离开了人世。

"妈妈！妈妈……"

他从哭喊中惊醒过来，睁眼一看，眼前一片漆黑。风卷着雪，从露天的棚顶上灌了进来，他不由得打了个寒噤！

这哪里是老家？原来是落宿的关帝庙。

"舅舅！"没人应允。伸手一摸，哪里还有舅舅了，两人合伙打在一起的衣裳包儿也不见了。

"舅舅！"他绝望地呼喊着。

一个七岁的孩子，半夜三更失去了舅舅，失去了唯一的亲人，那是怎样的一种打击？他又惊又怕，一边四处撒摸着，一边声嘶力竭地呼唤着舅舅。

舅舅没叫回来，倒叫来一位白发苍苍的老人。

老人眼见冻得半死的孩子，解开大衣把他紧紧地裹在怀里。

这位老人就是关东烟的培育者。

老人得知他的身世处境之后，便收他为义子。他倒也乖觉，跪地就磕头，连喊了几声"爹！"

义子义父，相依为命。

他们一起护庙，一起种烟，一起习文练武，眨眼间过了十年。

一年秋天，老人突然病倒了，自知不久于人世，便把义子叫到身边，语重心长地说："孩子，从今以后，你得自谋生路了。”

他咬着嘴唇，点了点头，哇的一声哭了。

“别哭，别哭。”老人苦笑一声，“生老病死，人之常情。这是在劫数的事，哪个也逃脱不了。只是……”

“爹！”他知道老人有话要说，哽咽道，“有啥话，你尽管说。”

老人叹息一声：“什么危难遭灾的事情都没了，只是活着的人还得在苦海里挣扎，求生不易呀！”

“爹，”他孩子气地伸了伸胳膊，“我有的是力气，饿不着！”

“嘀嘀！”老人轻声笑了，“光有力气不行，还得有求生的本事！爹这一生，没旁的能耐，只有两条求生的门路，现在该传给你了。”说着，从褥子底下摸出一本用草纸写的书，推到他的面前。然后，老人又把挂在山墙上的那把大砍刀取了下来，同那本用草纸写的书摆到了一起，说：“这是爹种烟的秘诀：十字真言！你要把它背下来，记在心里。往后要成家立业，有子传子，无子传女，子女全无，就烂在肚子里，千万不能传给外人！多一个人知道，就多一个冤家对头。记住，这秘诀，只能用它谋生，不能用它害人。你发誓！”

“我发誓！”他虔诚地说道。

“记住！孩子，天有情，地有情，这把刀无情！天容人，地容人，这把刀不容人！”老汉吃力地擎起那把大砍刀，用指甲挡了下寒光闪闪的锋刃，说，“爹没给你留下什么家产，只留下这把砍刀。假如哪个敢欺负你，你就用这把刀跟他说理……记下了吗？”

“记下了！”他遵照老汉的嘱咐，背下了十字真言。几十年来，他一直握着老汉留下的这把大砍刀与世相争。他用这把刀，搂过伪满山林警察，砍过地主金大头。

记得那是伪满康德六年秋天的一个早晨。

十八岁的关东烟正顶着露水在烟地里放垄，金大头拄着文明棍一摇一摆地走来了。

“嘿嘿！你这烟长得不赖呀！”

“这……”这冷笑声，刺激着关东烟的每一根神经。他警觉地回过身来，正同金大头那双贪婪的目光碰到一起，顿时激出一句话来，“不，不好！”

“啊——不赖，不赖，真不赖！嘿嘿……”金大头卷着大舌头，转动着小眼睛，笑着，叫着，像当年他曾祖父跑马占荒似的围着半亩烟地绕了一周，才拄着文明棍一摇一摆地走了。

金大头，是关东村的头号财主，不说地有千顷、粮有万仓吧，附近百八十里之内到处都有他的窝棚和地户。除了经营土地，还在古城堡开了烧锅。农商并举，有钱有势，本人又身为关东村的保长。他财大气粗，仗势欺人！只要闯到他眼里的东西，那就难以逃出他的手心。

比如，他如果看中了谁家的骡马，只要听他说了声：“嘿嘿！这牲口不赖呀！”过不了多久，这骡马就会归到他的牲口圈里。

又比如，他如果看中了谁家的土地，只要听他说了声：“嘿嘿！这土地不赖呀！”过不了多久，这土地就会竖起金家的界碑石。

再比如，他如果看中了谁家的女人，只要他说了声："嘿嘿！这小娘儿们不赖呀！"过不了多久，这女人就会被他强行霸占。

今天，他一大早就觍着老脸跑到这里嘻嘻哈哈，那不是黄鼠狼给鸡拜年，能有什么好咒可念呢？

想到这里，关东烟握着锄杠的手绷得紧紧的。

傍晚时分，从背后刮过来一阵风。

风，阴森森的，略带一点腥气，似乎是从大江那边吹过来的。

风过后，从他眼前闪出一道人影。

人影细长，摇摇晃晃，像蛇一样地扭动着。

"哈哈，你可真下力呀！天都快晌午了，还不歇口气？"

关东烟听出是金大头管家的声音，头没抬，眼没睁，照旧铲他的烟。

"喂——停停手吧，我给你报喜来啦！"

关东烟觉得后衣襟被人扯住了，一股热乎乎的口臭味从脖子后扑了过来。他感到一阵恶心，不得不停下手中的锄。

金大头的管家见他正过脸来，皮笑肉不笑地说："哈哈！真是有福不用忙，无福跑断肠。想不到你这个种烟的倒时来运转，双喜临门了！造化，造化！"

关东烟白了他一眼，照旧铲他的烟。

"哈哈！"金大头的管家阴阳怪气地笑道，"一房老婆，三间房，外加月金十五块！这岂不是'大年初一福门开，又添人口又添财'？哈哈哈……"

关东烟又白了他一眼，照旧铲他的烟。

“实话对你说了吧，金保长念你种烟有方，想雇你为他家开荒种烟！你……”金大头的管家加重了语气，带有几分的威胁，“哼哼！听着，你可要献真方，出实力，否则……”

“原来是这样！”关东烟又白了他一眼，照旧铲他的烟。

“否则，可别怪金保长手下无情！”金大头的管家终于冷下脸来，把一张写好的契约往关东烟脚下一扔，说，“听着！今晚上到金保长家签字画押。误了时辰，小心你的脑袋！”说罢便扬长而去。

那张用黄纸写的契约，经风一吹，唰地裹到烟棵上，呼啦啦一片风响。

那一片风响仿佛不是风吹纸片发出的声音，而是金大头那不冷不热的冷笑声。

“哼！”关东烟猛地举起锄头，狠狠地朝那张抖动的黄纸砸去。砸的仿佛不是纸，而是金大头那张狰狞的脸。“签字画押，签字画押，签什么签！别说你出一房老婆、三间房，外加月金十五块。你就是出三宫六院外加一座金山，也休想买动咱的心！”骂着，捣着，乒乒乓乓，把那张黄纸写的契约捣了个粉碎。

一阵风吹来，把破碎的纸片卷了起来，纷纷扬扬，眨眼间便吹得无影无踪了。

一是过于激动，二是扑腾累了，他把锄杠往地上一扔，顺着烟垄躺下了，恍恍惚惚，不久便进入了梦乡。

“醒醒！醒醒！”

关东烟睡得正香，忽然被一阵急促的喊声惊醒了，睁眼一看，已是满天星光了。星光下，闪着一双比星光还明亮的眼睛。唔，春香！

春香是金大头的堂侄女。她幼年丧失双亲，被姥姥抚养成人。十四岁那年，姥姥又故去了。金大头见她身上还有几分气力，便以收养为名，接到家里，派到伙房里打下手，她当了一名又苦又累的烧火丫头。

小时候，春香还以为叔父如此关照，是出于好心。可年岁大了，她才渐渐悟出这位堂叔的真正用心。

金大头家的柴火垛在村外的一个山场上。

每天晚饭后，春香收拾完碗筷，便要到山场上往回背柴火。

山场离金家很远，背一趟柴火要大半个时辰。

金家是大户，除了家人，还有十几号伙计。春香背够一天烧的要往返多次，占用很长时间，往往是背完柴火刚躺下，雄鸡便打鸣报晓了。

有天晚上，春香正往回背柴火，天忽然下起雨来。雨，下得很大，春香着急，不慎摔倒在路上。她想甩掉背上的柴火，怎奈挂在肩上的绳索是个死扣，只是动弹不得。滂沱的雨水顺着柴火往下流，压得她透不过气来。

这时候，关东烟恰巧从这儿路过，赶忙替她解开挂在肩上的绳索，并把她扶起来，还不声不响地帮她把柴火送到金家门口。

春香说声："谢谢！"

关东烟呢，抖了抖嘴唇，走开了。

打这以后，这个不言不语的关东烟，不论春夏秋冬，还是刮风下雨，每天晚上都要帮春香把柴火送到金家门口。有时候，春香忙活晚了，出门一看，关东烟已经偷偷把柴火堆到门旁了。

春香当然又是一阵感激、一声“谢”了。

关东烟呢，照旧是抖了抖嘴唇，走开了。

今天，他在睡梦中被春香叫醒了，终于从那轻易不肯开口的嘴里挤出一句话来：“啥事？”

春香说：“他们要害你。”

“谁？”关东烟的嘴里又挤出一个字来。

“我叔！他，他要抓你的劳工，送你到山里去，让你有去路无回路！你，你……快逃吧！”春香说着，把一包干粮塞到他手里，“带着路上吃，远走高飞，越远越好！”

“你！”关东烟捧着那包热乎乎的干粮，嘴唇一颤，又挤出句话来，“你呢？”

“我……”春香哭着说，“你就别管我了！只要你能平安无事，我就是死了，也心甘情愿！”

“不！”关东烟一把抓起地上的锄，发疯似的砍着烟，眨眼间把半亩烟田砍了个溜溜光。然后，把锄一扔，拉起春香的手，“我不能让你为我受苦！要死咱死在一起，要活咱活在一块，跟我一起走吧！”

想不到，这个平素少言寡语的人，今天竟然说出这么多的话。

春香心一横，说了声：“也罢！”便毅然跟着关东烟上了山……

刀刃上的思索

古怪的老头，古怪的举动。自那日清晨起，关东烟几乎每天都抱着那把亮闪闪的大砍刀出神。水晶般的刀刃，像一面人生的镜子，把世间的一切景象都反映到它上面去了。过去的，现在的，直接的，间接的，清晰的，模糊的，一生中的喜怒哀乐都显现出来。

刀呀，刀……

这一辈子，关东烟同刀结下了不解之缘。

他清楚地记得，当那位护庙老人从寒冷的破庙里把他救起的时候，第一件事就是让他拜刀。这是一把他随身携带的护身刀。刀，呈半月形，尖尖的，亮亮的，纯折铁锻制而成，有一个很长的把柄。刀的样式古老，看样子有年头了。刀背上打着一道明显的标记：清乾隆年间锻造。

“跪下，孩子！认了干爹，还得拜刀！”老人指着亮闪闪的大砍刀，意味深长地说，“当今世界，虎狼当道，人鬼难分。要想防身护己，只有靠这把刀！”

说罢挥刀起舞，进招过式。咔嚓一声，砍断了破庙下的半截檐头。

至此，老人每日一面教他习文，一面教他练武，并传授种烟之法。所以，待老人不久于人世的时候，关东烟已经练就了一身武艺。不仅能防身护己，而且敢同虎狼魔鬼进行较量。

刀呀，刀……

就是这把亮闪闪的大砍刀，曾使不可一世的金大头闻风丧胆！

那一年，当关东烟毁了烟田，领着春香准备进山的时候，金大头和金大头的管家带着炮手赶来了。

他们仗着人多势众，又有真枪真炮，满以为一吆喝，他关东烟就得乖乖束手就擒。可他们哪里知道这把大砍刀的厉害。等到金大头一伙气势汹汹追赶上来的时候，关东烟大喊一声，挥刀便砍，咔嚓咔嚓，像削大萝卜似的，竟先将两个荷枪实弹的炮手撂倒了。然后回手一刀，砍伤了金大头的一只胳膊，要不是他腿长跑得快，说不定老命就撂在这儿了。不过，金大头还是没能逃出关东烟的手心。在关东村穷苦百姓清算恶霸地主金大头的斗争会上，关东烟便是用这把亮闪闪的大砍刀为全村受苦受难的人雪了恨。

刀呀，刀……

就是这把亮闪闪的大砍刀，曾使狐假虎威的伪满森林警察望而生畏！

关东烟在山里刨荒种烟，森林警察又眼红了。他们以搜山为名，经常来捣乱。逼得关东烟东躲西藏，一连换了几个地方，可终归未能逃出他们的魔掌。一次，关东烟跟春香正挑着烟准备到集市上去卖，一名穷凶极恶的森林警察把他们拦住了，硬说他们破坏了山林水土，非要把烟没收了不可。关东烟自知理上难通，只得刀上相见。那森林警察还不知关东烟刀上的厉害，仗着手里一把匣子枪逞能。他吆呀，喝的，正待施行无理，关东烟一刀切下他手中的匣子枪，抬腿又一脚，蹬他个仰八叉。还没等那森林警察反过劲来，关东烟和春香早已挑着烟跑得无影无踪了。吓得那森林警察再也不敢去找关东烟的麻烦了。他不怕关东烟，但怕他手里那把亮闪闪的大砍刀，真是望而生畏！

刀呀，刀……

就是这把亮闪闪的大砍刀，曾使那割资本主义尾巴的工作组落荒而逃！

那是一九七六年农历六月十八，关东烟在江湾的柳条通里偷偷播种下的半亩烟田被人发现了，告密了。割资本主义尾巴工作组闻讯赶来，带着锄头镰刀硬是要毁掉这半亩烟。关东烟手持亮闪闪的大砍刀，横在田头，气呼呼地说："看哪个敢动？谁敢砍倒我一棵烟苗，我就砍掉他的脑袋！"那架势，那气氛，可不是说着玩儿的。谁要敢动一锄一镰，他真的敢砍下他的脑袋。知情的人知道，他的老伴儿知道，这是最后一批烟籽儿，是关东烟的原种。由于当时的种种原因，土地只准种粮，不得种烟。从人民公社化，到"文化大革命"，烟成了禁种作物，成了毒品，成了资本主义的代名词。一年不种，两年不种，关东烟收藏的这点原种眼见要过时变质。一狠心，他便背着人在柳条通里开了这块烟田。想不到，眼见结葫芦打籽儿了，他们硬要毁了它，这岂不是等于剥他的皮，割他的肉，挖他的心，他不跟你拼命才怪呢！

这些人不知好歹，还吵着嚷着往烟田里冲。老伴儿见势不好，一场人命官司就在眼前。出于贤惠，出于对关东烟的疼爱，也是为了保住这来之不易的半亩烟田，她冷不防从关东烟手里夺下那把亮闪闪的大砍刀，朝着割资本主义尾巴工作组跑去："来吧！割吧！割什么尾巴，要割就先割掉我的脑袋吧！"话音未落，她挥刀自尽。血，溅到橙色的土地上，染红了一片墨绿色的烟田。割资本主义尾巴工作组眼见出了人命，一个个都落荒而逃。

刀呀，刀……

这把亮闪闪的大砍刀，铭记下多少人情世故，经历了多少辛酸往事？每一宗，每一件，都同烟有着这样或那样的渊源。从金大头到森林警察，从割资本主义尾巴工作组到林青山，他们哪一个不是把眼睛盯在烟上，把心思算计到我的头上，想从我关东烟这儿得到好处。可我这把亮闪闪的大砍刀，不可能让他们的阴谋得逞。他感到那刀有无限的尊严、无限的威力，仿佛这一刀便定了乾坤！一得意，一高兴，那亮闪闪的镜面般的刀刃上，映出一张激动兴奋的脸。

哼！外人为啥那样给你面子？宠你、敬你、怕你，还不是因为你手里有这把刀，肚子里有点真玩意儿？要是没有这把护身刀，要是没有种烟的秘方子，你关东烟，哼，算什么！他心里一高兴，拎着砍刀上山了。

你看，他腰板拔得直直的，头仰得高高的，一溜风地走在田间小道上。他左顾右盼，东张西望，像是丈量土地，又像是查看烟田，几乎在每一家烟地头上都不屑一顾地冷笑一声："嘿嘿，假的！"尤其是到了他的冤家对头林青山的烟地头上，不仅连连冷笑几声，而且还振振有词地念叨着他的那套老嗑儿："真里边有假，假里边有真。本是飞毛铜，偏要充黄金。切记，切记，莫让挂羊头卖狗肉的人钻了空子，以假当真！”他说着说着，便来了气，抡起亮闪闪的大砍刀搂倒了林青山的一片烟。由于用力过猛，加之又是地挨地，那倒下的烟，横着地格子，齐刷刷地倒在他的烟田里。嗬！这还了得，这等于往他眼里揉沙子。关东烟架起大砍刀，唰、唰、唰，三下五除二，把倒过来的烟全挑了出去。一边挑着，一边骂："该死，假的！假的假的……”骂着，挑着，挑着，骂着，忽觉眼前一亮，那明镜似的刀刃上闪现一道人影。人影，由远及近，由模糊到清晰，仔细一看，原来是方成。

方成笑嘻嘻地走过来，望着关东烟砍倒的烟苗，又风趣地念叨着他在烟把里裹着的那张告示来："真里边有假，假里边有真。本是飞毛铜，硬要充黄金。切记，切记，莫让挂羊头卖狗肉的人钻了空子。不过,哈哈！那里倒是有一片真的。”

“真的?”关东烟摇了摇头，十分自信地说，“在关东村除了我关东烟，不会再有真的！”

“莫自信，你来看！”方成说着，径直朝柳林深处走去。

关东烟望着走进柳林深处的方成，摇了摇手里的大砍刀，便随后跟了进去。他嘴未说，心里话："真的，哼！咱要看看你这真的是个啥样子的?”

方成在前面走着，关东烟在后面跟着，拐了几道弯，很快便接近了那片烟田。

“咦！”关东烟显然是有些惊讶，情不自禁地发出一声叹息，手里的大砍刀险些坠落到地上。他真不敢相信自己的眼睛，在当年他偷偷开垦的这块荒地上，竟然长出这么好的烟来。叶片色气都像真正的关东烟，掐下一片底叶嚼了嚼，味道也像。“咦——”他又情不自禁地发出一声叹息，一声长长的叹息。叹息中，包含着惊奇，包含着感慨，或多或少还包含着一点侥幸心理：莫非说，这烟是野生出来的？不，不像。明明是新起的垄头，新锄的杂草，底叶也是新打过的。这么说，这烟是我栽种的？不，不是。自一九七六年他同割资本主义尾巴工作组在这里对阵以后，这块血染过的荒地他几乎没涉足过。那么，那么这是谁种的呢？他思思量量，竟自语出声来。

方成听了，笑道：“谁种的，以后你会知道。说不定，种烟的人还会登门向你求教呢！”

“求教，求教……”关东烟一边着魔似的磨叨起这两个字，一边拖着那把亮闪闪的大砍刀往家走去。

他走得很吃力，很艰难，硬是打不起精神来。他来时的那种神气，不知跑到哪里去了。

回到家里，砍刀往山墙下一戳，饭不吃，水不喝，倚着炕墙一个劲儿地抽烟。烟，又辣又呛，满屋云雾一般的浓，眼前什么也看不见了。

究竟过了多长时间，谁也说不清。忽然，云雾一般的烟尘里响起了霍霍的磨刀声和呼哧呼哧的喘息声。

方成暗自庆幸。烟花却捏着一把汗！

咦，爹这是怎么啦？

血 誓

“花儿!”第二天早晨，关东烟终于开口说话了。

“哎。”烟花赶忙应道。

“把方成叫来!”

“哎。”烟花胆儿突突的，叫来了方成。

“坐下!”关东烟用刀尖点着木凳，示意方成坐下。

“方同志!”关东烟语气很重，态度十分严肃，“我想问你一句话!”

方成赶忙说：“有啥话，尽管说。”

“你们烟厂真那么大?”

“真的，不信你可以跟我去看看。”

“我要你说，那里没假?”

“没假，没假，全是真的。”

“真的要出口?”

“真的，外商都来谈过了。不信你可以跟我到南湖宾馆去见见。”

“我要你说，真的能换回那么多币子?”

“真的，真的，全是外汇。”

嚓！关东烟把刀往地上一插，起身叫道：“要这样，我把真方子献啦!”

“献啦?”

“献啦!”

烟花和方成几乎同时叫了起来，“太好了！太好了!”

“听着！”关东烟说得十分认真，“好也罢，不好也罢，得血誓发愿，立个字据！”

“这……”方成不知啥为血誓，有点犹豫。

“这是江边人的规矩！”关东烟支使烟花，“去拿纸来！”

烟花取来了纸张。

关东烟说：“师傅传方时，有言在先：此方只为谋生，不得害人。哪个要背信弃义，就按师傅说的：天容人，地容人，这把刀不容人！”

“行！”

“行也罢，不行也罢，此方只准在外地推广，不得在关东村露底！”

“这……”

“这是死条件。依得依不得？”

“依得，依得。”

“那就血誓！”关东烟刷刷点点，写好了血誓书，往锅台上一摊。然后，伸开中指，拾起砍刀，朝手指肚噌地一拉，现出一道血印，渗出一汪血来。啪！渗血的中指重重地按到落款上了。然后，将刀递给方成，“来！你的！”

“这……”方成望着那亮闪闪的明镜般的大砍刀，有些害怕，有些迟疑。烟花却鼓励他说：“没事儿，跟蚊子咬一口似的。”

方成狠了狠心，只好照着做了。

关东烟收起血誓书，朝那天朝拜过的地方，三拜九叩，振振有词：“师傅——爹！为了不让那些挂羊头卖狗肉的人钻了空子，以假当真，我关东烟违背了向你老人家发过的誓，把真方传给了外人！”拜罢，擎起那把刀，刀尖一挑，掀开土坯，漏出一个黑黢黢的洞。借着阳光看得清楚，洞里边有“关东烟之位”的灵牌。

灵牌下压着一本书，一本线装书。这就是关东烟的秘诀：十字真言。

关东烟取出了秘诀，放进了那张血誓书，挡上土坯，又封好洞口。然后，他慢慢地回过身来，把那本小书交给了方成。

方成接过这十字真言，不无感慨地说：“这比得上一部天书了！”

“天书也得人念！”关东烟意味深长地说，“这十字真言，是我师傅一生的心血。在它之外，还有一本书！”

“还有一本书？”方成一怔，“在哪儿？”

关东烟拍了拍胸口：“这儿——心里！”

方成道：“心里？那就请你都说出来吧！”

“这不是一两句话就能说清楚的。”关东烟一边让烟花张罗饭，一边对方成说，“吃完饭，我跟你细说！”

关东烟说一不二，饭后，他一边抽着烟，一边慢条斯理地讲了起来。

他从关东烟种为根，土为本，水为生，肥为力，一直讲到了播、铲、蹚、掐……

关东烟讲了三天三夜。

方成记了三天三夜。

最后，方成又经过三天三夜的整理抄写，终于写成了厚厚的一本书。

当方成兴奋地捧着这本书让关东烟过目签名的时候，关东烟摇着头说："签什么名？"

方成说："就是写上你的大号！"

"写上我的大号？"关东烟思量半天，猛地叫道，"关东烟！对，就写关东烟！"

"好！"方成端端正正地写上了这三个大字，心里压着的一块石头终于落地了。

"大叔，还有句话不知该说不该说？"

"有啥话，尽管说！"关东烟重重地吸了一口烟。

方成说："你们两家和解吧！"

关东烟又重重地吸了一口烟，却没有说话。

方成说："答应烟花和林雨的婚事吧！"

关东烟又重重地吸了一口烟，还是没有说话。

方成说："你既然把真方都献出来了，两家的怨恨也该解了！"

"不！"关东烟磕掉烟灰，终于说话了，"不是我关东烟卷你的面子，我们两家的怨恨太深了！今生今世，除非他死，或是我亡。不然，冤家不会成为亲家！"

关东烟把话说绝了。

还是那条小道

几乎，还是那个时间，那种气氛，方成又走在那条小道上了。

不过，这次不是通往关东村，而是离开关东村，他就要搭船回城了。

中午的阳光，照在江沙伴着卵石的小道上。

小道仍然闪着金色的光。

岸边的柳树和蒲草，在微风中摇曳着，沙沙啦啦，发出有节奏的鸣响，仿佛是温柔少女的窃窃私语声："再见啦！再见啦！"

蝴蝶还在头顶上翻飞。

燕子还在草皮上穿梭。

蝈蝈还在豆棵里鸣叫。

同乍来时不同的是，脚下小道两边的茅草拔高了，长密了，丝丝痒痒的，直往脚上扎。脚步惊得草间的蚱蜢扑扑乱蹦，在方成身上，留下很多绿色的斑痕。

这一切，已经引不起方成的任何兴致了。

作为工作，他已经圆满地完成了任务。他的背包里，就装着关东烟的十字真言——种烟秘方。回厂往上一交，就算胜利而归。这一点，他是踏实的，并不感到空虚。

然而，从感情上来说，他是压抑的，甚至是痛苦的。

他对未能解除关东烟和林青山两家的怨恨而感到内疚，更为未能成全烟花和林雨两人的婚事而感到苦恼。

烟花，这个关东姑娘，给方成留下很深的印象。他喜欢她那质朴的姿容，更喜欢她那爽朗的性情。这中间如果没有林雨这层关系，说不定他真的会爱上她！

临行前，该告别的都告别了，唯独没有见到烟花和林雨。

他们去哪了呢?

他不好询问,更不好寻找,只得悄悄地上路了。

“方同志!”

“方同志!”

喊声是从拐角处的一片柳树毛毛中传出来的。

方成举目一看,在摇摇晃晃的柳树毛毛中间闪出两张泛红的脸。

“烟花!林雨!”

迎着喊声,烟花和林雨跑了过来。

“你们跑到这么远的地方来干啥?”方成问。

“为你送行呀!”烟花和林雨同时答道。

方成感激地点了点头:“那太谢谢你们了!我以为见不到你们了呢。”

“怎么会呢?”

“是呀!”

烟花笑着从林雨的兜里掏出一个红布包,在方成眼前打开了。

“烟花!”

烟花点了点头:“你要走了,我们没什么可送的,就送你这枝烟花留作纪念吧!”

“谢谢!”方成握住烟花的手。

“谢谢!”方成握住林雨的手。

“外道啥!”烟花笑道,“你不是喜欢它吗?”

“这,”方成说,“这太珍贵了,这是你们的信物呀!”

“信物?”烟花敛起笑容,“这是我们两人共同送给你的礼物！”

方成激动得说不出话来。

烟花和林雨也默默不语。

沉默了好长一段时间，方成说：“我没能促成你们两家和解，更没能帮助你们两人……唉——你们还是依靠法律解决个人的问题吧！”

“不。”烟花摇了摇头。

林雨说：“法律能保障我们两人的婚姻自由，可法律解决不了我们两家的感情问题！”

“我们要等待！”烟花说得十分坚定。

林雨说：“对，我们要等待！”

“等待？”方成望了一眼隐约可见的关东村屋顶，深深地出了口气，“等到何年何月何日何时？”

烟花轻轻地摇了摇头。

林雨也轻轻地摇了摇头。

接着，三个人便又沉默起来。

“烟花——”

忽然,从隐约可见的关东村那边传来了浑厚有力的呼唤声。

“烟花——”

呼唤声越来越近，关东烟显然是朝这边追来了。

烟花朝林雨递了个眼神，说：“我走了！”林雨朝方成递了个眼神，说：“我也走了！”

说罢，一个朝北，一个朝南，分别隐匿到小道两旁的柳树毛毛中。

“再见!”

方成朝烟花和林雨消失的方向轻声地喊道。

“再见!”

“再见!”

从摇摇晃晃的柳树毛毛中同时传来了烟花和林雨的回音。

“烟花——”

呼唤声淹没了烟花和林雨的道别声，也淹没了烟花和林雨的身影。

方成踌躇了一下，只好朝烟花和林雨相背的方向走去。

走呀，走!

方成的脚步沉重，心神恍惚，鼻子一酸，挤出句话来：“唉！成见哪，真可怕!”

并非尾声

“关东烟”作为一篇小说的题目，已经酝酿很久了。

我早在一九八一年的夏天就进入了构思，并陆续写出了一些章节和片段。但反反复复，犹犹豫豫，终未成篇。

什么原因呢?

不是由于太拘泥于生活的真实，就是出于我思想上的偏见。我总觉得这是一个有头无尾的故事，或者说还缺少一个美好的结局，而我又很固执这一点。

也巧，就在我经久孕育的形象处于难产之际，春城烟厂的烟质鉴定员方成打来电话，兴奋地告诉我，烟花和林雨来信说，他们定于端午节这天举行婚礼。

我听了又喜又惊。

喜的是，他们的这一结合，总算了结了我的一桩心事，这个故事总算有头有尾了。

惊的是，莫非说关东烟和林青山哪个遇到了不测？

我在电话中急切地问道："关东烟去世啦？"

"没有！"

"那么说，林青山去世啦？"

"也没有！"

"那……那他们是怎样结合的呢？"

"是呀，眼下还是个谜！烟花和林雨在信中没有说明这一点。他们说，这一点要到我们参加他们婚礼的时候才能说明。"方成说到这儿，便热情地约我去关东村。他说："我、我们的厂长都去关东村。一是参加烟花和林雨的婚礼，二是向关东烟表示感谢！你也去吗？"

"去、去、去！怎么能不去呢？"我激动又兴奋地答道，"说不定，此次去关东村，将会使我获得创作《关东烟》续篇的全部素材呢！"

古朴村风情

序

生物的任何变异性质，不论其如何微小，只要是在复杂的和特殊的生活状态下有利于它本身的，即将有较佳的生存机会，因而它就自然地被选择了。依据遗传的原则，既经自然选出的变种，即可繁殖其变异的新种。

凡变异，不论如何轻微和不论因何原因发生，只要在生物的非常复杂的相互关系中，或者在它们生活的物理环境中，对于某一种的某些个体有任何利益，则此等变异，往往可以使这些个体生存，而这些变异本身，亦大概可以遗传给其后代。凡后代具有这些遗传性的，就有较好生存的机会……

新种的形成，是由于对较老的类型有些优越之故；凡生物已经是优胜的或在它们自己本土内较其他类别占有若干优势，便将产生最多的新变种或初步物种。

——摘自达尔文的《物种起源》

不知为什么，这两年我竟然对达尔文的进化论产生了浓厚的兴趣！我几乎一口气读完了他那部曾经轰动整个欧洲、并在全世界引起强烈反响的《物种起源》，毫不费力地记下了其中的许多篇章和段落，以至于当我提笔为《古朴村风情》这部小说作序的时候，竟情不自禁地录下了以上这段文字。

我这样大段大段地摘录与引用，是出于崇拜、偏爱、兴趣、固执，还是其他的什么原因？

这，我自己也一时难以说清楚。不过，一个人的任何行为，都不会是盲动的、无目的的。我的这一举动，当然也不是随便地信手拈来和一时的随心所欲。我，不求人们赞赏和理解我的所作所为，但愿不至于由此而引起人们的猜测和误解，乃至抱怨和不满。但愿……

田野的呼唤

“务农……”

“嘻嘻！”

“六儿……”

“嘻嘻！”

“哪去啦？”

“嘻嘻！”

“回来吧！”

“嘻嘻……”

风，从山那边轻轻地、轻轻地吹过来了。

云，从天那边缓缓地、缓缓地飘过来了。

风，掀起了松花江的波涛。

云，装点了长白山的雄姿。

松花江恰似一条飞腾的蛟龙，畅游在广阔肥沃的松辽平原上。

长白山，如同一位威严的武士，密切注视着沧桑多变的关东大地。

听，是风在呼叫，还是云在召唤？

风，已经过去了。云，也已经过去了。可那悲凉的呼唤和放荡的嬉笑，还在田野里回荡。

田野里，色彩鲜艳，层次分明，只是显得有些破碎和凌乱。偌大一片平川，被分割成许多条条块块。有的种了大豆，有的种了高粱，有的种了玉米，有的种了谷子。这条条块块的大豆、高粱、玉米、谷子，高高低低，绿绿黄黄，恰似用彩线织成的一幅无边无际的幔帐。

呼唤声，嬉笑声，就是从这幔帐般的田野里发出来的。

“六儿他真的走啦？”

“走了，真的走了！离开了咱们，离开了土地，离开了这庄稼……”

“唉——忘恩哪！负义呀！真辜负了咱这些年对他的心思！”

“哼！长大成人了，翅膀儿硬了，忘了祖宗！忘了根本！”

“六儿……”

“别喊啦！”

嬉笑声，仿佛被云带走了。

呼唤声，似乎被风吹散了。

田野里，只剩下断断续续的唠叨和叹息。

“孩子他爹！”

“嗯。”

“别着急上火！”

“嗯。”

“这都是命呀！”

“命？”

“命里注定的哟！啥事，该得一尺，难求一丈！你就认了吧。”

“认了？不！”

这会儿，终于看清楚了。唠叨和叹息，是从土丘后的一块玉米地里传出来的。

玉米地杂草丛生。苦麻菜、酸母姜，伴着节骨草，像泥板抹了似的密密实实，罩住了整个垄头，苗草一时难以区分了。

“这鬼地，可真荒，草长得比苗还壮实！唉……”

一位年逾半百的老妇人，在荒芜了的土地上吃力地拔着草。那草，长得大了，根须扎得很深。拔了十棵，倒有九棵断了根的。她暗自摇了摇头，只得张开干瘦的手指插进土里去掘。土僵硬，掘掉一棵草根要花费好大气力。渐渐地，指甲磨秃了，指头磨出许多倒戗刺，淋漓漓的，往外渗着血，把土头都弄润湿了。

“这鬼地，可真荒，草长得比苗还壮实！唉……”

又是一阵唠叨，一声叹息。那位年逾半百的老妇人，慢慢地回过头来，深情地望了一眼背后的老伴儿。呀！心里猛地翻了个个儿。只见老伴儿兜着嘴，拧着眉，两眼红得像着了火。八尺银锄，左右开弓，唰！唰！唰……锄到草伏，多像当年同还乡团拼刺刀的情景啊！

她清楚地记得，一九四七年春天，也是这个季节，在这块地里，庄稼长得也是这么高。他，新婚不久的丈夫，同回乡反攻倒算的田八，以及田八带领的地主土匪武装还乡团在这里打了起来。

那仗打得可真凶！田八带着还乡团，土改工作队长带着民兵和农会干部，拼死争夺这个地方。

这是一个制高点，又是通向村口的交通要道。谁夺取和占领这个地方，谁就能控制全村，占据优势。

还乡团仗着人多枪多，哇呀哇呀地叫着，像一群疯狗似的扑了过来。

民兵和农会干部则凭着心齐和勇敢，靠洋枪、土炮、长矛、大刀，把扑过来的还乡团一批一批地撂倒了，打退了。

那会儿，她见老伴儿端着上了刺刀的长枪，比这八尺银锄耍得还麻利，嚓、嚓、嚓！像砍草似的把张牙舞爪的还乡团一个个地捅倒了、砍翻了，死死地守住了阵地……

“啧！不对呀！”那位年逾半百的老妇人眼见老伴儿急剧变化的神态，心里不由得颤抖起来。他，这是怎么啦？

只见他，拧着的眉毛竖了起来，兜着的嘴角抽搐着，冒着火的眼睛直呆呆地盯着前方。

前方是块墓地。青色的墓碑，在阳光的照耀下，闪烁着刺眼的光芒。

那刺眼的光芒中，若明若暗地显现出五个庄严肃穆的大字：云光远之墓。

云光远，当年的土改工作队队长，他的入党介绍人，为保卫这块土地而英勇牺牲了的烈士，在这里风风雨雨整整长眠了三十五个年头了。

三十五个年头，竟然落到如此的地步。洒满烈士鲜血的土地，在一些人的眼里却不那么金贵，不那么爱惜了，一枪没放，便拱手交了出来。唉，罪过呀！想当年，他的工作队长一声令下，咱死活都保住了这块阵地。可如今呢，一个堂堂的村支书，竟然命令不了自己的儿女了，一个一个都从阵地上溜了。尤其是这个不争气的六儿，竟然跟那个死有余辜的地主还乡团的头子田八的不知廉耻的堂孙女一起溜走了。唉！惭愧呀，惭愧……

此时此刻，依恋、哀怨、愤懑、失望一起涌上了心头。他只觉得眼发花，头发涨。胸中像塞上了一团乱麻那样地憋得慌，只憋得手发酸，腿发软，那八尺银锄仿佛有千斤那么重，恍恍惚惚，只是抬不起来了。有几次，眼见擦着草边砍伤了禾苗。唉……老了，完了，真的不中用了，身子直朝前倾斜。

“孩子他爹！”那位年逾半百的老妇人，惊叫着扑上前来，吃力地扶住了他。

他感激地握住老伴儿那干瘦的手，定了定神，睁开眼睛，只见从田路上走过来一个人。

那人背着书包，哼着小曲，步履轻盈，笑眯眯的，显得很快活。

“刘书记！务农他真的走啦？”

他听着声音很熟，近了一看，原来是田八的堂孙子，那个不知廉耻的疯丫头的胞兄，村小学的代课教员田风。

“哼，”他嘴上未说心里话，“那还不多亏你那个不要脸的妹妹！”他定了定神，便逞强地擎起锄头。

“哎呀！这地荒成了这个样子，这个样子……”田风不知是没看出他的神态，还是不介意他的表情，撒摸了一眼大地，抬起头说，“刘书记，这地可不能再耽搁了。这样吧，明天我的班级上植物课，我把学生拉到这块地来帮你除草清苗吧！”

“你！”他猛地擎起锄头，逞强地挥舞起来，心里发狠道，“咱就是急死累死，也不会接受你的怜悯、你的帮助。”

“哼！”

不是用力过猛，便是气火攻心，他没走出去半步，就晕倒了。

“孩子他爹！”老伴儿急忙伸出手去扶，可她哪里能扶得住哟！

“刘书记！”不管他愿意不愿意，喜欢不喜欢，他那瘫软的、沉重的躯体毕竟还是倒在了田风的怀里，是他把他扶了起来。

古朴村不古了

人哪，真怪！

变迁，能给人带来欢乐。

变迁，也能给人带来忧虑。

这位把毕生精力都献给了党的事业，三十五年来一直连任古朴村党支部书记的刘义，近来对古朴村的一些变迁，竟然产生了无尽无休的烦恼……

古朴村，以古得名。

村中有棵古树，村头有座古堡，村前有条古河道。三“古”成一线，形成了古朴村的古老风貌。

因为“古”，便有许多古人、古事和古老的传说。

传说最多、最美、最耐人寻味的算是村中这棵古树了。

这棵古树，生得十分古怪。高高的树干，不知是什么力量驱使它，左甩三道弯，右甩三道弯，前后又甩三道弯，形成了个三三见九的怪形状。树干既高又粗，几个好胜的村中后生曾连起手来码量过它。四个后生八只手，码量来码量去，费了九牛二虎之力，却没能扣起手来，可见这棵古树有多粗了。

粗壮的树干上，皱皱巴巴地长了好多的树眼。那树眼亦长得怪异，前后左右都是对视着的，一看便数得出来，左侧九只树眼，右侧又九只树眼，前前后后各九只树眼，恰好形成了双数，四九三十六只树眼。

三十六只树眼，向着四面八方，仿佛像一位先知先觉的神人似的审视着人间，并随时可能做出惩恶扬善的举动。难怪这里流传着这样的警语：听着，古树有眼！那意思是说，不学好，做坏事，被古树看到了，会受到惩罚的。至于古树的根须，那就更长得神奇了。盘根错节，根须外露，黑森森的，十分扎眼。有人数过，长根短根，粗根细根，加起来恰好是九九八十一根须枝。

八十一根须枝，像八十一条黑色的苍龙，昂首摆尾托起这棵高壮的树干。老远望去，更显得十分壮观。

壮观虽是壮观，但这棵古树确确实实是太老了。根须外露，老皮脱落，枝枝杈杈几乎全枯萎了。如俗话所说：人老猫腰，树老焦梢。这棵神奇古怪的老树，如今已经失去了当年的风采。然而，尽管如此，古树仍不愧为古朴村之“一古”了。所谓“古”，不仅仅因为树的年龄大，更主要的是因为这树的渊源，这树的来历。传说，这树是明朝的开国皇帝朱元璋栽的。朱元璋从小是个放牛的，有个放牛棍，无意中插在这里，想不到插到了龙脉上，棍木得水，生根长叶，很快便长成了一棵参天大树，象征着明朝的昌盛和发展。听人说朱元璋还特意回来拜祭过。又有传说，这树是乾隆皇帝栽的。当年，乾隆出访关东，将一根拐杖戳到这里。拐杖入土，如龙得水，竟然活了起来，长成了这棵大树。朱元璋栽的也罢，乾隆帝栽的也罢，传说终归是传说，其实都是无可考据的。但是，这棵树是真实的，因为它实实在在地矗立在这里。尽管焦梢了、衰老了，它却依然显示着活力。而那传说栽树的两位帝王、不可一世的统治者都早已成为历史的陈迹了，只有古树犹存！

同这棵古树遥相呼应的古堡、古河道，也都有各自美好的传说和来历。据说，那古堡是金人所筑，专为防范铁木真的。那大汗雄心勃勃，经常犯边入境，金人便筑堡相持，抵御元军。

可又有人说，那古堡不是金人所筑，是清末民初的村民所建，为的是防匪逐盗，保护村民生命财产安全。究竟是金人所筑，还是村民所建，都难以做出定论，因为考古学家尚未光临此地。不过，从那水滴石穿的孔隙和日益风化的石眼来看，这古堡总该有些年头了。至于那古河道，人们都说原是皇家一个鱼圈。那时，松花江里有一种黄鱼，鳞细肉嫩，味道十分鲜美。乾隆驾幸此地，得尝鲜味，连连叫好。地方官为讨好圣上，兴师动众，开掘鱼圈，把捕捞上来的黄鱼圈养起来，然后造出专车，定期向皇家进贡。后来，黄鱼打捞得绝种了，鱼圈也随之干涸了，只留下一条古河道。

古朴村虽小，却是历代兵家必争之地。远的不讲，就说近代吧，伪满洲国立此处为重点强化区，日本人和朝鲜人混合开拓团的总部就设在这里。国民党新一军在这里驻扎了一个团防支队。解放军三下江南四保临江之战，也是以此作为突破口。东北进入全面土地改革之时，古朴村又是沿江一带第一个开辟区，是实行分田地、打土豪的第一个村堡。尤其是刘义，几乎他一生的喜怒哀乐、荣辱升迁，都同这古树、古堡、古河道有着这样或那样的渊源关系，对古朴村就更有着一种特殊的感情。他何曾不记得，在古树下开过好多次会议，发表过好多次演说，做出过好多次决定。在那个古堡里，他打过土匪，抗击过地主还乡团。在古河道上，同还乡团的匪徒们拼过刺刀，并亲手使田八伏法。一想到这些，他就感到无限的欣慰，无上的荣光。似乎这古树、古堡、古河道，都同他的荣辱、声望、业绩联系在一起。可如今，这一切都不存在了，古朴村不“古”了。那棵神奇古怪的老树，竟然被人用柳条编围了起来，遮住了它的根须，遮住了老树的整个身影，仿佛也遮住了他的心。他郁闷，他惆怅，他愤懑。然而，这些都无济于事，他无可奈何。因为那插编围树者不是外人，而是他亲生的骨肉三儿。在他的眼里，这三儿可是个不务正业的人，种种地竟然起了外心，虎巴的从长白山引来了什么真菌，培植起什么凤尾蘑来。有一天，他偷看一眼，唔——暗自抽了口冷气。只见那枯萎的枝杈上，粗壮的树干上，盘根错节的须根上，嘟噜噜地到处都长满了蘑菇。那蘑菇，青须须、白花花的，好像古树身上生就的一层癞疤。那癞疤，罩住了树头，罩住了树脚，罩住了整个树身，也罩住了当年曾贴过红绿标语的地方。对，那里，就是那里，贴过“土地还家！”“耕者有其田！”……可那里现在长的都是蘑菇，蘑菇，蘑菇……呸！他嘟哝着骂了一句：“什么真菌凤尾蘑？纯属狗尿苔！”

凤尾蘑也罢，狗尿苔也罢，可这玩意竟然得到了省城白山宾馆的赏识，每斤两块钱的开价，全包销了。三儿，成为古朴村第一家种蘑菇专业户。专业种蘑菇，只好交耕地，三儿又成为古朴村第一家离土不离乡的庄户人。

三儿交土地，免不了找他爹。他爹一气之下，竟把土地收下自己种了。收下了一份，又交来两份。他的五儿、姑爷，不知受三儿的影响，还是自醒自悟，居然也交了土地务起副业来。

五儿占了古堡，开起了风味馆。姑爷占了古河道，办起了鲤鱼塘。黄沙沙的古河道，变成了白亮亮一片汪洋。那座当年曾插过古朴村农会大旗的古堡，如今却竖起了“关东风味馆”的招牌。你说，罪过不罪过。一气之下，五儿、姑爷的地他又全包了。他仗着自己的身板硬朗，使唤着个百依百顺的老伴儿，尤其是仗着身边还有一个健壮得像虎羔似的六儿。然而，六儿也是靠不住的。到了这般光景，他一甩手也走了，跟那个不知廉耻的疯丫头进山炼什么新兴建筑材料，搞什么“无工不富”去了。唉，人哪！真没处看去，都是些忘了祖宗、丢掉根本的败家货！

昏昏沉沉，三天三夜。刘义似睡非睡，似醒非醒，迷迷糊糊做了一个很长很长的梦！

等价交换

在六儿的耳朵里，田八堂孙女的笑声，可要比母亲的呼唤声动听得多。

那咯咯的连串的笑声，仿佛是优美的音符。窃窃的私语，甜蜜而又令人陶醉的情话，是那样的销魂动魄，是那样的扣人心弦……

“务农！”

“唔。”务农微微地喘着。

“过来！”

“唔。”务农还是微微地喘着。

“嘻嘻！”

“你还笑呢，看把我累成了啥样啦？”务农轻轻地喘着，叫着，一屁股坐到田八堂孙女、那个在中学时就使他倾慕的同班同学田春玲的身边。

“嘻嘻,”田春玲笑着，一边用手帕轻轻地擦拭着他额头上渗出的汗水，一边挑逗地说，“你忘了？咱可是全县中学生田径赛的女子百米冠军呀!”

“忘啦？怎么能忘得了呢！嘿嘿。”务农笑着从田春玲手里夺过手帕，使劲地揉擦着头上的汗水。从额头揉擦到脸颊，从脸颊揉擦到脖子，最后揉擦到长满短胡须的嘴角。揉揉擦擦，竟然揉擦出一句笑话来，“你跑了个第一，得了一个诨名：兔子的腿脚，狐狸的心眼，《画皮》里的模样，出了名的快腿美人!”

“你!”田春玲用胳膊肘轻轻地顶了他一下。

“哎哟!”务农装作被顶疼了的样子，朝外边闪闪身子，笑道，“嘿嘿，想必你不会像那《画皮》里的厉鬼吧?”

“啥?”听了这话，田春玲猛地虎起脸来，“何必是像呢，我就是那《画皮》里的厉鬼!”

务农下意识地躲闪着，笑道：“嘿嘿！那你来迷我做甚？是挖心？还是吸血?”

“什么挖心吸血，我要囫囵把你吞啦!”田春玲冷不防地抱住了务农，在他的脸上重重地亲了一口。

“呀!”务农情不自禁地用手帕掩住她亲过的地方，得意地笑着，“那，那咱可亏本啦！你一口把咱吞了，啥啥也不剩了，这算是等价交换吗?”

“啥?”

“啊!”

务农被田春玲的举动惊呆了。

她像被针扎了似的叫了起来，猛地夺回手帕，紧紧地捂到自己的脸上，哽咽着，抽搐着，肩头一耸一耸地战栗不止，渐渐地哭出声来。

唉，我真混！怎么能当着矮人说短话呢？等价交换，等价交换……他清清楚楚地记得，田春玲作为一个姑娘，她向他原原本本地讲过的那个所谓等价交换的故事，她是付出了多么大的代价呀？那里边有耻辱，有愤懑，有得更有失呀！她，她……

她同所有的农村姑娘一样，梦想着念完高中能考上大学，然后毕业分配到城里工作。然而，她又同绝大多数的农村女高中生一样，高考落榜，心灰意冷，整天待在家里无所事事。后来，实在熬不过去了，便跑到省城姑夫家里来解闷儿。

姑夫是省城一家建筑公司的工人，为人忠厚老实，对妻侄女的处境产生了恻隐之心，托人在一家个人承包的新型建材厂为她找了个临时工作，专门负责装卸建筑材料。

“嗯，这不是咱家乡鹰山上的珍珠岩吗?”

进厂的第一天，她就认出了那所谓的新型建筑材料，原来竟是家乡山上的一种矿石。那矿石呈银灰色，抓一把掂量掂量，轻飘飘的没多少重量，学名为珍珠岩。那玩意可多得很，满山遍岭皆是。

“哎呀，想不到这玩意还有大用途!”

田春玲是个很有心计的姑娘，加之又念了九年书，什么事一琢磨便透亮儿了。装卸料的间隙，她偷偷绕厂走了一圈，四下瞄了瞄，一看便悟出了其中的奥妙。其实，这新型建筑材料厂，一没多大规模，二没多少机械，不少工序都是手工操作。至于原材料嘛，更是比较单一，除了珍珠岩，几乎没有什么别的配料。可能是加点胶类，加点颜料，因为那压模而成的内壁七色板，除了颜色，除了胶合，几乎全是珍珠岩。

“唔，原来是这样!”

田春玲一边抚摸着内壁七色板，一边喃喃自语，心里合计着这珍珠岩是怎样变成七色板的呢？就在这时候，有人从背后走来了，并在她的肩头上重重地拍了一下。她回身一看，一位笑容可掬的人正审视着她。

这人，五十多岁，营养很好，面色红润，加之注重装束，看上去颇有点风度。

“喂，姑娘！你……”

“啊，”田春玲赶忙放下七色板，抓起板锹，说，“我见它怪好看的。”

“好看，好看，嘻嘻!”那人抬手拾起田春玲刚刚放下的那块七色板，目光却在她的脸上扫来扫去，声音里流露出一点点油腔滑调，“是怪好看的！你……”

“我叫田春玲，是刚入厂的临时工。”田春玲说罢，扛锹欲走。

“等等，”那人从后面叫住了她，“原来你就是刚来的那个农村姑娘，怪不得这样眼生呢！嘻嘻，好好干，厂子亏待不了你！你……”

“你是谁?”田春玲反问道。

“我嘛，嘻嘻!”那人万没想到，一个农村姑娘竟敢如此反问他，如此直视着他。所以，当他的目光同田春玲的目光碰到一起的时候，便不由得眨巴了一下眼睛，笑道，“我是这个厂的承包人，技术上、经营上的总管，大家都称呼我于经理、于总工程师。你嘛，嘻嘻！叫我于辅新就是了。”

“啊，你是于厂长!”

田春玲又仔细地打量了他一番，感到这位于厂长确确实实是有一点风度的。

他头发稀疏，略有点白，看上去十分文雅潇洒，颇有点“福相”，如俗语所说：贵人不顶重发嘛！尤其是那身剪裁得十分得体的咖啡色西装，再配上那素花紫色领带，更有一种学者风度。从外表上看，姑夫崇拜并向她炫耀过的这位用重金从一家大厂聘来的技术大拿，可能不是个等闲之辈，她心里默默地敬慕起来。

“噢！姑娘，你为什么这样看着我？你……”

可惜，实在可怜！仪表堂堂，为什么腔调这般的油滑，这般的刺耳？田春玲听了，感到有点厌恶，情不自禁地转移了目光。

“啊，是这样……我想问问，这七色板是怎么造出来的?”

“你问这个?”于厂长神经质地正了正眼镜，从镜片下面透射出两缕警惕的目光，“你问这个干什么?”

“我，我……”田春玲感到碍口，但终归还是把要说的话说出来了，“我想跟你学做这七色板!”

“学做七色板？你？”

“嗯，我家乡那有的是这玩意，满山遍野！”

“有的是这玩意，满山遍野！你的家乡在哪儿？”

“鹰山下古朴村。”

“你是古朴村的，要学做七色板？”

“嗯，我们那儿有原材料，有同班的姐妹，有的是棒劳力。我想，学会了这手艺，回村也办个厂。就地取材，省工省料，又能为村中的兄弟姐妹谋一条生路！这……”

“这可要交学费，付代价！”

“学费我交，代价我付。”

“你交付得起吗？”

“多少？”

“这个数！”于厂长猛地伸出两根胖胖的手指。

“二十元？”田春玲猜道。

“不，”于厂长使劲地晃了晃那两根胖胖的手指。

“二百元？”田春玲继续猜道。

“不，”于厂长又使劲地晃了晃那两根胖胖的手指，连连地说，“两千元！两千元！”

“啊，这么高的学费？这么大的代价？”田春玲惊得目瞪口呆，“不能少一点吗？”

“少一点！哼哼！这是技术，这是科学，是发明，是创造，是我个人的专利！能那么便宜就获得吗？安心干你的临时工得啦！”于厂长说罢，迈着颤悠悠的步子走了。

田春玲站在那里沉默了许久，琢磨了许久。她没有灰心，也没有泄气，暗自留心起生产流程、工人操作，并偷偷画下了机械图纸，配方却无处获得。这一关，看来还得到于厂长那里去问了。

一天下午，她在上次见到他的那个地方又见到了他。他，看上去还是那么庄重，那么威严，那么笑容可掬和风度翩翩。所不同的是，他身上那套咖啡色西装换成了银灰色的中山服，越发显得温文尔雅、肃穆庄严了。田春玲不由得躬身施礼，称起老师来。

“于厂长！不，于老师，请你收下我这个虔诚的徒弟，把技艺传授给从心里崇拜你的学生吧！”

“这……”于厂长先是一愣，接着认出是上次在这里同他搭讪的那个农村姑娘，便正了正眼镜，轻声道，“我早已说过，这要付代价、交学费的。”

“代价我付，学费我给。”田春玲又深深地鞠了一躬，哀告着，“不过，请你可怜可怜我们农村人，我一个姑娘家一时拿不出这么多的钱，少收点吧，啊！五分人情，三分照顾，一分怜悯，我给你凑上这个数，行吗？”

“这，这……”从那沓钞票的厚度，于厂长一眼就看出这姑娘双手捧的是二百元钱。二百元钱，在于厂长的心目中那算个啥呀！可在一个农村姑娘的心里，则是个大得不得了的数目，是她几个月的工资，外加从姑夫家的借贷。所以，她十分郑重地举了过来。然而，于厂长不屑一顾地推了回去，“这样吧，你既然如此好学，那么下班后就请到我的配方密室来一趟。眼下，我还有别的事情。”

他匆匆而去，她默默地等待，终于等到了下班，等到了于厂长为她打开配方密室的门。

密室果然很秘密。一栋连排的清式瓦房，分隔成好多的密室。每一间密室，设一道铁门，配一副暗锁。从入口进来，田春玲便留起心来。她一面记着于厂长讲述的配方数据，一面暗暗数着密室和铁门的数量。不多不少，恰好是九间密室、九道铁门。

“唔，你这密室可真严紧哪！”田春玲惊讶中带着感叹。

“天机不可外泄嘛！嘻嘻，”于厂长得意忘形地笑着，“若不严密，配方外泄，专利岂不成为一钱不值的泡影了？”说罢，又打开一道铁门。唔，一股暖流带着烟酒糖茶和高级香水的混合气味从里面热乎乎地散发出来。

“呀！”铁门里原来是一间十分考究的卧室。紫檀色的穿衣柜，衬着金丝绒沙发床。款式新颖的三屉桌，配着十分时髦的大台灯。东墙的茶几上，摆着一台自动电话机。电话机的下层隔放着烟茶糖果。

一个农村姑娘，哪见过这般气派的装潢摆设。她感到有点恍惚，有点眼晕，昏沉沉的透不过气来，真想尽快离开这里。所以，她顾不得接受于厂长递过来的糖果，赶忙从贴身兜里掏出那二百元钱递了过去。

“给，二百，我的学费。”

“二百，嘻嘻！二百……”于厂长接在手里，熟练地甩打着嘎嘎硬的钞票，冷笑道，“这仅仅是十分之一哟！”冷笑声伴着油腔滑调，怎么那样的难听啊！

“是，是十分之一。”田春玲赶忙承认说，“今下晌我不是跟你说过了嘛，那十分之九，五分作为人情，三分作为照顾，一分作为怜悯。”

“人情、照顾、怜悯，嘻嘻！”于厂长冷笑着，把钞票甩得唰唰地响，“人情、照顾、怜悯能值多少钱？技术就是财富，它可不讲什么人情、照顾和怜悯，讲的是等价交换！”

“等价交换？这……”这又难坏了田春玲，她面对着于厂长那咄咄逼人的气势，颤声道，“这可交换不起呀！”

“交换得起！嘻嘻！”于厂长说着，又朝前跨了一步，同田春玲的距离近得不能再近了，那中山服的吊兜已经碰着田春玲的衣角。从于厂长口里呼出的热气，已经烘烤着田春玲的面颊。她本能地朝后躲闪着，可于厂长的一只胳膊不知怎么伸到了她的背后，并就势紧紧地搂住了她，“农村姑娘出嫁要多少钱？一千五？两千？这二百块，再附加上你，不恰好是等价交换了吗？嘻嘻，来吧，我的宝贝！俗话说，不跟老师睡过觉，哪能学到真本事！”

“不！不……”田春玲拼命地挣扎着，躲闪着，可于厂长那硬棱棱的胳膊搂得紧紧的，他那肥胖沉重的身体也死死地靠拢过来。她先是感到厌恶，接着便感到恐怖，渐渐地浑身痉挛地战栗起来。不知什么时候，灯也熄灭了，眼前一片漆黑，昏昏沉沉地仿佛坠入了万丈深渊。她感觉身子像被什么轻轻地抓了起来，晃晃悠悠，似乎失去了一切依托。她头脑昏昏沉沉，朦朦胧胧，即将沉沦下去，沉沦下去……忽然，她似乎觉得心里一亮，眼前闪出一片幻觉来，并从幻觉中想起了好多好多的事情。想起了家乡，想起了家乡的鹰山，想起了鹰山上那满坡满岭的珍珠岩，想起了家乡的姊妹，想起了同家乡姊妹一起创办新型建材厂和一起制造内壁七色板的情景。然而，可惜呀，可惜！此时此刻就是没有想到她自己，她……

“春玲姐！你们在这儿呀？可叫我好找哟！你看，这叫啥七色板哪？”

尖厉的喊声，伴着急促的脚步声，从背后传来，顿时打断了她的思绪。回身一看，一个挺秀气的姑娘捧着一块刚刚生产出来的七色板跑来了。

“唔！”田春玲仿佛预感到出了什么事情，她急忙从那个姑娘手里接过七色板，用手一捏，唰啦一下破碎了。她眼里顿时冒出火来，“哼，流氓！坏蛋！他欺辱了我！也欺骗了我！我找他算账去！”

“还要去等价交换哪？”务农眼见她匆匆欲走的样子，有点着急了。

“不！”她咬着牙，狠狠地说道，“我要让他加倍偿还！”

后面的这句话，由于带着愤怒，近乎呐喊，在田野上引起一声声震撼人心的回响。

撕裂开的合照

刘义醒过来了，好不容易醒过来了。不过，醒得却很迟缓，很艰难，眼皮像坠了铅似的抬不起来，身子软得如一摊子泥巴。唯有两只耳朵是完全清醒和灵活的，传导着各种各样的声音。

他首先听到的是鸟儿叫。

叽叽叽，叽叽叽……

叫声轻细而又凄厉，似乎有叙说不尽的哀怨和忧虑。

从鸟的叫声，他听出那是一种小小的候鸟儿。鸟儿虽小，长得却十分美丽，灰肚囊，金下颏，铁青色的脑门，俗称烙铁背。每年春暖花开之际，这种鸟儿便随着鸟群从南方飞来了，落到犁开的土地上寻觅小虫子，是专吃软食的鸟儿。这鸟儿眼下就在他家门前的杨树上。怪呀，怪！芒种已过，接近夏至，按时令这种鸟儿早就该飞走了，可它为什么还在这里凄厉地叫着？是失群了，丢伴儿了，还是恋着这块土地不想走呢？是了，是了，一定是我救过的那只鸟儿。春天种玉米的时候，落到他家地里一层鸟儿。那些鸟儿，跟在他身后，在犁开的土地上寻食吃。不知是哪家的淘小子，在地里偷偷架起一只扣筐（捕鸟的一种工具），扣住一只鸟儿。那鸟儿拼命地挣扎，吃惊地叫着，一心想逃出牢笼。可牢笼是铁制的，它一只小小的鸟儿怎能逃脱得了呢？他发现了它，并把它放了出去，索性把那只扣筐踹成了扁饼，扔到荒地格子的草窠里去了。那只被放生的鸟儿，在他头上飞着、叫着，仿佛和今天的叫声一模一样。是惊喜，是感激，是……他猛然产生一种奇怪的念头：唉——人哪，还不如一只鸟！鸟儿还知报恩，可他们（指自己的儿女们）翅膀一硬就分窝离了娘。感慨之中，想睁开眼睛看看那只鸟儿。可这时候，家里那只芦花老公鸡的叫声又传到他的耳朵里。

那只芦花老公鸡可是他的稀罕物。他稀罕它的红冠子，冠子又肥又大，像插在鸡头上的一面锦旗。他稀罕它的羽毛，那羽毛五颜六色，油光锃亮，比状元郎的蟒袍玉带还艳丽十分。其实，他最稀罕的还是老公鸡那趾高气扬的架势和它在鸡群里那至高无上的权威。每天清晨，它扯着脖子一叫，鸡栏里的鸡便叽叽咕咕随声啼鸣起来；它领头一走，后面总是跟着一群鸡，尤其是那些母鸡，都对它献殷勤。不论在什么地方，只要它咕咕一叫，扑啦啦便会有很多的鸡围拢过来，任其挑逗和戏耍。这老公鸡呀，在鸡群里可是个太上皇，是说一不二的君主。想到这里，难免又有一番的感慨。人，还不如个哑巴畜生。哼，真是落配的凤凰不如鸡！唉……

唉声未落，院子里又响起了犬吠、鹅叫和嚓嚓啦啦的脚步声。

脚步声，是破碎的、凌乱的，有轻，有重，汇成了一片很不和谐的音响。

从这些破碎的、凌乱的、轻重不同的脚步声中，他分辨出都是谁来了。

他尽量屏住呼吸，把本来就不愿睁开的眼睛闭得紧紧的，一动不动地躺在那里。唔，有一道红光罩在了脸上，麻酥酥、暖洋洋的。对了，一定是太阳出来了，是太阳光从玻璃窗上照射进来，落到他的脸上。

忽然，那道红光像被什么挡住了。是云，是山，不，他只觉得眼前有许多阴影在晃动，越晃越近，仿佛贴到了脸上。

唔，是他们！他虽未睁开眼睛，但已经意识到围在身边的是他那些不孝的儿女们。唉，他情不自禁地长出了口气。

“妈，爹还没醒过来呀？”

这是三儿，是刘守山，是那个在古树上栽植凤尾蘑的混蛋的声音。他听得出，那声音是粗犷的、沙哑的。对了，都是因为当年家境不好，孩子他妈生他的时候奶水不足，饿得他哭喊的结果。一想到这儿，心头便有点发颤，鼻子也有点发酸。唔，蘑菇味！发酸的鼻孔里仿佛充满了令人作呕的凤尾蘑的气息。唉，他又情不自禁地长出了口气。

“刚才像醒过来啦。可这会儿，他，他又昏过去了。他，唉！都是你们作弄的，你们……”

这是老伴儿的声音。声音颤抖着、断续着。唔！有一串泪水随着颤抖断续的声音滴到他的腮边，流到他的口里，咸咸的、涩涩的，心里猛地翻了个个儿。唉，他觉着老伴儿这些年跟他受了不少苦，遭了不少罪，感到有许许多多的地方对不起她。他这会儿的心里很难过……

“妈，爹的气色咋这么不好看？”

这是五儿，是刘守田，是那个借助古堡这一方宝地开了餐馆的小兔崽子的声音。五儿的声音，同三儿正相反，高亢，尖厉，听起来特别刺耳。这刺耳的声音，他听起来特别的心烦。再加上一口买卖经，什么“红焖肉，白烧酒，香酥鸡，清蒸鱼，锅烙热乎的——”高亢、尖厉声中，又添上了油腔滑调，听起来有一股子油泥子味！他情不自禁地又长出了口气。

“气色能好吗？着急上火不说，眼下是三天水米没打牙啦。唉，都怪你们惹他不顺心，他非死在你们手里不可，你们掂量着办吧！你们……”

又是老伴儿的声音。声音，还是颤抖的、断续的，接着从眼里滴落一串泪珠。泪是咸的、涩的，也是热的，其中包含着多少疼和爱哟！他真想放开喉咙大喊一声：我的好老伴儿呀！然而，他没有喊出来，只是情不自禁地长出了一口气。

“妈，这是新出水的鲤鱼，给爹熬锅汤，好好补补身子吧！”

听得出，这是他那个又精又灵又奸又猾的姑爷的一席话。这席话，并不难听，充满着柔情，充满着关怀，只是感到带着一口浓重的鱼腥味。鱼腥味，再加上油腻子和凤尾蘑的气息，不仅使他作呕，而且使他感到窒息。他，猛地睁开了眼睛，只见儿女们都望着他，像望着一个什么怪物似的望着他，心里不由得引起了一股厌恶情绪。尤其是摆在地桌上的鸡、鱼、凤尾蘑，不仅引起了他的厌恶，而且引起了他的愤怒。当时，他自己也说不清哪来的那样大的气力，那么大的怒火，一蹬腿，倏地站起来。他一抡胳膊，哗地把桌上的东西全划拉下来，乒乒乓乓，有什么东西磕碰碎了的声音。他双手叉腰，厉声道：“滚！滚！统统给我滚！”

儿女们都愣怔着，吃惊地看着他。那神情，那眼神，似乎在说：“爹，你这是怎么啦？”

只有心疼他的老伴儿心里清楚。她抬起手来，一面扶住他，一面示意儿女们：“走吧，走吧，快走吧！唉，别站在这儿惹你爹生气啦！”他眼见着儿女们惊恐地、疑惑地、恋恋不舍地走了。他先是放声大笑，接着是低声抽泣，笑罢了哭，哭罢了笑，过了很长一段时间才算稳下神来。低头一看，唔，原来是地桌上摆的那块装相片的镜子，同鸡、鱼、凤尾蘑一块被划拉到地下摔碎了，怪不得刚才发出那样一声脆响。

镜子里装的是前些年照的一张相。那是一张合照，是全家福，除了老大、老二、老四，全家人都在上边。

老大没在这上边，很早很早就离开了家，离开了他，是解放战争的时候牺牲的，在黄河边有他的一座墓。

老二也没在这上边，抗美援朝那阵子，他牺牲在平壤城头，志愿军墓地里有他的名字。

老四是“大跃进”年代死的。虽然没有前两个儿子死得英勇，死得光荣，但也不孬，是大炼钢铁的土高炉崩塌砸死的，也算为公献身了。

不在的没上到合照上，上到合照上的也都出走了、分窝了，各奔前程了，留着这玩意还有什么用呢？

咔——

他顺手扯下了一角。扯下的是三儿，是那个养蘑菇专业户。嘴未说，心里话：“种你的凤尾蘑去吧！”

咔——

他又顺手扯下了一角。扯下的是五儿，是那个开饭店的老板。

咔——

又扯下一角。

咔、咔、咔……

三下五除二，把一张全家福撕了个粉碎。

唔，院子里又传来了犬吠、鹅叫和嚓嚓啦啦的脚步声。

他抬头一看，只见一个姑娘从条子门外走了进来。

“啊！唔，凤儿！小凤……”

心里一亮，竟然喊出声来。

希　望

小凤，是他的外孙女。

外孙女，家住在省城，是去年高考落榜的补习生。

这姑娘有个怪脾气，虽说自小就跟爹妈进了城，可心里总恋着家乡。恋着家乡的山，恋着家乡的水，恋着家乡的树木和庄田。念中学的时候，一到寒暑假就往外公家里跑。平素有空，也要搭车到这里看看。这里离省城近，有通往省城的公路，又有铁路从鹰山下经过，要来即来，要走即走，来来往往，十分方便。

说来也怪，这姑娘在城里是少言寡语、文文静静，一天难得见一次笑容。可一到了乡下，如鱼得水，似鸟归林，叽叽嘎嘎尽是笑。人家进山她进山，人家下田她下田，有时还随着船队下江去撒网。采蘑菇，拔野草，捕鱼捞虾，农家事事她都有兴致。

外孙女的秉性，正合外公的心意。

刘义这人,由于多年的农村工作,又加之土生土长在乡下，是喝松花江水和吃松辽平原的粮米长大的，对家乡的山山水水有一种特殊的感情，凡事总好以土地画线，以对待土地的态度论定是非。人们都记得，土改那阵子，他是以土地多少给人划成分的，并以在土地上劳动的时间长短和受剥削的轻重而论等分田。农业合作化时期，他又是以土地入社先后来断定翻身农民的政治觉悟。公社化之后，他对以土地论定是非的态度更加坚决。热爱土地有功，弃农经商有过，对待土地的亲疏好恶，成为他那会儿选拔生产队干部的唯一标准。就是到了联产承包责任制后，他仍是以对待土地的态度来论定是非。难怪他对子女是那样的气愤，对外孙女又是这样的亲近与宠爱。过去，外孙女每次来了，他总是“凤儿，凤儿”不离嘴，叫得甜嘴蜜舌的，眼珠总在外孙女身上转。嘴未说，心里话：“哎，这才是我的外孙女哟！进城没忘本，还知道常回家乡来看看。好呀，好。”心里一高兴，总让她姥姥给做好的吃。咸鸭蛋呀，黏豆包呀，甚至连正下蛋的老母鸡也都舍得杀，闹得舅舅舅母都有点妒忌。可他呢，照样宠着，哪个敢说不！今天，他虽说有病在身，自觉昏头昏脑的，可眼见外孙女提着包包在犬吠鹅叫声中走进院门，走进屋里，还是兴奋地喊了起来：“凤儿，凤儿！是你呀，小凤……”

兴奋劲儿一过，还滴下几滴泪来。

“姥爷，你这是怎么啦？”小凤扑到外公的怀里，用手帕给他擦泪。

小凤这一问，刘义鼻子又有点酸：“唉……病啦，老啦，不中用啦，完、完……”说着，泪水又从眼里溢出来。

“姥姥，姥爷得了什么病？”小凤见外公如此悲伤，不安地转过脸来问姥姥。

姥姥说：“能有什么病？还不是因为土地！”

“土地，土地怎么啦？”小凤走到姥姥面前。

姥姥打了个唉声：“还不都怪你那些舅舅们……”

“他们怎么啦？”小凤性急，步步追问。

“他们，他们……”姥姥只好把原委告诉了她。

“啊，原来是这样，是这样！”小凤听完姥姥讲述完事情的原委，又转身来到外公面前，扯着外公的手说，“没关系，没关系，我来帮你干！”

“你？”

“嗯！”

“你不是正在补课，准备考大学吗？”

“课不补了，学不考了，我跟爸妈商量好了，回乡下跟姥爷姥姥一块种地！”

“真的？”一听说外孙女回乡帮他种地，他就像吃了什么兴奋药，猛地从炕上坐起来，瞪着一双昏花的老眼直视着小凤。

“真的！真的！”小凤显然是被外公的神情感染了，她一边尖声应道，一边兴奋地从背包里往外取东西，“看，看！这是妈妈给你和姥姥带来的吃喝，这是我带来的书。”

书，全是农业方面的，什么《土壤学》《农药学》《田间管理学》，等等，摆了长长一大溜。那长长一大溜书，全是套色的书皮，有黄色的，有绿色的，有红色的，有蓝色的。黄绿红蓝，十分醒目，恰似山野里的一方方农田。

刘义眼望着那色彩鲜艳的书，耳听外孙女小凤脆声脆气地讲着她是怎样的恋着家乡，想着亲人，怎样说服了爸爸妈妈同意她回乡帮助姥爷姥姥种地。真是越听越开心，多日来愁眉不展的老脸终于放了晴。还没等小凤把话讲完，他便猛地拍了下大腿，高声道："好啊，有种！这下子可有了希望，有救了！老婆子，拿饭来！"

老伴儿见他高兴了，向外孙女使了个眼色，赶忙把子女们方才送来的鸡鱼肉蛋全端上桌来。

不知是饿急了，还是故意装糊涂，他面对着饭桌，头没抬，眼没睁，风风火火，顿时把一桌子饭菜全吃光了。吃罢了饭，碗筷一推，便摸起了锄头！喊了声："走呀，下地去！"

他头前走，老伴儿和凤儿紧跟在他身后。

出了家门，本应照直走，因为他的土地就在家的前面。可他偏不，出了家门竟往右拐，一直拐到那棵古树那边去了。

老伴儿赶忙从后面拉他："孩子他爹，你这是往哪儿去？"

"努！"他朝古树那梗了梗头。

"到那儿去干啥？"老伴儿说着，又抬手去拉他，可哪里能拉扯得住呢！

"干啥？哼，游山逛景去！"眼见他径直朝古树走去。

到了古树下，他重重地跺了跺脚，使劲咳了几声，还狠狠地呸了一口，才愤愤地走过去了。

唔，老伴儿恍然大悟了。他这是示威，是挑衅，是到儿子这里来出口气呀！老东西，你可真能抖威风哪！

是呀，老伴儿说得不错，他是到这里来示威，来挑衅，来出气的。他心里道:“哼！没你们的鸡子,还不做槽子糕啦?看，咱有了帮手，有了希望!”

帮手也罢，希望也罢，这对于躲在古树后的舅父和舅母来说，倒是想都没有想的事情。他们眼见欢蹦乱跳的外甥女来了，多想迎上来看看哪！可他们不能，当然也不敢，老头子那神态，那气势，那咄咄逼人的顿足声和咳嗽声，可真够吓人的了。小凤看得清楚，躲在树后的舅父舅母只能用眼神跟她打招呼递话儿，待老外公气呼呼地走过去了，他们才探出身子向她招手致意，表示欢迎。

小凤见了，忍不住掩着口笑。

过了古树，他又朝西拐，一直拐到了古堡下。不用问，他这是又找另外的舅父和舅母示威、挑衅、出气去了。

当时，舅父舅母正站在门口的红幌下边招揽顾客，忽见老头子风风火火地走过来，呀的一声，收住喉咙，压住音儿，相互递了个眼色，便急忙躲到屋里，趴在门缝儿往外瞧。只见他跺了跺脚，咳了几声，呸了一口，朝红幌瞪了两眼，使劲地朝古河道那边走下去了。

古河道那边传来了歌声。歌声，在荡漾的湖水的衬托下，显得特别的洪亮。一听，就知道是从他那位爱说爱笑的姑爷子的大嗓门里迸发出来的声音。

这会儿,姑爷和姑娘正驾着小船往鱼塘里撒鱼食。那鱼儿，尾随着小船，跃出水面，打着水漂，有的竟然跳进舱里。姑爷高兴，唱起歌来，唱的是《在希望的田野上》……

正唱到兴头上，老头子赶来了。心里一急，夫妇俩双双跳进塘里，手拉手隐藏在水底，顶着荷花叶看着他走过去了。

他走过去了，总算踏上了正道，心情仿佛也由此平静下来。不过，他这一拐拉，却耽误了不少时间，待他领着老伴儿和外孙女走到玉米地时，天已是东南晌了，恰是农家歇气儿的时辰。他在垄头下锄，眼前唰地亮了。唔，这可真神了！三天前还荒芜得很的土地，眼下竟见了光。苗清开了，草锄掉了，垄上垄下全是开的新土，湿乎乎地散发着扑鼻的地气。

这地气，是那样的幽香，那样的诱人，他真的感到有点醉了。呀！当他顺着垄头往里看的时候，却看到墓地上打圈围坐着一帮孩子。一个个，都仰着红扑扑的小脸向他这边望着。红扑扑的小脸，在玉米叶子的衬托下，恰似一朵朵盛开的花儿。

他心里高兴，竟然顺着垄沟一步一步朝孩子们坐的地方走来。

孩子们哗然了。

中间站起一个人来。他一眼就认出了，站起来的这个人，是田八的堂孙子，那不知廉耻疯丫头的亲哥哥，大队小学初中班的代课教员田风。

田风迎着他走过来，笑道："刘书记，借你这块宝地，我正在给学生们上劳动课。你看，行吗？"

"行，行。"他嘴里说行，心里却想，"这家伙，真会说话！什么借我一块宝地，正在给学生们上劳动课？你是见我这块地荒了，可怜我，打着上劳动课的名义，帮我一把就是了。你……"

“刘书记，”他的思路被田风打断了。田风说，“学生小，使锄不准，有伤苗落草的地方，这就得请您担待点了。”

“没事，没事。”在他的眼里，这地锄得虽有伤苗落草之处，但总的说来并不甚严重。所以，田风刚一提及，他便拦过话头，“大人还有失手的时候，何况些孩子了。这地锄得不错！很好！”

孩子们一听支书夸了他们，高兴得手舞足蹈，嘻嘻哈哈，像小麻雀似的围着他叫个不停。

他面对着这些跳跳蹦蹦的孩子，眼前一亮，心里又增添了一分希望！哼，有了这帮孩子，还怕它日后土地没人耕？不过……不过，得给孩子们上堂政治课。这个时候，他竟然有了这个念头。

“孩子们，听我说，听我说呀！”当孩子们静下来的时候，他便指着墓，问孩子们，“你们看，这上面刻着谁的名字？”

“云光远……”童声童气，汇合到一起，随风传得很远很远。

“对，云光远！”他对这异口同声地回答，希望之中又增添了几分兴奋，“你们知道这云光远是干什么的吗？”

“不知道！”孩子们又是异口同声。不过，这异口同声中却迸发出了一声“不知道”来。

“哎，怎么能不知道呢？”这声音多少使他有点扫兴。扫兴之中，又有点自责，这能怪谁呢？这几年，还不是只顾生产，放松了教育。想到这里，他又平心静气地讲了下去。他说，“云光远，是革命烈士，是为了这块土地流血牺牲的！他……”

“啥，为这块土地流血牺牲的？”

“这土地那么金贵？”

“豁出一条命来？”

“合算吗？”

“真傻！”

“嘻嘻！”

“嘿嘿！”

“啊哇……”

“你！”

这嘁嘁喳喳的声音，眼见要把他激怒了。还是田风乖觉，他见势不妙，赶忙拉过话头，说：“刘书记，上课的时间到了，你这话留着改日再说吧！他们没这段经历，你说得再好怕是也难以听懂。今天,今天的午饭怕是要在地里吃啦。如果，如果方便的话，请您给送顿午饭来。这顿午饭，最好，最好能是这块土地产的粮食！”说罢，吹了声口哨，便领着孩子们干起活来。

是啊，怎么能怪孩子们呢？他们没经历，你又没说清，他们当然是当瞎话听了！嘿，心里一见亮，满脸又是笑，冲着老伴儿和外孙女喊道：“喂，回家蒸锅馒头，喂喂这帮小老虎！”

老伴儿和外孙女应声去了。中午时分，她们担着饭菜赶回来了，恰巧孩子们又落脚在墓地上。

这时候，田风说话了。他说：“同学们！大家都饿了吧？”

孩子们异口同声地喊道：“饿啦！”

田风重复着孩子们的话："饿啦，饿啦，我们大家的肚子真的都感到饿啦！难怪古语说：民以食为天。看来，不管你是做工的、种地的、当兵的、读书的，人人都是要吃要喝的，都需要粮食。更难怪有位伟人说得好：农业是国民经济的基础，无农不稳，无粮则乱。假如今天午间没人来送饭，怕是咱们每人的老肠老肚子都得闹起意见、乱了套啊！"

"哈哈哈！"

"嘻嘻嘻！"

"嘿嘿嘿！"

田风的话，把孩子们全说笑了。

笑声中，田风给孩子们分馒头。

"嗬，真香呀！"孩子们一边大口大口地嚼着馒头，一边啧啧地赞不绝口。

田风又说话了。他说："同学们！你们知道吗？这香喷喷的白面馒头，就是用你们脚下这块土地产的粮食做的呀！"

"这……"

孩子们一听这话，都不由得打了个沉儿，目光不约而同地转向那块墓碑，久久地凝视着，若有所思……

有的孩子还走到碑前，用手轻轻地抚摸着"云光远"那几个刻琢的字迹，喃喃自语，流下泪来，似乎在说："值得！谢谢！"

田风偷偷朝刘义这边瞥了一眼，只见刘义正在全神贯注地注视着他，赶忙把目光移开了。

刘义冷笑一声，心里骂道："鬼东西，你可真会说话！咱没说清楚的事情，你几句话就全点明白了！行，有你的！”

这时候，就在这时候，他那抱有几分希望的心里，似乎又增添了几分的醒悟。

罪恶的报复

又是一个夜晚。

夜晚，对于新兴建材厂的技术大拿和总经理于辅新来说，则是最舒心和最惬意的了。

舒心惬意的夜晚，他可以随心所欲地尽情享受他所需要和所喜欢的一切。

比如，他好酗酒。那总务秘书早就把他最喜欢吃的道口烧鸡、清真酱牛肉、春阳松花蛋和几乎可与“茅台”相媲美的“榆树茅”摆到那临窗的餐桌上了。

他每天从外面回来，总是习惯地朝餐桌那里瞅上一眼，满意地点点头。然后缓慢地、庄重地走到衣柜前，从容不迫地脱下上衣，很有分寸地款动着毛巾，在脸盆里荡了几下水，轻轻地擦了擦脸，在落地镜前审度一下自己的尊容，这才坐下来享用这顿晚餐。

晚餐的时间很长，大约要占去这美好夜晚的四分之一。因为一切都是有套路、有程序的。比如说卸鸡吧：他用左手抓住鸡背，右手揪下鸡头；然后再掀下左膀、右膀、左腿、右腿；最后剩下圆墩墩的鸡身，便用刀叉分割成若干个小块块。仅这一项，就足足花费了半个时辰。至于说进餐时的程序，那就更有讲究了。呷一口酒，吃一口菜。酒，要喝得适度，每口不能多，也不能少，喝下去的酒以能在舌槽形成一股潜流为限。菜嘛，更要吃得有分寸，一次只能夹一块，而且要依次进行。那肉菜在嘴里，又要津津有味地咀嚼着，咀嚼着……

人家吃饭是为了充饥解饿，可他呢，不仅仅是为了充饥解饿，他把这看作一种享受，一种乐趣，一种人生必不可少的欲望。

吃罢了饭，他又缓缓地、庄重地走到衣柜前，很有分寸地款动着毛巾，在脸盆里荡了几下水，轻轻地擦了擦脸，再到落地镜前审度一下尊容，便擎起小喷壶喷洒窗台上的君子兰。

君子兰，一排四盆。四盆中，一盆是油匠，一盆是技师，一盆是和尚，只有最后的一盆叫不上名字，仿佛是技师、油匠、和尚几代杂交的新品种，但变异很大，令人惊诧。

其实，于辅新对养花并非内行，亦无兴致。他浇花洒水，只不过是作为茶余饭后的一种消遣，一种运动，一种陶冶性情的手段。

他撂下喷壶，双手很习惯地插进兜里。咦！手指头又碰到了一沓硬棱棱的东西，他又同往常一样很熟练地抽出手来，原来是一沓崭新的十元券。

看见这十元券，他又同往常一样地笑了，便又同往常一样地抿起大拇指沾了下口水，很熟练地数了起来。

一张、两张……

一遍、两遍……

点钞查数，对于辅新来说，是他茶余饭后的又一种嗜好，一种不可少的生活内容。钱在他的眼里可是颇有分量的，是价值的代表，是权力的象征，有了钱便有了一切。不是吗？这工厂，这密室，这富丽堂皇的宿舍，这桌丰盛的晚餐，等等，哪一点不同钱有关，不是金钱转化的结果呢？他甚至觉得，他这个人，他这个人的智力，似乎也是金钱转化的结晶。

科学技术是生产力！

科学技术也是金钱！

这一点，他切身体会得再深刻不过了。

你看，当年一个小小的于辅新，一个不起眼的技术员，今天为什么有这么大的魅力，这么大的能量，这么大的吸引力？

在这个厂里，技术上他是至高无上的权威，行政上他是至高无上的领导。拿着至高无上的工资,享受着至高无上的待遇，受到至高无上的尊重。他自我感到这个厂的兴衰得失，都是受他的影响，是用他的心血和汗水浇灌起来的。

一想到这些，他就趾高气扬地挺起胸来，挺得直直的、硬硬的，自鸣得意地晃着脑袋，发出不高但使人听了十分刺耳的冷笑声。他暗自酌量着，是他的智慧和能力拯救了这个厂（这原是个濒临倒闭的集体所有制小厂），拯救了这些人。因而，他应该而且必须受到这至高无上的尊重，得到这至高无上的待遇。这样一来，就连倒卖他个人的所谓科学专利而私下里密谋的一笔笔交易也是合理合法的了。

他又熟练地点数了一遍手里的钞票，轻轻地掂量掂量，掂量得很有分寸，也很有节奏，仿佛真会从这叠钞票中掂量出他自身的重量和价值，是否同这笔交易所获得的金钱相等同。

可能是等同了的缘故，不然他怎么会这样的兴奋！他低下头来，鼻子几乎贴到钞票上嗅着，嗅得那样贪婪，那样的深沉。从喉咙里，不，可能是从胸中发出了轻细的哼哼声。那哼哼声，听起来似乎像猪，可又像狗。

“嗝!”他打了个很响的饱嗝，一股带着酒糟味的热气喷到了他手里的钞票上，发出一片轻细破碎的沙沙声。

他在这轻细破碎的沙沙声中站了起来，朝墙角下的保险柜那边走了几步，沉思了一下，又踅身回来，把手里那叠钞票很随便地扔到了抽屉里。咦，他在抽屉里又发现了那本影集。

影集不大，却很精致。巍峨壮观的天池峰下，书写着“白山影社”四个烫金的大字。四个大字的下边，还写了一行不甚清晰的小字，是什么？只有他自己才看得清！他只瞅了一眼，便打开了影集，头很快地低下去了，低得比嗅钞票的样子还粗野，还贪婪。噢，原来是一排排的女人相!

照片上的女人，看上去都很年轻。有的坐着，有的站着；有的着长衫，有的穿短褂；有的瓜子面，有的四方脸。不同的姿态，不同的衣着，不同的长相，下面却画着同一个符号“○”。

这“○”是什么意思？外人看不懂，只有他自己明白。他从头看到尾，然后使劲地拍了一下，兴奋地笑了。哼，他曹雪芹的笔下只不过写了十二钗，那风流盖世的贾宝玉也不过有五七个艳遇知己罢了。可我，可我这个技术大拿、堂堂正正的承包经理人，手下却有着九十六个风流多姿的姑娘。

这九十六个姑娘，虽说多未得手，但每天抬头不见低头见，都在他的管辖内工作，也足够他饱尝眼福的了。嘿嘿！想到这里,他得意忘形地笑了起来。笑罢,他又感到有点遗憾，有点不满足。这遗憾不满足的，便是那个只接触过一次就使他终生难忘的农村姑娘田春玲。

田春玲哟，田春玲……

“丁零零——”就在他沉思默念之际，电话铃突然响了起来。铃声响得那样的清脆，那样的悦耳，仿佛女孩子那动人的笑声。

于辅新一把抓起电话，就像抓起姑娘的一只手：“喂，你是……噢，是你！嘻嘻，我断定你会来的嘛！什么？设下了圈套！不不，不是圈套。你读过张弦写的一篇小说吗？这是扯不断的红丝绳呀！来吧，我正在想念你！你现在在什么地方？啥？对门！咦，你怎么能在那里打电话？噢，你说走哪道门？还能走哪道门，进入我的卧室只有一个出入口。这，你是知道的嘛！好，好，我马上到门口去迎你。快来吧，我的宝贝！嘻……”

这时候，影集对他已经失去了魅力。十二钗也罢，九十六个姑娘也罢，在电话铃声传来的一刹那，都完全失去了光彩。此时此刻，在他的眼前和心中只有一个印象，这就是田春玲了。

他唰地合上影集，赶忙披上衣服，忙三迭四地打开并穿过一道道门，直奔密室的门口走来。

密室门口端端正正地站着一个人，一个他伤害过、日夜思念的人。

“你来得好快呀!”

“因为我急着想见您!”

“快，屋里请!”

“嘻……”

于辅新说话时，早已抓住田春玲的一只手。她并不执拗，任其拥着搂着推进了卧室。

“咦，真漂亮!”

灯影下，田春玲浑身上下闪着光。她，身穿红裙子、红汗衫，脚蹬红皮鞋，头戴一顶红帽子，整个人都红彤彤的，活像一朵出水的芙蓉。真没想到，三个月不见，这个普普通通的农村姑娘竟出落得这样漂亮，打扮得这般的风流！他的眼睛都看直了。

“嘻……”田春玲站在灯影下掩口笑着，笑得很妩媚、很动人。

“你为什么要穿一身红呢?”于辅新说着，走近了田春玲。

田春玲笑道：“红，嘻嘻！红得耀眼，红得像火焰，它能燃烧掉一切丑恶的东西!”

“这……”于辅新下意识地停了一步，仿佛他眼前的这身红，真的是一团火，顿时就要燃烧到他的身上。“嘻嘻，不是一团火，而是一片情，一片燃烧起的炽热而又红火的爱情!”

他说着，笑着，挪动脚步，走上前来，很熟练地却很粗暴地摘下田春玲头上的红帽子，扯下她身上的红汗衫。接着，他又去拉她的红裙子……

“嘻嘻！”田春玲只是掩口笑着，对他的这种无礼行为既不抗拒，也不动声色。不过，她嘴里却连连地说：“拉吧，扯吧，把我们的伪装都扯掉，也就露出我们的真面目了！”

“什么真面目、假面目，为人处世讲的是实惠。来吧，宝贝！”他关掉电灯，扑了过来。这会儿，田春玲可躲避开了，闪到电话机旁。

他扑了个空，又扑了过来。巧了，就在这时候，电话铃像报警器似的响了起来。

“唔，”于辅新面对着电话机迟疑起来。

田春玲则命令道：“还不快接电话，一准是派出所打来的！”

“派出所？”于辅新越发地迟疑起来，“你，你怎么知道？”

田春玲顺手拉亮了电灯，冷笑道：“我怎么不知道！我刚从那里来嘛！”

“你……”

“你快接电话吧！”

田春玲不容分说地把电话推到他的手里，他像触了电似的颤抖起来，刚问了句“你是……”

电话里立刻传出了一道响亮而又严厉的声音：“听着！我是全安派出所，就在你们对面！你只要抬起头来，就会看到派出所门前的红灯！刚才有个姑娘从这里到你那儿去了。她走时有话，只要你那里的灯一关，我们就……”

“啊！别，别！你看，这灯不是又亮了吗？”于辅新冒汗了，“刚，刚才是不慎碰了开关。她，她眼下好好地在这儿，在这儿！你是……”

电话里又传出了响亮而又严厉的声音：“我是她的同学、朋友、亲人、同志！除此之外，还有另外的一层关系！告诉你，你要再敢动她一指头，我就立即报警！听到了没有？”

于辅新从来没有这样的卑微，一边擦着头上的汗，一边连声地说：“不敢，不敢！你、你……”

电话里又传来：“你让田春玲接电话！”

“是，是！”于辅新躬背屈膝地答应着，赶忙恭敬地把电话递给田春玲，“请你接电话。”

田春玲瞥了他一眼，笑着接过电话，说：“嘻——事态，是按着咱们的预想发展的。他扯掉了我的衣服，也扯掉了他的伪装。嘻……假如这个时候叫警察来，他的强奸罪名就成立了，至少要判他十几年，说不定还会定他的死罪。”

这时候，电话里又传出了响亮而又严厉的声音：“怎么样？我看给他报警治罪吧！这种败类，不能让他再逍遥法外了！”

“不，不。”田春玲收住了笑声，很郑重地说，“这不是我们的目的。我们的目的是让他偿还我们的债！如果他赖账不还，那时候再报警不迟。”

电话里又传出了响亮而又严厉的声音：“那我就等待他的回答！”

“好，你擎着电话听着，我现在就跟他算账讨债。于辅新！”

“唔，在！”于辅新像被针扎了似的哆嗦了一下。

田春玲狠狠地白了他一眼：“我们的事，你是认打，还是认罚？是官办，还是私了？说！”

“认罚！认罚！私了！私了！”于辅新一连说了八个“认罚，私了”。

田春玲又狠狠地白了他一眼：“既然如此，那就把你的真正配方交给我！把我的身价还给我！快！”

“交给你！交给你！还给你！还给你！”于辅新又一连说了十二个“交给你，还给你”。

田春玲眼见他很不情愿地打开保险柜，取出了真正的“内壁七色板”的配方。又见他从写字台的抽屉里摸出一叠钱：从中数出二十张，同那张配方一并推给她，说：“给，都在这儿！”

“不！”田春玲猛地拍了一下那压在配方上的二十张钞票，“不是二百，是两千！”

“对！对！两千！两千！”在拍桌子的乒乓声中，于辅新又乖乖地把那叠厚厚的钞票推了过去。

田春玲接过配方和钞票，正要对着电话说声“一切如愿”，可猛然又想起了什么，沉下脸对于辅新说：“还有一笔债！”

于辅新一怔：“还有一笔债？”

“对，还有一笔债！”田春玲说得斩钉截铁，“你用职权和技术，夺走了一个姑娘最宝贵的东西，难道用几个臭钱就能偿还得了吗？”

“那你还要什么?”于辅新越发怔住了。

田春玲说：“还要你写份悔过书!”

“这……”老奸巨猾的于辅新知道她是要抓他的把柄，便使劲地摇了摇头说，“这我可不写!”

“不写？哼……那就只好经官啦!”她对着电话大声嚷道，“务农，你听见没有，他说他不写这个悔过书！我给他三分钟的考虑时间。三分钟内要是写了，就算拉倒；三分钟内要是不写，你就报警!”

“哎呀，别，别。”于辅新眼见躲不过这道关，只好说，“我写，我写。”

田春玲看着他这副狼狈相，感到着实的好笑，说：“提起笔来，照我说的写!”

“是，是，照你说的写。”于辅新很不情愿地拿起笔来，听候田春玲的发落。

田春玲说：“一九八五年六月十六日晚七时左右，我利用职权和以传授技术的名义……”

“这……”于辅新写到关键的地方，又停下笔不写了。

“这什么?”田春玲对着电话高声嚷道，“这是事实！务农，你看着表，过了三分钟他如果写不完，你就带着警察到这里来好啦!”

“啊，我写，我写。”于辅新硬着头皮把悔过书写完了，然后像个泄了气的皮球似的瘫倒在田春玲的脚下。

田春玲收起配方、钞票和悔过书，提提裙子，穿好汗衫，戴上帽子，对务农说了声“到门前来接我”，便闪身离开了于辅新的卧室,离开了这个鬼地方。可走了几步,她又转过身来,以胜利者的口吻命令道:“送我出去!”

“噢,”于辅新一听田春玲说送她出去,如梦方醒,赶忙起身,启锁开门,恨不得立时送她出去。不过,送客时可比不得迎客时了。迎客时,他是拥着抱着把田春玲推进了屋。现在,他离她远远的,仿佛田春玲那身红装,真是一束闪电、一团火焰,随时都有可能把他熔化了似的。他心里十分畏惧,这畏惧的心理,到他打开最后一道铁门的时候,几乎达到了窒息的程度。

铁门外庄重地站着一个人,一个血气方刚的年轻人。在于辅新看来,那年轻人身材高大,双目有神,浑身上下透着一股杀气。他倒抽了口冷气,转回身来,双手急忙合上铁门,半天不敢出一口大气。

铁门外,却响起了有力的脚步声和爽朗的嬉笑声。

脚步声和嬉笑声中,还伴随着叽叽咕咕的只言片语。

“都拿到了吗?”

“拿到了。嘻——还有钱……”

“噢!要他的钱干什么?你不怕脏了咱们的手!咱们……”

“脏……嘻——咱用这脏钱,买点干净货!给厂子添两台粉碎机!”

“嘿,真有你的!可这太便宜他了!应该报警……把他关起……”

“关?嘻——这样的败类多着呢!你关起一个于辅新,还会有个赵辅新。遇着这种人,咱就得这样惩……”

“噢，再一次惩罚！”

“对，再一次惩罚！再……”

“啊！”屋里，于辅新的头嗡的一声，眼前冒出无数的金星，下边的话一句也没有听清楚，便瘫倒在铁门下。不过，那再一次惩罚的声音，却深深地印在了脑子里，成为他日夜不得安宁的一声警笛！

青纱帐里的笑声

一朵白云，眼见着从鹰山那边飘过来了，飘过来了。

那白云，在蓝天上急剧地变化着。一会拉长，一会缩短，有时像旋转的棉絮，有时像飘忽的纸片，眨眼间便飞临头顶，遮住了中午的太阳，在他们的脸上投下了淡淡的阴影。然而，那淡淡的阴影很快便消失了，他们的脸上又洒满了灿烂的阳光。

云飘过去了，风吹了过来。风不甚大，却强劲有力，唰啦啦地掀起青纱帐里的一片鸣响。鸣响声中，还隐隐约约地夹杂着从鹰山那边传来的粉碎机沉重的隆隆声。

“噢！”这隆隆声对田风颇有点吸引力。

他挺起身子，仰了仰脸，放眼朝鹰山那边目不转睛地望着，在那灰蒙蒙的山脚下，他好像望见了妹妹那修长的身影，望见了那隆隆作响的粉碎机，望见了妹妹花费了极高代价换取来的新兴建材厂。

小凤呢，对那沉重而又富有节奏的隆隆声却无动于衷。

她在省城里听惯了这种声音，几乎每天每夜、每时每刻，她的耳边不是响着汽车的马达声，就是响着机械的旋转声。尤其是那粉碎机、搅拌机沉重的隆隆声，她更感觉闹心刺耳。她把这一切都视为一种污染环境的噪声，这也是她弃城归乡的原因之一。

她喜欢绿色的世界，喜欢安静和谐的环境和氛围。鹰山上的美人松，美人松下的绿草地，绿草地下的雾开河，雾开河边的芦苇、香蒲、龙须柳，倒挂在河崖下的牵牛花，以及在芦苇、香蒲、龙须柳、牵牛花间穿梭的云燕，翻飞的蝴蝶，滑翔的蜻蜓，忙忙碌碌的小蜜蜂，都成为她那双明亮秀丽的、如同两架摄像机似的眼睛所摄取的动人景物。

尤其是那条弯弯曲曲的雾开河，以及生长在雾开河畔的茂密而又青绿的龙须柳，更牵动着她的视觉和情思。她清楚地记得，去年夏天的一个中午，她就是在那条河的拐弯处，在那片青绿的龙须柳中间，由于一个意外的原因，她同田风不仅相识了，而且相爱了。

那日，天气真好！明媚的阳光透过龙须柳的叶隙，洒到她的脸上，洒到她的身上，洒到了一切可以洒到的地方。

她眯起了眼睛，蛮有兴致地欣赏这阳光和阴影。

阳光，是金色的。阴影，是银色的。金色的阳光，银色的阴影，斑斑斓斓，恍恍惚惚，恰似披到身上的一层珍珠玛瑙。

她轻轻地站了起来，那样的小心谨慎，很怕抖落身上的这层珍珠玛瑙，失掉这华贵瑰丽的光彩。

她迟疑了半天，终于还是走出了林荫，走到了河边。尽管身上不见了珍珠玛瑙般的光彩，那清清的、静静的河面上却闪现出一道比珍珠和玛瑙更光彩夺目的身影。

“啊！”她望着水中的身影，惊讶得叫出声来，“这是我吗？是我的身影吗？”她简直不敢相信自己的眼睛了。

她抬头望了望天，天依然是那样的洁净，那样的湛蓝。她低头看了看地，地依然是绿草茵茵，繁花遍野。她朝四周扫了一眼，四周依然是那样的宁静。不同的是，燕子在她的身边欢快地穿梭，蝴蝶在她的头上尽情地起舞，有几只蜻蜓竟然悄悄地落到她的秀发上。她，这时才意识到眼前的一切都是真实的。

她提了提不太合身的游泳衣，舒展一下婀娜的腰肢，毅然地走进河里，踏破了水中的身影，小心翼翼地游了起来。她游得很慢，很笨拙。其实，她本不会游泳，这是第一次下水。所以，她只在浅滩上玩儿，不敢到深水里游。那水稍一凉，她便赶忙缩回手脚，转头朝岸上游。游累了，便爬上岸，躺在干净的、黄黄的沙滩上晒太阳。晒够了，晒热了，再跳到水里去泡。游了晒，晒了游，周而复始，过了很长的时间，她忽然发现岸边柳树下的河槽里拴着一只双桨小木船。

“船！”她心里一动，游了过去，从柳树下解开缆绳，把小木船推到浅滩这边来，并荡起了双桨。

她原以为摆船也和她学游泳一样，只要不涉入深水，在浅滩上荡来荡去，便会万无一失。可她哪里知道，船身可不比自己的身体，可以试探着深浅，自由自在地游来游去。那船可不会听她的，船是凭着水的流动而动，随着水的流向而行。如果她划船的功夫过硬也就罢了，她摆船如同她游泳一样的生疏，一样的笨拙。摆来摆去，船体便失去了平衡，失去了控制，很快便顺了大流，如箭般朝下游驰去。

下游不远的地方，是一座大桥。桥中间齐刷刷地立着一排水泥墩子。这失去平衡和控制的小木船，如果不能及时摆正，万一撞到水泥墩上，后果是不堪设想的。

眼见小木船靠近大桥了。

大桥，像横在河道上的怪兽的血盆大口，那齐刷刷的水泥墩子就是怪兽口里的一排尖利牙齿，眼见就要把小船和她一块吞噬下去了。

“救命呀——救命……”

她呼喊着，拼命地摇着双桨。怎奈，那船就像被激怒了的脱缰野马，不听她的摆布，蹬开四蹄任性地奔跑着，直朝水泥墩子扑去。

“完了，一切都完了！”双桨从她的手里脱落了，小船没有束缚地朝漩涡里驰去。她只感到一阵心慌，一阵晕眩，闭上眼睛等待厄运的来临。可就在这千钧一发之际，田风从桥上经过，发现了小船，发现了她。他顾不得脱掉身上的衣服，从几米高的大桥上跳了下去，凭着他的勇敢，凭着他的气力，凭着他一身的水下功夫，拦住了那即将撞上水泥墩子的小船，硬是把它推到了岸边，把惊吓得奄奄一息的小凤抱了起来。

“姑娘，醒醒！姑娘，醒醒！”田风抱着她，一边朝岸上走，一边贴着她的耳朵呼唤着。

小凤被吓晕了。听到田风的呼唤声，她渐渐地苏醒过来。睁眼一看，自己被一个陌生的男人紧紧地抱在怀里。啊，她本能地挣扎了一下，但浑身没有一点儿气力。相反，她感到越发的虚弱了。她无力挣扎，也不想挣扎了，她的脸就势贴到那个陌生男人宽阔的胸膛，贴得紧紧的、紧紧的。啊！她感到他的胸膛是那样的宽阔，那样的有力，发出一阵扑扑通通的声音。嗯，那是他的心脏在跳动，血液在流动。这声音，使她感到激动，感到温暖，心里一阵滚热，便又一次晕了过去。

“小凤，”田风的声音，把她从过去的回忆中唤了回来。

“嗯。”她轻轻地应了一声。

“你在想什么？”

“我，我在想过去。”

“过去，过去有什么好想的？”田风的目光又投向响着搅拌机声音的鹰山那边，“我们应当面对当下，想想现实！”

“面对当下，想想现实？”这话引起了小凤的沉思。她朝他的身边靠了靠，仰起脸望着他。

他就势把她揽到怀里，抚摸着她的头发，开导似的说：“现实太严酷了！你知道吗？张财、周福、于运生，上秋后都要交承包田。”

小凤一怔：“他们都要交承包田！交给谁？”

田风说：“还有谁？一人开了头，众人照着办，当然是交给你的外公啦！”

“交给外公？他，他种得过来吗？”

“种不过来就找人帮工啊！”

“找人帮工？谁？”

“你，我。”

“这……”

这时候，从紧挨着玉米地的瓜田那边走过来两个人。两个人一边掰着瓜津津有味地吃着，一边嘁嘁喳喳地唠着，唠的也是交承包田的嗑儿。

一个问：“这地明年你还种吗？”

一个说：“种什么种！干脆上交了！”

一个问：“交，这两年你种瓜不是得了不少实惠吗？交了不可惜？”

一个说：“可惜什么？你不知道，咱这里路不好走，一遇上阴天下雨，急得像兔子，累得像王八，那两个钱不容易挣呀！”

一个问：“交了地，你打算干什么呢？”

一个说：“到城里逍遥逍遥！”

“啊，是这样。敢情的，你城里有个好亲戚嘛！他给你们父子爷们安排了什么角色？”

“托他二姨夫的福！他在城里给丫头找了个保姆当，给小子找了个力工干。我嘛，在一家工厂看大门，是一个门倌儿！月薪八十块，全拿现钱，吃香的喝辣的，总比在这地里啄食吃清爽得多！”

“怪不得你这般的轻松，连秋垄都不放了。你是早有打算，决心交地了。可我听说，支书他不准人再交地了。”

“他敢！兴他州官放火，就不许咱百姓点灯！他既然收了姑爷儿子的地，他也就得收下咱们的田！”

“好样的，哈哈哈！”

“你就等着瞧吧，哈哈哈！”

“这！”那笑声，像鞭子似的抽打在小凤的身上，她猛地跳起来，想跟那两个人辩个高低。

“别，别。”田风把她拉住了，拉到自己的怀里，像那天在船上一样，把她紧紧地抱了起来。那宽阔的胸膛，那有力的臂膀，那散发着青春活力的身体，使她感到踏实，感到有力，她终于安静了下来。他像哄小孩似的扳着她的肩头，喃喃细语:“别担心，让他们交好了。他们交多少，咱们种多少。我早就下了决心，辞掉这代课教员，回家接承包田。你和我，咱们一道干。不过，咱们接承包田，可不能像你外公那样，仅凭体力和一双手。咱们要买拖拉机、播种机、收割机，用机械代替人力，像韩丁那样，一个人包种一个村的土地！那时候……”

“那时候是好！可钱从哪来？机械从哪来？你，怕是做梦吧？”小凤见他说得轻松自在，以为是宽慰她。

“不，不是做梦。钱会有的，机械会有的。你，你听我说……”他贴着小凤的耳朵，用讲童话似的口吻，说着自己的想法和打算。这其中，当然包括她那位开饭店的舅舅赚了多少多少的钱，怎么从他那里把钱借出来，再怎么由她回城里求人去买拖拉机、收割机、播种机，等等。讲得活灵活现，讲得慷慨激昂，一高兴竟然又把小凤拦腰抱起来，摇着晃着，仿佛摇晃一台心爱的拖拉机。

"呀，放开我。"小凤被摇得实在受不住了，故意用话诈了他一下，"看，有人来啦！"

人，哪里有人。田风从她手指的地方看到了从瓜田那边爬过来一根瓜蔓，瓜蔓上结着两个又黄又大的瓜。

"瓜，熟透了的瓜！"田风终于放开了她。

她脱了身便朝瓜蔓那里跑，说："摘下吃了它！"

"别，"田风扯住她的手，"八路军可有'三大纪律，八项注意'呀！"

"那咱就按八路军的规矩办，我们付钱！"小凤说着，便随手摘下那两个瓜。然后，从衣兜里摸出几枚硬币放到瓜的底把下了。

"嘿，你真鬼！"田风一边用手擦着瓜，一边冲她笑着。

小凤猛地咬了口瓜，连声叫着："啊，甜，真甜！"

"谁在那儿？"

他们的叫嚷声显然是惊动了那两个看瓜人。他们朝这边望着、喊着，并朝这边走了过来。

"看，真的来人啦！"他扯了她一把。

"来人啦！快，快跑！"他扯着她的手，匆匆忙忙地朝着玉米地的深处跑去。

由于跑得急，撞得玉米叶子唰啦啦地一片风响，他们的头上和身上落了一层玉米花子。

"咦，"两个看瓜人走了过来，那几枚闪闪发光的硬币吸引了他们的目光，“这可怪了！谁干的呢？”

“嘻嘻！”

“嘻……”

忽然，从青纱帐里飞出一串笑声。笑声，又把两个看瓜人吸引过去了。

“呀！”两个看瓜人几乎是同时喊出声来，随即便都瞪大了眼睛。他们显然是看到了什么。可他们究竟看到了啥呢？

财迷心窍

每天，摘下幌子，关上店门，两口子要做的第一件事，就是清箱数钱，算一算这一日又赚了多少。

“哟，好沉哪！”

刘守田媳妇，村中有名的胖婆娘小秀，双手捧着钱箱子，颤悠悠地从外屋走进了内室。

“啊，嘻……”

刘守田接过钱箱子，觉得确实很重，喜得眯缝起眼睛，咧了咧嘴，从舌尖上挤出一串轻细的笑声。

接着，他灵巧地翻动了一下钱箱子，唰地从箱子的开口处，纷纷扬扬掼出越堆越高的一堆钱，几乎占据了大半个桌面。

那钞票，有大张的，有小张的，有新的，有旧的，各式各样的颜色，散发着一种说不出来的气息和味道。

唔，那堆高高的钞票仿佛摇动起来。摇呀，摇！眼前一闪，那大小不等的钞票竟变成了高矮不齐的身影，眉眼不同的面貌。在他这个买卖人的眼里，这高矮不齐的身影，眉眼不同的面貌，似乎都像光临过他店铺的主顾。

“掌柜的！”

“哎……”

“来碗锅烙！”

“锅烙热乎！”

“掌柜的！”

“哎……”

“来只烧鸡！”

“烧鸡烂乎！”

“掌柜的！”

“哎……”

“来二斤牛肉！”

“来啦，来啦！稍等便来！”

“切！”

“差二两！”胖婆娘眼望着秤叫道。

“吵什么？就是少他二两！他一个过路客，还能找杆秤量一量？快，送去！”

胖婆娘胆儿突地把切好的牛肉端上去了。

过路客心急，连看都不看一眼，伸筷便吃。

“看，少他二两能咋的？只要动筷吃一口，咱不怕他找后账！嘻……”

“掌柜的！”

“哎……”

“来……”

这个庄稼佬，人不大，心眼儿可不少。店铺一开张，尽念生意经。明的、暗的，总在顾客身上打主意，想方设法掏吃客的腰包。亲戚朋友，街坊邻居，亦不放过。

最初，胖婆娘还有点看不下眼，劝他手别太黑了。你知道他说个啥？庄稼人要紧,买卖人要狠。听人说,那西方社会，父子爷们之间打钱财交道，也得立字据，付利息，那叫认钱不认人哪！

他开始是在斤两上找，一两，二两，越找胆子越大。到后来，不仅短斤少两，而且做起假来。把马肉扔到牛肉锅里去煮，来了个以假乱真，以次充好。牛肉马肉同在一锅里煮，真的难分彼此了，从中获得了不小的赚头。

今天，这占据了大半个桌面的钞票中，又有多少是短斤少两所得，以假乱真所得，以及真的卖力气所得的呢？

这一点，只有他们一数一算便知了。

刘守田数大票，胖婆娘数小票。数过来，数过去，直到两口子觉着数码相符了，才合二为一，报出个总数。

“啊，嘻……”

一见那个总数，刘守田又喜得眯缝起眼睛，咧了咧嘴，从舌尖上挤出一串轻细的笑声。

这一天，去了成本税金，得纯利一百五十多元。这一百五十多元，假如分成三份的话，一份是短斤少两所得，一份是以假乱真所得，一份是营业和劳务的真正收入。难怪他如此的激动和兴奋，没费多少精力，竟然得到如此的利头，可谓巧得。如果照此发展下去，到了大年，两万红利，那是稳拿稳得了。

“啊，嘻……”

这两万块太稀罕人了！一想到这个数码，喜得他又眯缝起眼睛，咧了咧嘴，从舌尖上又挤出一串轻细的笑声。两万块呀，两万块！抓准了时机放出去，明得人情，暗得了利。不要说大加一的利，往少里说，月息三分，滚个三年五载，本息加起来，一定翻个番。嘿，那个时候，到那时候，比不上它西方百万富翁那么阔气，可在这小小的古朴村来说，也是个让人眼红的有钱户！

“啊，嘻……”

此时此刻，他真有点飘飘然了，仿佛摇身一变，真的成为让人眼红的有钱户了。他又眯起眼睛，咧了咧嘴，又从舌尖上挤出一丝轻细的笑声。笑罢，搬动桌下的一口缸，缸底下露出青须须的一排砖，掀起一块砖，露出一个黑森森的洞。啪！顺手扔下一叠钞票。然后，赶忙摆好那块砖，封上那个洞，一拧缸沿，那沉甸甸的缸底又盖住了整个砖面，一切都恢复了原样。不知底细的人，怎么也猜不到这就是他的银行，他的金库，他夜里睡觉都睁着半拉眼睛看着的聚宝盆和摇钱树！

“啊，嘻……”

“嘻什么嘻，还不快吃饭！”

胖婆娘拎着二两烧酒，端着半斤牛肉，外加几个热气腾腾的白面馒头，颠着一身胖肉，颤连颤连地走到桌前。

“这，”刘守田抬手挡住胖婆娘端来的饭菜，“这是干什么？”

“这是犒劳你的！”胖婆娘用胳膊肘架开丈夫的手，把饭菜放到桌上，嬉笑道，“嘻嘻，今儿个挣着了，让你捏几盅！”

“不，不！”刘守田把架开的手又伸过来，指着桌上的酒肉说，“这一两酒一角多钱，一盘肉一块多钱，捏了岂不可惜？去，去，送回去！把顾客掰剩下的半拉馒头捡几块来，对付对付得了。”

“唉，你呀！”胖婆娘打了个唉声，摇了摇头，只好把端上的酒肉又端了下去，“老跟自己的肚子过不去，到底图希个啥呢？”

“你说图希个啥？”刘守田眼见胖婆娘把桌上的饭菜端走了，抿抿嘴乐了，“你就是摆御宴，吃香的喝辣的，经过了老肠老肚子，照样都变成大粪，屙不出金子银子来！”

“给，”胖婆娘把一堆半拉馒头往丈夫下巴底下一推，狠狠地说，“撑吧！”

“撑！撑……”刘守田一边嚼着干巴馒头，一边连说几个“撑”字，说得很响很重，故意气着胖婆娘。

“德行！”胖婆娘身子一拧，颤悠悠地走到外面去了。

外面响起了敲门声和呼叫声。

胖婆娘拉开门闩一看，见是外甥女小凤，赶忙往屋里让：“进来，快进来！”

小凤进了屋，想不到她身后还跟进个田风。

“他，”胖婆娘疑惑地望着田风，“他……”

小凤回手把田风拉到舅母面前，笑道：“他，嘻嘻，是跟我一道来求舅母帮忙的。”

“求我的？哈哈！”胖婆娘双手拍着屁股，嘎嘎地笑着，“我肿嘴胖腮的，手比脚还笨，说不会说，做不会做，我能帮你们什么忙？再说，现在时兴自由恋爱，用不着三媒六证。你们，你们不是恋上了吗？哈哈！”

“舅母！”小凤见她说不正经的了，不好意思地叫了声舅母，“你说些啥呀？”

“呀呀！”胖婆娘斜着眼睛瞅了小凤一下，“城里人，还这么封建，这也不是做贼养汉，害的什么臊？”

“舅母！”小凤听她越说越彪了，赶忙拉过话头，说了声，“不是为这个。”

“为什么？”胖婆娘双手又拍打一下屁股，“难道说，舅母这身肥膘，对你们还有什么用处？”

“舅母！”小凤听她总没说句正经话，重重地叫了声舅母，“不是肥膘，是钱！”

“钱？”胖婆娘对“钱”字特别敏感，外甥女一提这个字，她像被蜂子蜇了一样，全身的神经都紧张起来了。

“钱，”小凤扯了一把田风，“我们俩想跟舅母借笔钱。”

“借笔钱，干什么？”胖婆娘又斜着眼看了小凤一下，“结婚用？买嫁妆？咋不跟你姥爷说去？咋不跟你爹要去？他们不都有钱吗？”

“他们的钱不够，我们……”小凤实在不愿意跟舅母兜圈子了，便打开天窗说亮话。她把他们如何搞承包田、如何买农业机械的想法和打算从头至尾说了一遍。

“呀！要那么多的钱?”胖婆娘听罢，心里发毛，有点害怕，心里揣摩着怎么打发走这个债主，打发走外甥女。所以，她老半天缄口不言。

“喂，孩子说的都是正经事，快让到屋里来说!”想不到，躲在里间屋的刘守田说话了，并探出头来邀他们进去。

他们进去了，高高兴兴地进去了。因为舅舅是扬起一张笑脸请他们进去的。

舅舅的这张笑脸，在天真无邪的小凤眼里，可是一个好兆头。她感到亲切，感到可敬，感到舅舅脸上的每一道笑纹都饱含着对晚辈的爱。可她哪里知道，那热情中包含着冷酷，笑纹里隐藏着狡诈。贪心的舅舅恨不得把他们身上的血都当金钱榨出来，好填补他那个埋藏在地下的小金库。

“舅舅，我们……”

“甭说了，刚才我全听见了。你们这是正出正用，当舅舅的理当帮忙!”

“那就谢谢舅舅了!”

“可，可舅舅是小本经营，自身拿不出这么多钱，我帮你们跟私人抬吧!”

“抬?”

“哎，公家叫贷，私人叫抬。贷款抬钱，可都要付利呀！这一点，不知你们认可不认可?”

“认可，认可。国家贷款还要照率付息呢，何况是私人!

但不知月利几厘?”

“几厘?嘻嘻!如今抬钱,虽比不上旧社会的高利贷,大加一的利,可也总得如俗话所说的张口三分利呀!”

“三分?”

“三分?”

小凤和田风面面相觑,老半天说不出话来。

“三分,还得加一半人情呢!”舅舅收敛了笑容,冲着小凤和田风冷冷地说,“抬还是不抬,你们自己拿主意!要抬,舅舅就给你们张罗张罗;要不抬,就算没这么回事。哎,闩门,上锁,咱得睡觉啦!”

“抬!抬!”

“抬!抬!”

小凤和田风急等用钱,顾不得那么多了。眼见舅舅下了逐客令,只好连声说个“抬”字。

一听说“抬”了,舅舅那张阴沉的脸马上放了晴:“哎,痛快!回去写张契约,用你家那五间青砖房做抵押,写在契约上。听见没有,那五间房一定要写上,写上!(一提及这五间房,他口水都要流出来了。因为他早就看上这五间房了。这五间房同古堡相邻,合起来正好开个大店)明天这个时辰,还到这里来,一手交契约,一手取现款,我给你们两家当个中人!”

“那就有劳舅舅了!”

“有劳,有劳。哼哼,不图三分利,谁起大五更?”

他心里这样想着,却把两个年轻人送出了房门,送上了大道，送进了灰蒙蒙的夜雾之中……

“啊，嘻……”

这时候，他又从舌尖上挤出一串轻细的笑声。

再一次惩罚

“请，嘻嘻！请……”

于辅新尽管还是原来的那身穿戴，他却失去了原来的威严、原来的风度，卑微而又讨好地把田春玲让进厂门。

厂门大开，过道打扫得干干净净。不少女工自发地站在过道两旁，像欢迎凯旋的英雄似的欢迎她的到来。

她迈着稳健的步子，庄重地穿过过道，径直朝厂部礼堂走去。

今天，她要在这里举行一个隆重的签字仪式，宣布一项有关这个工厂和这个工厂几百名工人前途与命运的大事。

惩罚，惩罚，再一次惩罚！

她的这一愿望实现了，目的达到了。这一切都进行得有条不紊，做起来毫不动声色，对方没有一点戒心和准备，以致大祸临头，却拿不出半点应急之策，只好甘拜下风了。从这一点上，便显示出这位农村姑娘的足智多谋。

自那日夜间的报复之后，她就开始构思这场精彩的闹剧，并一步一步地导演开来，眼下闹剧已经接近了尾声。

那还是三个月前的事。

当她的工厂生产已经全面就绪，试制内壁七色板基本定型并正式转向批量生产以后，她便想方设法查到了新兴建材厂供销员王微的家庭住址，并带了整整一大担子农副产品，什么鸡呀，鸭呀，鱼呀，蛋呀，还有鹰山上特产的花脸蘑和白松子。

田春玲的突然来访，并带来这么多东西，可把王微闹糊涂了。田春玲在厂期间，他同她并没有什么交往。他经常外出洽谈产品销路，回厂时顶多打过一两次照面，说话的次数都极其有限。既不是至交，又不甚熟悉，可她为什么要登门拜访呢？啊——是了，是了，一定是想要再次回厂，托我个人情。不，不。听说她在家乡也办起这么个厂子，定是销路不好，想让我从中给搭搭桥的。他这样想着，便抬起脸笑着说："嘻嘻！你定是有用得着我的地方啦？是不是……"

"是不是都让你说了！"田春玲见他直来直去，也就不拐弯抹角了。她接过王微的话头，笑道，"没有相求，哪有相敬？我的这些东西，不会白给你打进步的！我想……"

"你想让我做你们厂的兼职推销员，帮你们推销产品是吧？"王微抢话在先，迫不及待地说出了他的猜测，"这可以，可以……"

可以的后边，附带着一大堆条件，诸如提成和报酬方面的事宜。田春玲不单单是为此而来，对"可以"下边的一大堆条件，并不感兴趣，也不在意。她摇了摇头，当即否定。她说："我大老远跑来找你，可不是为这么一件小事！我的产品，用不着大喊大叫，出炉就空，是当地的快头货。"

"既然这样，那你跑我这儿来干什么？"王微瞪起眼睛，有点莫名其妙，“你可要知道，我只是个推销员啊！”

“推销员，联系着用户！”田春玲把用户这两个字咬得很重，她说，“我这次来，就是想从你这推销员的嘴里探听一点信息。”

“信息，什么信息?”推销员对信息是很敏感的，他们往往把它视为生意、财富，在同行中是互相戒备的一种机密。所以，田春玲一提信息两个字，王微的神经便有点紧张，开始对田春玲警惕起来。

“嘻嘻,”田春玲见王微那副警觉的样子,忍不住笑了,“别害怕,我不会抢你的生意,更不会做出有损于你个人的事情。”

田春玲的笑声特别动听，加之她的言语恳切，王微那紧绷的神经终于松弛下来了。他瞄了一眼笑容可掬的田春玲，问：“那你们到底要探听什么信息?”

田春玲说：“我想了解一下贵厂有多少用户，需要多少产品?”

“你!”王微的神经又紧张起来，“你了解这些干啥?莫非要同我们厂竞争?”

“哪敢!”田春玲压低了声音，故意装作卑微的样子，“我一个小厂，生产能力有限，哪能同你们工厂做这番较量，那不是自讨苦吃嘛。”

“那你问这些干啥?”王微的情绪又缓和下来。

“我想让开大路，占领两厢。将来如果有那么一天，厂子生产能力上去了,也好往市里探探路子。知己知彼,免得撞车。我，嘻嘻！就是这个意思。”田春玲把声音压得更低了，听起来感到有点可怜。

王微不是被田春玲的言语声音感动了，就是被得意忘形冲昏了头脑。他提起笔来，刷刷点点，毫无保留地开列了新兴建材厂用户的名单，以及用户对产品的需求量。

“谢谢啦！谢谢啦！”田春玲望着那张五十七家用户名单，心里非常高兴，连声道谢。她一边赶忙收起这张名单，一边又顺手递过去一张单子，说，“这作为我对您提供信息的交换！”

“配料单？”王微溜了一眼，漫不经心地推到一边去了，说，“这有什么用处！”

“有什么用处？”田春玲把那张单子又推到王微的面前，说，“你可知道，我曾为获得它付出了多大的代价？”

“多大代价？”王微自语道，“它代价再高，对我这个供销员能有多大用处！”

这时候，有开门声，原来是王微的妻子下夜班回来了。

田春玲代他把这张单子塞进了兜里，说：“有用，日后一定有用！你还年轻，总不能当一辈子推销员吧！今后也得往生产上、技术上使把劲儿，这可是你的资本哪！不过，不过眼下可不能对外人说，就连她——”朝他妻子的方向看了一下，悄声说，“对她也要保守秘密！”

这话，多少引起了王微的一点深思。然而，他没有深思到这个农村姑娘的深谋远虑。

田春玲根据王微提供的信息，用了大约两个月的时间，扩建工厂，增加设备和人力，使生产水平很快达到了这些用户的需求。特别是在质量上下了一番功夫，请专家，聘学者，反复试验，终于试制出比新兴建材厂生产的更色正光亮、经久耐用的优质内壁七色板，并且投入了批量生产。

这一日，田春玲二次进城，二次来找王微，提出她出钱，由王微做东，在白山宾馆高级餐厅举行一次征求用户对产品供销方面的畅谈会，她想在会上听听意见，认识一下大家。因为虽说是两个厂，但生产的都是同一质地、同一品种的产品。

王微不知其中有诈，特别是别人出钱，由他出面做东请客，当然乐意接受，一谈便成了。畅谈会定在这个星期的周末。

周末这天，田春玲准时来了。随她同来的还有刘务农。

五十七家用户的经销人员几乎无一例外地全到了。白山宾馆那宽敞豪华的宴会厅里座无虚席，他们抽着黄盒大参，品着龙井花茶，轻松愉快，谈笑风生，气氛十分活跃。

王微作为东道主，门里门外，桌前桌后，迎宾接友，更是异常的快活，快活得连田春玲进门来，也道了一声“请!”

畅谈会按预定的时间开始了。

王微代表厂方以及他个人，对来自五十七家用户的代表表示欢迎和谢意。他说 :“今天请各位来，一是设宴款待，二是想听听对我厂产品供销方面的意见，以便提高质量，改进工作。同时,”说到同时，他一眼望见了田春玲，马上改换话题，当众做了介绍。他说,“同时，还想借这个场合，这个机会，向大家介绍一下鹰山建材厂厂长田春玲同志。他们厂小，又是新建，有求于各位之时，望大家能给予照顾！……”

“不是照顾，是光顾！现在我请各位看样东西。”田春玲说着，竟然站了起来，回手拉开提兜的拉锁，从中取出两块内壁七色板来，“看，这两块七色板，哪个优？哪个劣？哪个好？哪个孬？请各位行家鉴定鉴定！”

“你，”王微见把他的畅谈会程序打乱了，有些焦急，有些恼火，赶忙起身制止，“你这是干什么？”

“你说呢？嘻嘻！”田春玲又甜甜地笑了，“既然大家对它有兴趣，又何必扫各位的兴呢？行家里手，说说，哪个优哩？”

当然是他们厂生产的七色板好了。

大家传递着，品评着，直到又转送回她的手里。她先是掂量掂量，然后一扬手把两块七色板同时丢到地上，发出一阵啪啪的响声。

那声音引起了人们的注目，只见一块摔得粉碎，一块完整无损。田春玲拾起那块完整的七色板，指着地上的碎片说：“这块是新兴建材厂的产品，这块是鹰山建材厂的产品。刚才，王微说了，我们厂小，又是新建的。可俗话说得好：庙小神通大，香烟透九霄。何况我们的厂子早已扩建了、发展了，并且研制成了这种色正光亮、经久耐用的新产品。厂里备有现货，欢迎选购！价格嘛，要比新兴建材厂的便宜得多，可以八二折或七三折。”

“这……”

大厅里哗然了，有惊喜和欢呼，也夹杂着不信任的低吼。

田春玲在哗然中高声说道：“这是有点突然，大家可能认为我在哗众取宠，在说谎，是不是？这好办，耳听为虚，眼见为实。各位吃完饭，可随我到厂里去看看嘛！宾馆的大轿车我都定好了，就停在门外。今天是周末，借机游游鹰山，呼吸呼吸新鲜空气，也是一种享受。嘻嘻！”

“去看看！”

“要真的有现货，价格又便宜，咱们何不跟她建‘交’呢？”

众人异口同声，都喊出一个“去”字，把晾在一边的王微气得肺都要炸了。田春玲见了，暗自发笑。

临上车时，她见王微纹丝未动，就主动过来邀他：“走吧，今天请的客人当中，也有你呀！”

“我可让你整苦啦！”王微咬牙切齿地说道，“你，你这个小人，你这个魔鬼！”

“哎哎，别过早下这个结论。”田春玲并不介意他的言语态度，仍然和颜悦色地说，“是君子还是小人，是神仙还是魔鬼，到时候你就知道了。走吧，别太感情用事了。务农，帮帮忙！”

拖着，拉着，硬是把他架上车。

到了鹰山一看，不仅五十七家用户代表个个信服了，就是他这个还站在新兴建材厂的立场上看问题的推销员，也感到十分钦佩，想不到一个年纪轻轻的农村姑娘竟然办起这么大一项事业！奇迹，奇迹！

五十七家用户的代表，几乎又异口同声地表达了订货的意愿，并当即草签了合同，只待回去签字盖章了。

同鹰山建材厂签订了供货合同，实际上就是同新兴建材厂中止关系。五十七家用户，几乎都以产品质量差、供货不及时、价格不优惠这同样的理由，废除了原来签订的合同，致使新兴建材厂产品积压，资金不能正常周转，已陷入倒闭的境地。一向泰然自若的技术大拿兼承包经理人于辅新，这时也稳不住神了。当他得知这种局面都是由鹰山建材厂那个冤家对头田春玲所为，他出于全厂工人的压力和他个人的荣辱得失，不得不硬着头皮到田春玲那里去请求开恩！

第一次来，田春玲故意不见，让他吃了闭门羹。但他仍不死心，隔了几天，又去了。

第二次来，田春玲又有意慢怠他，直到天黑了，才出来，打个照面。说今天晚了，有事改日再谈。

改日，改到何时呀？那就改到明天吧！

这次来，田春玲早就坐在厂长办公室里等着他呢！她没容他说什么，就下了最后的通牒。她说："你的请求，我们研究过了。看在几百名工人的份上，考虑工厂的社会作用，我们决定把它联合过来，作为我们的分厂，总厂包原料供应，包产品销售，但分厂的一切权益，得照总厂的规矩办！"

"这……"

于辅新还想讨价还价，田春玲已经起身送客了："就这个条件，没别的出路！回去商量一下，同意就这么办，不同意就自想高招儿！三天之内，听你们的口信！"

三天，哪里等得了三天哪！当天晚上，他就回了电话，一切都按田春玲说的办，并邀她第二天来厂里举行签字仪式：宣布隶属关系和其他有关事宜。就这样，田春玲来了，来得及时，来得体面。这次来，当然是以主人的身份，而不是像当初以一个临时工的身份到这里来的了!

她当众走上主席台，在几百双眼睛的注视下，郑重地签上自己的名字：田春玲!

田春玲很自信地抬起头，流露出一点获胜者的骄傲，但并不会使人感到狂妄。她面对着全厂所有的人郑重宣布：“从即日起，新兴建材厂改换名头，隶属鹰山建材厂领导，为鹰山建材厂在春城开办的一个分厂!”

台下鸦雀无声，一片沉默。拥护的，反对的，高兴的，忧虑的，一切情绪都包含在这无声的沉默之中了。

“既然是鹰山的一个分厂，我们鹰山建材厂将承担一切应该承担的义务。将以最廉价的原料供应你们，以最优先的时间推销你们的产品，并将总厂山下的场地拨出一部分做你们的副食品基地，让全厂工人一年四季都能吃到新鲜蔬菜!”

台下有交头接耳的议论声，有听不太清的啧啧声。显然，有人在赞许。

“要办好一个工厂，除了工人创造性的劳动，还要有一个好的领导。下面，我受权宣布分厂的人事安排。王微为分厂厂长，兼技术总管；××× 为分厂副厂长，分管生产；××× 为分厂副厂长，分管后勤；××× 为……”

台下顿时哗然了，不仅有交头接耳的议论声，而且还有听不太清的啧啧声。显然，有些人对分厂的人事安排感到惊讶!

“我呢？我干什么？”

哗然声中，于辅新站起来讨职了。

“你嘛，哼哼！”田春玲没用正眼瞧他，朝王微招了招手，说，“去，把我进厂时使用过的那把锹拿来。”

人们都疑惑地望着王微手里的那把锹，嘴未说心里道：“她要这把锹干什么呢？”

“由于种种原因，你现在已经失掉了你原有的价值，不配再做工厂的总管和技术大拿了！”田春玲从王微手里接过那把锹扔到于辅新的脚下，语气很重地说，“眼下，你只配做这个，像当初我进厂那样，做一个装车卸料的搬运工！”

“这……”于辅新犹豫了一下，并不情愿地拾起板锹。

“这对你已算是照顾了！”田春玲说罢，立即将脸转向台下的广大工人，以征询的口吻对大家说，“大家对分厂的人事安排，还有什么意见没有？”

“哗……”暴风雨般的掌声表达了工人们的心愿。尤其是女工们，她们的掌声最响最长。这最响最长的掌声，是她们无比激动内心的强烈反应。

“唉……”掌声中，夹杂着一声无可奈何的叹息，那是于辅新低头拾锹时内心发出的哀鸣。哀鸣声中，伴着他那拖沓的脚步声，逐渐远离礼堂，同他那虚弱不堪的身影一并消失在装料场上了。

新的组合

一台“长春”牌小四轮拖拉机从背后开过来了。

不知是驾驶员抖威风呀，还是驾驶技术不佳，那车开得很猛，轰鸣的马达声，伴着车轮的旋转声，拖起了一溜沙尘，在漫山遍野中引起了一片回响。

田春玲猛地回过头来，只见那车已经开到了眼前。她本能地闪身躲车，可她朝左闪，那车朝左开，她朝右闪，那车又朝右开，气得她索性叉起腰朝路中间一站。怪呀，那车竟然随着她这一站，戛然停住了。接着，从车上爆发出一串欢快而又爽朗的笑声。

“哥哥！小凤！是你们！”

“不是我们，谁敢冲撞你的大驾呀！”

田风从车上跳了下来，小凤也从车上跳了下来。

田风和小凤观察着田春玲的脸色，看她是阴还是晴，是忧还是喜，想从她的脸上判断出他们此行的成败得失。

田春玲却欣赏着这台小四轮拖拉机，摸摸这儿，敲敲那儿，啧啧赞美，爱不释手。

“看来，你把他治了！”田风从妹妹的脸上看出她内心的喜悦。

“治了！”

“置于死地？”

“不，还给他留了一条出路！”

“什么出路？”

“跟我进厂时一样，扛板锹，当装卸工！”

“好，这比让他死更解恨！”

“不是解恨，是惩罚，是对他罪恶行为的惩罚！”说到这儿，田春玲朝城里的方向望了一眼，深深地叹了口气，“咱们农村人，没那么心狠手辣，不想把他逼上死路。只想通过这次惩罚，或许能使他认识到自己的罪过，改邪归正……”

“只怕咱们的好心，难得好报呀！”

“这就看他的了！哥哥，这台车花了多少钱？”

田风报了实数。

“这么多钱，你哪儿整的？”

“抬的！”

“抬？怎么抬？”

田风点火起车，朝妹妹和小凤招招手，“上车，路上我跟你细说！”

路上，田风把小凤怎样跟她舅舅借钱，舅舅又是怎样出面给她抬的钱，怎样写的契约，怎样以房子作为抵押，年息定的几分，等等，一五一十地跟她讲述了一遍。

田春玲听着听着，那张本来已经放了晴的脸，渐渐地又阴沉下来。哥哥的这一席话，仿佛像一瓢冷水浇到了她的心头，她顿时打了个冷战。她深深地吸了口气，把目光投得远远的、远远的，一直投到看不到尽头为止。她的思路，随着她那投远了的目光，想了很多很多……

她究竟想了些什么呢？这，只有她自己才知道。不过，我们从她收回的目光，又面对着田风谈起的话题，总算对她的所思所想略知一二。

“哥哥！”

“嗯，”

“我们联合吧！”

“联合？怎么联合？”

“农工联合，农商联合。也就是说，种地的跟做工的联合，务农的跟经商的联合。比如，你、小凤、我和务农，还有守山、守田和务农的姐夫、姐姐联合。”

“这……行吗？”

“行！我认真思考过了，别人不敢较真，我敢。我的工厂，要降低成本，要保证产量，尤其是要保证春城分厂的原料供应，唯一的办法就是建立一支原料开采队，自己开采原料。这就需要劳力，需要三五十名劳力。哪儿找去？当然是古朴村了，是从古朴村的土地承包户里找。这样，又要有些承包户交了土地，又要有些劳力转入工厂，又要……”

“那我又要接收承包田了！”田风狠踩了一下油门，车速顿时加快了，“交吧，转吧，嘿嘿！他们交多少，我收多少！他们转多少，我包多少就是了！”

“嘻嘻！”田春玲瞥了一眼由于车速加快而颤抖起来的拖拉机，笑道，“就凭你这生产力，一台小四轮，一台播种机，一台收割机，包得了十户，包不了百户，包得了百亩，包不了千亩。”

“那……”

“那只有走联合之路。农工联合，农业为工业提供劳力，工业为农业提供资金。就说我吧，只要你能给我提供足够的劳力，我就能给你提供足够的资金。一名劳力一千元，十名劳力就是一万元。眼下要能提供三五十名劳力，我就给你投资五万元。再加上刘守山、刘守田和务农的姐姐、姐夫，开饭店的需要肉、蛋、粮食，养鱼的也需要饲料嘛！培育凤尾蘑的刘守山，他也是要吃粮食、要吃肉的。只要他们也来投资入股，那资金来源就大了。你可以买‘东方红’，买大胶轮，买康拜因，买十铧犁，买圆盘耙，还可以买汽车，你可以撂手撂脚地干他一番，何必这么小捅咕？”

“这……”

“这是妄想？”

“不，”田风摇了摇头，“不是这个意思。我是想，这得有人挑头！你行吗？我行吗？务农和小凤行吗？不行，都不行！这得需要一个有影响、有权威的人来组合！”

“哎，有啦！”坐在车上一直没说话的小凤叫了起来，“让我姥爷牵这个头！他有影响，也有权威，又是我舅舅姨姨的爹，他说一句话，哪个敢不依？”

“行！”

“行是行，只怕他不干哪。眼下，老头还正火着呢！”

“这就看小凤的本事了！”

“放心吧，这事包在我身上！”

“哈哈哈！”

“嘻嘻嘻！”

田风又狠狠地踩了一下油门，小四轮在长长的、弯弯的乡道上欢快地跑了起来。

一路轰鸣，一溜烟尘，一片笑声。

“姥爷！”

“哎。”

一下晌，小凤几乎跟外公形影不离，细心观察他的举动、他的脸色，寻找他心绪好的机会。观察呀，观察呀，终于在饭桌上观察到了他的喜悦。吃饭的时候，他不仅笑了，而且还吩咐姥姥炒了一盘鸡蛋，温上二两烧酒，嘶嘶哈哈地喝了起来。小凤眼见是个好机会，主动给外公满上一杯酒，甜甜地叫了声“姥爷”，姥爷也给了个亲切的回音。

“想求姥爷帮，帮个忙。”小凤试探地说。

“什么事？尽管说。”姥爷借着酒劲儿，回答得十分爽快。

“求你帮我和田风把承包田的事……”

“再扩大一些是不？”姥爷对田风辞去代课教师专门搞承包田的事，心里很警觉，多少有点反感。他想，田八的堂孙，远近不说，总是他田家的后代。这古朴村的土地，万不能落到他田家后人的手里。那样，岂不是地又归了原主，让他复辟了？所以，外孙女一提田风和承包田，他不问青红皂白，马上回了这么一套话，“他田风的胃口可不小啊！他要像他那个爷爷似的，当地主呀！当财东啊！你，你跟他缠头裹脚的，想当他的管家婆？哼！不行！”

“姥爷，你想哪儿去了！”小凤撒娇地推着姥爷的肩膀，“不是扩大，是联合，联合！”

“联合？”姥爷在大半生的工作中，净跟“联”与“合”打交道了。土改时，他搞过农民联合会；抗美援朝时，他搞过军民联防；合作化时，他搞过联组、联社。一提“联”与“合”二字，自然引起了他许多美好的记忆，因而便显得有些激动地说，“什么联合？”

“就是……就是……”小凤见姥爷脸色缓和下来了，一边主动为姥爷满上酒，一边讲起了路上田春玲谈农工联合、农商联合，以及这种联合的趋势、前途、好处。这其中，她还加了不少个人的美好想象，说得天花乱坠，玄而又玄，终于把姥爷说笑了。

“啊，这还不错，像共产党的主张。共产党嘛！还是得讲共同——共同奋斗，共同发展，共同富裕，最后共同走向共产主义！好，这个忙我帮了！”

“那我就传您的令，让舅舅、舅母、姨父、姨姨、田风、春玲他们到您这儿来开会！”

“凤儿，小凤！”

小凤腿脚灵活，再加之心里高兴，一抬腿，早跑得无影无踪了。

“唉，这孩子！”他高兴地叹了口气，狠狠地搁了一口酒。

一听老头子下令，哪个敢怠慢？陆陆续续，不到半个时辰就都到齐了，可唯独五儿两口子迟迟不来。凤儿去催，他们则回了个话，说眼下正是饭口上，买卖繁忙，抽不开身，这会就不参加了。

“唉，这孩子，纯是让财迷了心窍！”外公狠狠地骂了句，便宣布了会议议题。他说，“今天的会是研究农工商合作的问题。合作……”

“不是合作，是联合，联合！”小凤赶忙提醒他，纠正道，“是农工联合、农商联合。”

“都一样！”外公重重地回了一句。

“嘻嘻！”这话引起了一阵笑声。

“合作嘛，就是集体化！集体……”

“不是集体化，是联合体，联合体！”小凤赶忙提醒他，纠正道，“是横向联合，纵向发展。”

“都一样！”外公又重重地回了一句。

“嘻嘻！”这话又引起了一阵笑声。

“合作力量大，集体好处多。这个是共产党的老经验了。你们学过党史吗？党史上记着，国共合作，打倒了北洋军阀；共同抗战，打倒了日本帝国主义；抗美援朝那会儿，志愿军和人民军联合作战，又打败了美国鬼子。今天，搞“四化”，也离不开这个大条条框框，也得讲团结合作、集体发展，单枪匹马建不成社会主义！我赞成、支持，就是这一点。你们不用请，我情愿当你们的领导！”

“不是领导，是顾问，顾问！”小凤又站起来提醒他，纠正道，“联合体，不是党政部门，只设顾问，不设领导。”

外公梗了梗头，又重重地回了句：“还不是都一样！”

“嘻嘻！”这话当然又是引起更大的一阵笑声！

“笑什么，还不快议定个合作章法，到时候免得各方赖账！”

大家收敛了笑容，都认真地议论起联合体的宗旨、目标、组织和经济权益等方面的问题。

议论来，议论去，呛呛了足有一更多天，总算理出个眉目，并相继在上边签了字。

田春玲、务农、田凤、小凤最积极，是第一批签的字。

姑爷和姑娘也是比较情愿的，是第二批签的字。他们说：

“养鱼，需要饲料，需要农副产品，我们跟农业分不开家，联合对我们有好处，我们愿意往农业上投资！”

只有三儿，稍有点勉强。他说：“培植凤尾蘑，用不着粮食，有糟烂木料就行了。但是，但是……”但他畏惧老头子，也只得在上边签了字，象征性地投一点资（三千块），做到面子过得去就是了。

外公见大家都签了字，便不慌不忙地从衣兜里掏出一个红布包，当着众人的面打开了。原来是一方印和一盒印泥。

他很自豪地擎起方印，先用嘴吹了一下，然后按进印泥盒捣了捣，又用嘴哈了哈，啪地盖到了纸上，说：“想当年，咱用这方印，开过路条，走过文书。枪毙田八，就是用它发的布告！唔，”眼见田风在场，自觉失言，沉吟了一下，“这一印定天下，你们的事就算经官了！哼，谁也别想反悔！唉，五儿还没来？”

是啊，五儿人未来，信未有，究竟持什么态度，只有跟他当面定了。

外公提上鞋：“这浑小子，谱还不小呢！哼！看我怎么治他！”

“别，”田风上前拦住了他，“加入不加入联合体，这是绝对自愿的事情，不能勉强。这样吧，还是让我跟小凤跑一趟，我们之间还有点财产关系。”

“也好！”外公脱了鞋又上了炕，“他要加入这个合作体，那一万块钱就算作他投资的股份。他要说个‘不’字，就把那一万块钱还给他，并告诉他，就让他死守钱财过日子吧！不，就说我说的，让他们捧着金碗要饭吃去吧！”

火、火、火……

火，刘守田心里窝着熊熊的一团火！

那火，烧得他口发干，舌发燥，两眼热辣辣地直冒金星，浑身像火炭似的烫得慌！

“丧气！”

他恨得牙齿咬得咯咯响，手拍打在八仙桌上，发出了一声惊人的炸响。

“唉哟！这是抽的什么疯?”胖婆娘被拍桌子声惊醒了，猛地翻了个身，嘟嘟哝哝，“天都这么晚了，咋还不睡觉啊！”

“睡，睡，睡，就知道睡！”刘守田赌气地朝胖婆娘躺着的地方瞪了一眼，黑沉沉，什么也没看见。这时他才发觉，炉膛里的火早已熄了，电灯也不知什么时候灭了。他用力拉了拉开关，那灯泡依然不亮，显然是又停电了。

“真是，丧气！”

他又恶狠狠地骂了声，牙齿咬得咯咯吱吱的更响了。他索性划根火柴，点燃了备用蜡烛，蜡烛很快便燃烧起来，闪闪耀耀，照亮了整个堂屋，也照亮了桌子上那厚厚的一摞子钱。

这摞子钱就是田风和小凤退回的那一万块钱。

一万块，三万的利，眼见就到手了。可一眨眼，就给他退了回来，退了个溜溜光！哼，当时，当时真想抓把砍菜刀砍了他！可，可这是老头子的旨意，不关他们的事，他只是在心里咒骂着:“这个老头，啥闲事都管，也不怕操心见了老?联合体，联合体，你们联合起来对付我！挖我的墙脚，坏我的生意，把我吃到嘴里的食儿硬给夺了去，还想哄我入你们的伙儿，跟你们合穿一条裤子，美的呢！我刘五儿跟你们是冤家对头，势不两立！”

人心里有火气，手脚动作也就特别有力，俗话说，像吃了枪药那么冲。他心里说势不两立，那胳膊腿也便随着左右开弓，啪，一拳打翻了那厚厚的一摞子钱。

那钱都是纸钞，又多是崭新的十元纸币，加之用力太重，唰啦啦雪片似的满屋飞扬，有的竟然落到了灶膛里。

从表面上看，灶膛里的火是熄灭了。然而那里边还有热灰，还有隐匿在热灰里的火星，竟渐渐地燃烧起来，真可谓死灰复燃了。

“啊，不好！”

眼见灶膛里燃起了火光，眼见火光里蜷缩的钱钞，刘守田惊叫着蹦跳起来，伸手就到灶膛里去掏。掏出了钞票，带出了热灰和火星，弄得满屋烟雾茫茫，把睡在炕上的胖婆娘给呛醒了。

“哎哟，你这是作的什么妖呢？”

“哎哟，哎哟，你就知道穷吵吵，还不快起来灭火，钱都被烧啦！”

“啊……”

听说钱烧了，胖婆娘衣服都没顾得上穿，诈尸似的从炕上跳下来，又扑又踩，踢踢蹬蹬这一闹，屋子里越发的烟尘四起了。

时光过得真快，一晃到了秋天。

秋天，对于农家来说，则是一个美好的季节。有耕耘培育出来的果实，有辛勤换来的收成，有胜利带来的喜悦。一句话，这个季节总会给人带来一些满足和希望，是一个易于使人激动而又兴奋的时刻！

然而，这个季节，这个时刻，也有烦恼者、怅惘者、痛苦与失望者。此时此刻，那个开餐馆的刘守田就是这样的一种心境。

夜里，他整宿整宿地睡不着觉。他一合上眼，便有许多闹心的景象浮现在眼前。

先是那厚厚的一沓子钱，眼见像气吹似的膨胀起来，高高的，高高的，像一面山似的压了过来。他下意识地伸出手去擎，可那一座山似的钞票竟骤然崩塌下来，唰啦啦地朝灶膛里飞去。灶膛里，顿时升腾起一片红光。

唔，红光一闪，竟变成了“东方红”大胶轮、十铧犁、圆盘耙，轰轰隆隆地压了过来，撞倒了土墙，撞毁了灶膛，他只觉得身子一沉，被挤压在土墙和灶膛中间了。他被挤压得紧紧的、死死的，老半天透不过气来。他似乎听见了笑声，田风，小凤，姐姐，姐夫，还有那个好出风头的田春玲坐在车上。他们扬扬得意，都冲着他笑，笑得很开心，仿佛对他被挤压在中间很解恨似的……

“啊——呀！”他几乎拼了全身的力气，猛地一阵挣扎，竟蹬醒了睡在身旁的胖婆娘。

胖婆娘暗自拧了他一把，骂道：“中了哪路邪，这般一惊一乍的？”

这时候，刘守田已经坐起来了。他一边揉着睡意惺忪的眼睛，一边顺着对面的窗户往外望着，只见真的有两缕红光从对面射了进来。

“丧气!”

入秋以来，他几乎每天清晨都被这耀眼的红光惊醒。

那耀眼的红光，是大胶轮的车灯闪亮。

他万万没有想到，这个联合体真的鼓捣起来了，而且发展得很快，买了“东方红”，买了大胶轮，买了十铧犁和圆盘耙，还准备买解放牌大卡车。

拖拉机买回之后，田风一边检修机械，一边教小凤驾驶技术，以便迎接那即将到来的秋翻和秋耕。

田风曾上过农技学校，对农业机械可以说样样娴熟，当了代课教师后，仍教农技和农业课。所以，他对这一切并不生疏。每天晚上，他面对着拖拉机给小凤上机械理论课；早晨起来，又带她学驾驶。

这样，日复一日，月复一月，几乎天天闹得他不得安宁。

他早已没有睡意，索性坐起来穿衣服。衣服穿得很慢，很慢，揉揉搓搓，仿佛那衣缝里藏了针似的，很怕穿快了刺伤了皮肉。

穿罢了衣服，他又挪下炕来趿拉上鞋，呱嗒呱嗒地跑到外面，靠着墙角，撒了长长一泡尿。然后提提裤腰系上带子，又呱嗒呱嗒地跑回屋里，喊醒了贪睡的胖婆娘。天已见亮了。

胖婆娘照例把红幌挑出去，挂在高高的房檐的钉子上。这是她每天起来要做的第一件事，是风雨不误的。刘守田呢，则捅捅炉灶，清清煤灰，准时无误升起炉火。两口子又忙了一阵别的，添水呀，洗菜呀，切肉呀，和面呀，到了太阳升起的时候，这个关东风味馆便又开始了一天的营业。

饭馆的生意本来还是很兴旺的，店门一开，顾客盈门。这对做生意的人来说，实在是一件好事，该高兴才是。刘守田呢，却已失去了往日的快活。那川流不息的顾客，那乱哄哄的吵嚷声，同那拖拉机的马达声一样使他心烦意乱。

这烦乱的心绪，不仅使他失去了许多生意上的快乐，而且还搅乱了他厨事上的程序。一会儿错把盐当糖，一会儿又把白糖当精盐往大勺里撒，把醋当酱油往锅里倒。闹得顾客吵吵嚷嚷、骂骂咧咧，直喊掌柜的给换菜。

胖婆娘端着一盘要换的菜走进灶间，往锅台上一蹾：“你这是咋整的？”

刘守田没理睬。

“七老八十了，丢三落四的！”

刘守田搅动他的马勺炒着菜。

“一会儿把盐当糖，一会儿把醋当酱油，心叫狗叼去了？”

刘守田使劲地敲打着锅铲。

“照你这样干下去，这铺子非黄堡不可！”

刘守田手里的马勺颠了起来。

“非黄堡不可，非黄堡不可，非黄堡不可……”

胖婆娘的这句话一直在他耳边响着，响着，响得震耳欲聋。

唔，这震耳欲聋的声音，一下子又变成拖拉机的马达轰鸣声。那被大马勺煽起的炉火，又同红彤彤的“东方红”浑然一体。哪里是火，哪里是车，在他的眼前交替着、变幻着，真是一时难以区分。

“唰……”

一翻手，把一马勺炒好的熘肝尖全扣到炉膛里去了。

炉膛里腾地升起一团火,一团熊熊的混合着焦煳气味的火！

“烧！烧！烧他个痛快！烧他个解恨！出气！出气！解恨！”

“啊！”

胖婆娘被丈夫的举动惊呆了。他的脸，在炉膛里烟火的映照下，显得又红又紫，紫红得像随时都有可能爆炸燃烧起来的红火球！

这是一团随时都有可能爆炸燃烧起来的红火球。就在这一瞬间，或者说是一刹那，刘守田心里竟然产生了一个可怕的念头，一种报复心理，一种妄图以火来发泄内心愤懑和不平的愚蠢行为。

“烧！烧！烧！烧得痛快！烧得解恨出气！烧！烧！烧！”

火！

火！

火！

一个漆黑的深夜，一个漆黑而又有风的深夜，一个漆黑有风但又十分宁静的深夜。几乎是在同一个时间，同一个方向，突然燃起了三把火。

漆黑的夜，加之风又渐紧，那火借风势烧得特别剧烈，特别红亮，尤其是在夜静更深之时，显得异常可怕。不少人是在睡梦中被这燃烧起的熊熊大火惊醒的。

人们惊叫着，呼喊着，操起应手家什向起火地点跑去。

起火地点就在古堡背后，在古堡背后田风家那五间青砖房下面。

那下面是田风新盖起的三座简易机房，“东方红”、大胶轮、十铧犁等分别存放在各个库房之中。这三把火，不多不少，不远不近，恰好在三个库房里燃烧起来。

火，借着风力，烧得特别旺。蹦跳的火舌，翻滚的浓烟，夹杂着噼噼啪啪的燃烧声、炸裂声，在古朴村的夜空里鸣响着、回荡着，造成一种极为恐怖的气氛。

“烧得好！烧得好！哈哈哈哈！哈哈哈哈！烧得好！烧得好！”

刘守田躲在自家的房山脚下，朝起火的地方望着、跳着，并轻轻地拍着手笑着、叫着，暗自幸灾乐祸。

“啪！”

忽然，只见眼前一晃，耳边响起了风声。唔，他还来不及看清什么，脸颊便重重地吃了一记耳光。

这记耳光打得太重了。脸颊一阵火辣，身子不由自主地朝后面倒去，结结实实地摔倒在地上。

“呀！”

这一记耳光使他猛然清醒过来。正眼一看，老头子那高大的身躯正威严地站在他的面前。他不由得抽了口冷气，下意识地朝后退缩了一步，心里叫道：“糟啦！我怎么把打火机丢到火场上了？我，我……”

十指连心和手足情分

有道是：十指连心。

可能是刚才出手太重了，掌心、指尖，尤其是手的各个关节，稍一活动便引起一阵麻酥酥的刺痛。

“还不快滚！”

他一边揉搓着发痛的关节，一边横了一眼蜷缩在地上的五儿，丢下一句恼火而又发恨的话，便匆匆忙忙地朝起火地点走去。

火是扑灭了，火灾带来的破烂景象却展现在眼前。

那三处临时盖起的库房，已经被这场大火烧得片瓦无存，目所能见的只剩下一堆堆还冒着青烟的瓦砾和灰烬。

那台七十二马力的洛阳造的“东方红”，前后灯都烧爆了，红亮亮的车身变成了紫青色，不少处坑坑包包的，显然是灭火时铁器家什磕碰所遗留下的痕迹。从那破损程度上看，这台车如要重新启用，怕是要经过大修才行。烧得最惨的算是那台大胶轮了，车轮、方向盘以及一切易燃处都被大火吞噬了。那被烟火熏黑了的车身，支棱在瓦砾和灰尘之中，像一台被炸毁了的战车似的不堪入目。不用问，这台车十有八九算报废了。就是重新启用，也要大拆大卸、大修大换才行。就是烧得最轻的十铧犁和圆盘耙，怕是也要经过一番的修整才能使用。

“罪孽呀，罪孽！”

面对着眼前这一切，他心中暗自诅咒着、责怪着、评判着。枉法呀，犯罪呀，一把无情的大火烧掉了多少宝贵而又难得的东西哟！人哪，人！为什么这样的愚蠢和残暴？

这时，天已大亮了。早霞托着旭日，从天边缓缓地升了起来。火场内外，都暴露在光天化日之下了。

火场上，余烟未尽。余烟，伴着阳光，在古堡上空形成了一片灰蒙蒙的雾障。

晨风吹起了灰尘，在古朴村周围纷纷扬扬地飘洒着，使村中的空气更加污浊，散发着一股难闻的、令人窒息的油漆和柴油的焦灼味。

灭火的人们还没有走散。有的提着水桶，有的扛着铁锹，三三两两，聚在一堆，交头接耳地议论着，指指点点，不时地朝他站的这个地方望着。从神态，从语气，从随风飘来的断断续续的只言片语，可知人们对这场火灾、对这场火灾所带来的损失，看法和想法是不尽一致的。这其中有疑惑的，有惋惜的，有庆幸的，叹息声和冷笑声交织在一起，比那散发在村中上空的油漆和柴油的焦灼味更令人作呕。尤其是那高挑在古堡上的红幌，随着微微的晨风，在灰蒙蒙的雾气中摇摇摆摆、隐隐现现，如同两团点燃的火把那样的扎眼，那样的令人心神不安。

“愚蠢哪，愚蠢！”

面对着议论纷纷的人群，面对着高挑扎眼的红幌，他心里竟冒出这样一句话来：愚蠢！他把这场灾难性的事件，视为一种丧失理智的愚蠢行为。不是吗？不就是仅仅为了一点点个人的私利，一点点个人的得失，一点点个人的我有你无，便不惜一切代价和不顾一切后果，而采取这样一种罪恶行径吗？

这时，灭火的人们渐渐地走散了。可他的儿女们，三儿、六儿、姑娘、姑爷，还有小凤、田风、田春玲，则从不同的方向朝他站的地方围拢过来。眼望着走近了的儿女们，他心里越发地感慨万千了。唉！真想不到，这种事情竟然发生在自己家中，发生在兄弟亲属之间。惭愧呀，惭愧！惭愧之中，他又感到惊愕。一母同胞，本是手足情分，为什么竟忍心干出这种事情来？这，这……这活生生的事实，使他又有所悟。是了，是一些人把利看得太重了，把金钱看得太重了，把个人得失看得太重了；重得超越了人格，超越了天理良心，超越了……此时此刻，他又想起了多年来他感受极深的一句老话：私是万恶之源！私欲，私心，私利，这一系列的私字，从他入党、参加革命的那一天起，他就同它们斗得不可开交，恨得咬牙切齿。今天，今天的这场火灾，又激起他对这一点的憎恨。这，这和那唯利是图的奸商有什么区别？同那不择手段地压榨农民的地主老财有什么不同？哼！都是一路货，一样的可憎可恶，一样的……

“唔！”

他心里正在发恨，三儿走过来了，偷偷地塞到他手里一件东西。从这件东西的形状和重量上判断，他马上便意识到了这是五儿丢到火场上的那只打火机。

“怎么办？”

“这……”

他手里正暗自掂量着那只打火机，三儿又问话了。耳听三儿的问话，心里不由得一颤，那只握着打火机的手猛地攥紧了。唔，那粗棱棱的关节又引起一阵钻心的刺痛。

“怎么办？”

他耳边又响起三儿的那句话。

“还能怎么办？”

这是他心里的回音。他本想说，还有啥讲的！欠债还钱，杀人偿命，谁纵火谁伏法呗！可这时候，那连心的指头又隐隐作痛起来，一下子又搅乱了他的思绪，把本来要说出口的话又咽了回去。沉吟了一会儿，抬手朝火场点了点，说：“你们去清理一下火场，别让它死灰复燃，再连累了别人。其余的事，嗯！就交给我处理吧！”

说罢，也不管大家愿不愿意，连看都不看大家一眼，攥着那只打火机匆匆地朝村民委员会走去。

村民委员会办公室的门还锁着。由于时间还早，家住外村的值班文书还没赶来。刘义身上有钥匙，启锁开了门，径直走到放着电话机的办公桌前。

办公桌很陈旧，是土改时缴获地主田八的胜利果实。三十多年来，他一直在这张办公桌上行使职权、处理公务，可以说是尽职尽责、一丝不苟。

今天，他又坐在这里了，又在行使职权、处理公务了。

他端端正正地坐在太师椅上，轻轻放下了打火机。一缕阳光洒了进来，恰巧照在打火机上，把刻琢在机身上的“刘守田”那几个字晃得特别的清晰，清晰得几乎有点扎眼了。这清晰的字迹，同昨天晚上五儿那幸灾乐祸的神态结合在一起，这件待处理的公务本身是再清晰不过了。人证、物证，都在这里，事实是无可辩驳和无可否认了。只要他抓起电话机的摇把轻轻一摇，同乡公安派出所通个电话，五儿，刘守田，他的亲生骨肉就会被捉去蹲监坐牢。

他，他那许久许久停滞在打火机上的目光终于移开了，移到了桌面的电话机上，又在电话机上停了很久很久。猛地，推开了打火机，抓起电话机的摇把狠劲地一摇，呀！真是十指连心，那手上的关节又引起一阵钻心的刺痛。刺痛得他赶忙丢开了电话，丢开了电话机的摇把。他的目光，又情不自禁地落到了打火机上。

打火机仍沐浴在那缕阳光下。阳光似乎在晃动，打火机也似乎在晃动。晃呀，晃！只晃得他眼花缭乱，那阳光把打火机都晃得变形了。阳光变成了昏暗的灯光，打火机变成了一张清瘦可爱的脸。那张清瘦可爱的小脸，在昏暗的灯光下，越发显得煞白。这就是在三年困难时期出生的五儿，当时他还不满三岁。一天晚上，老伴儿把用增量法（这是三年困难时期推行的一种做饭方法。据说，这种做饭方法能使米面比普通做法增斤两）按人头定量做的玉米面干粮端上桌，还没等按量分配（分着吃），五儿便把帘子上的干粮端跑了，蹲在旮旯儿里正狼吞虎咽地啃呢！老伴儿吆喝一声，上去往回夺帘子。五儿呢，端着帘子不放，架着两只小胳膊躲着、闪着，并不时地低下头去往嘴里填干粮，漓漓拉拉，弄得满炕饭渣子。老伴儿生气了，扯着衣领把五儿抡了个跟头，回手抓起笤帚疙瘩，劈头盖脸一顿揍。不慎，笤帚苗子挫伤了眼睛，血顺着眼角流了出来。疼得老伴儿扔下笤帚抱起五儿，拍手打掌地惊叫着、哭泣着："完了，我的孩子！呜、呜、呜……"

老伴儿眼里流着泪，五儿眼里流着血。泪和血，血和泪，流到了一起，滴到已经被啃得破碎了的玉米面干粮上。全家人，哪个还忍心吃这顿饭？老伴儿为了哄好五儿，也是出自内疚吧，把夺回来的那帘子干粮又原封不动地推给了五儿。五儿呢，只是吧嗒吧嗒地掉眼泪，一口不吃，闹得全家人都十分难过。老伴儿一提起这事就心酸。刘义呢，总感到作为一个父亲，没能尽到对孩子的抚育义务，对五儿一直觉着亏欠点什么。可今天，刘义一直感到的亏欠，竟然变成了他心中的烦恼和愤怒。

"混账！小时候贪吃，长大了贪心！可恶！"他心里恨着、骂着，手又抓起了电话摇把。唔，十指连心，十指真的连心哟！手上的关节又隐隐作痛起来。眼前一闪，那只放在办公桌上的打火机又晃动了、模糊了，渐渐地，似乎艰难而又不甚情愿的影像终于显现出来了。

一幅书写着"一定要把无产阶级'文化大革命'进行到底"的红色巨幅标语从天而降。一阵阵震耳欲聋的口号声此起彼伏。那幅红色的巨幅标语，仿佛是被风吹得摇摆起来。不，是被狂呼乱叫的人们席卷着，扑啦啦地抖动着。

刘义就在这片风响中坐着"喷气式"。他猫着腰，背着手，脖子上挂着一面巨大而又沉重的木牌子。村里的几个二流子，按着他的头，顶着他的腰，轮番地折腾着他，折腾够了，便让他跪在队部门前示众。从早晨跪到晌午，又从晌午跪到晚上，直跪得眼发花、头发涨、口干肚饥，眼见就要坚持不住了。这时候，就在这时候，从背后伸过来一只小手，一只颤抖的冻得发紫的小手；那颤抖发紫的小手捧着几个热乎乎的鸡蛋。

“给，爸！吃，吃。这是妈让送来的，说吃了扛饿，能挺得住！吃，吃吧！”悄声说着，动手剥起蛋皮，一块一块地往刘义的嘴里塞着，塞着……

这就是五儿。五儿，当时还不满七岁。

他心里一阵滚热，一把将五儿搂到怀里，紧紧地抱着，叫着：“五儿，我的孩子！”

叫声又重现了，影像却消失了。他怀里抱的哪里是五儿，原来是桌上的那只打火机，不知什么时候抓到他的手里。唉……他深深地出了口气，毅然地放下了打火机，抬手又去抓电话的摇把，可伸出去的手被人按住了。他回身一看，原来是三儿。

“爹！我们兄妹几个商量过了，这事私了吧！”

“这……”

这时候他才发现，他的一群儿女们（除了五儿两口子）都站在穿堂门外，正隔着玻璃朝他这里望着呢！

他刚才的神态和举动，他们都一一看在了眼里。他们理解他的心情，知道他此时此刻的处境。作为父亲，不管怎么说，都很难在子女身上下得了手。只要他这边一摇电话，把实情向上一报，五儿，他的亲骨肉就得伏法……不能呀，不能！十指连心嘛，他怎么也下不了这个狠！

子女们见到这种情景，也都动了恻隐之心。他们疼爱父亲，当然也怜悯兄弟。同胞兄弟，手足情分，这也是一道难过的关噢！

三儿把兄弟们的心情和想法一说，刘义又打了个唉声，长出了口气。

“唉……”

唉声未落，电话铃骤然响了起来。

三儿手快，抢先抓过了电话。电话是乡公安派出所打来的，询问的正是古朴村的这场火情，并说所长要亲自到这里来了解火灾的情况。从电话中听得出，所里对这场火灾很重视，害怕是有人对专业户进行的一场破坏活动，提出要保护好现场，等等。

刘义听罢，沉吟片刻，朝儿女们挥了挥手：“走！回家商量一下。”便带领儿女们回家去了。

下午，乡派出所所长带领一名民警，驾着摩托车赶来了。

乡派出所所长，是原公社的公安特派员，刘义比较熟悉的一位老公安干警。由于是熟人，加之又自有打算，他在家里接待了这位所长，并设酒招待了他。所长也不见外，他们一边喝着，一边谈着这场火灾。说的当然是他同儿女们商量好了的口径。那就是，这场火灾纯属自家过失起火，是电线接头出了毛病，电源起火而引起的库房起火，库房起火又引起的机械起火……

所长了解刘义的为人，深知他的脾气秉性。多年工作的接触，所长对刘义产生了高度的信任感，认为他是一个对工作一丝不苟的人。所以，听了他的汇报，便深信不疑，当即表示："既然是这样，那我就照你说的情况上报县局了。"

他稍有点犹豫，但在儿女们的目光示意下，只好赶忙说："啊，报吧，报吧。"话是这么说，可声音是微弱的、颤抖的，显得有点不那么理直气壮。所长头脚走，他回转身就哭了起来，哭得很悲痛、很伤心。悲痛伤心的是，自己一辈子没说过一句假话，没做过一次欺骗组织、欺骗上级的事情，他可以自豪地说，在三十多年的工作中，对党是忠贞不贰的，度过了许许多多的关卡：政治上的，金钱上的，女人上的。竟想不到，人逢晚年，却在子女身上打了掩护，欺骗了组织，终归没过好儿女关噢！惭愧呀！惭愧，呜、呜、呜……

他的哭声，引起了儿女们的悲痛，都暗自陪着流泪，屋里汇成了一片轻细的抽泣声。

这时，就在这时，门当的一声开了。

一股凉风，卷着一道人影，从敞开的房门扑了进来。

那人影，踉踉跄跄，仿佛像个醉汉，扑通一声跪下了，跪在了刘义的脚下……

唔，原来是五儿！

甘愿当牛做马

五儿像鸡啄米似的磕着头，咚、咚、咚，磕得很重、很响。先是冲着刘义磕，接着又冲着兄弟们磕。他一边磕着响头，一边诅咒着自己："我缺德！我作损！我有罪！我该死！我……"

五儿的举动，弄得大家一时不知所措。唯有刘义，愤怒地瞪起了眼睛。

三儿走过去，伸手想扶起五儿。

刘义则高声喝住了："让他跪着！现在知道缺德、作损、有罪、该死了，当初干啥啦？"

是啊，当初干啥了呢？

这句话，如同惊雷似的在五儿的耳边轰响着。

当初，唉！想起当初，真叫人惭愧哟！当初那会儿，他只想到了钱，想到了利，想到了个人的得失。那会儿，他是利欲熏心、财迷心窍呀！他那会儿，不仅想通过这场大火进行罪恶的报复，而且想通过这场大火把他们烧光了，烧穷了，回过头来好再向他抬钱借债，他好再从中讨他们的利头，发他们的难财。他，他把当时的这些想法，向他的老爹、他的兄弟们，原原本本地叙说了。

"混账！你还有脸把这些肮脏的想法说出来，哼！"刘义又狠狠地瞪了一眼跪在地上的五儿，喝问道，"你想这儿，想那儿，可为什么不想想这样做会引起什么样的后果？啊，后果！后果！后果！"

这一连串的"后果"，如同连珠炮似的在五儿的头顶上炸响着。

后果，他这样做将会引起什么样的后果，在挨老爹那一记响亮耳光的时候，他就清醒地意识到了。

"完了，一切都完了！"

当时，老爹那记耳光打得太重了，他耳边先是听到一声脆响，接着脸上便感到一阵热辣辣的疼痛。他跌倒在地上，蜷缩在那里，捂着肿胀的脸颊，挣扎着站起来，猛地想起他点的那三把火，顿时惊出了一身冷汗。

“完了，一切都完了！”

他捂着肿胀的脸，神经质地朝起火的方向跑去，可跑出去没几步便又停了下来。他望着那刺眼的火光，畏怯地朝后退着，退着，一直退到自家的院门。他没有勇气跑过去扑灭他亲手点起的大火。此时此刻，那燃烧得很旺的熊熊大火，在他的眼里仿佛是豺狼，是虎豹，是张着血盆大口的妖魔鬼怪。

“完了，一切都完了！”

当他捂着肿胀的脸，踉踉跄跄躲进自家屋门的时候，恰巧同准备跑出去灭火的胖婆娘撞了个满怀。

胖婆娘眼见他这副狼狈相，又耳听他一口一个“完了，一切都完了”的喃喃自语，顿觉生疑。赶忙扯住他，问道：“你这是怎么啦？”

“唔，是你！干，干啥去？”他瞪起眼睛，猛地从胖婆娘手里夺下水桶，重重地摔到地上，恶狠狠地说，“救火？火，火是我放的！你，你找死去呀？”

胖婆娘一听火是他放的，腿肚子顿时打起了哆嗦，双手拍了一下屁股，哇的一声嚎起来：“我的天哪，你这不是找死嘛！啊、啊、啊……”

这哭声特别尖厉刺耳，像哭丧似的那么闹心。加之胖婆娘的哭相又极为特别，她一手顶着后腰，一手拍着桌子，闭着眼睛仰着脸，眼泪顺着嘴角往下流，鼻涕拉得老长。她一边嚎着，一边跳着，双脚挣命似的蹬着地。看那样子，好像家里真的死了人。

“行啦，算啦，我的祖奶奶，你可别嚎啦!”五儿说着，狠狠地推了她一把，“咱们夫妻一回，快帮我料理后事吧！去，去给我收拾一下行李，这次是非进去不可了。”

“啊!”胖婆娘猛地跳了一下，戛然止住了哭声，瞪起一双泪眼，惊叫道，“你进去了，我怎么办？这买卖怎么办?”

“买卖，买卖，”五儿现在心里最痛恨的就是这买卖，“唉！要不是为这买卖，我哪能干出这种缺德作损的事！唉……眼下自身都难以保全，还管它什么买卖不买卖了！去，把那红幌摘下来，把那块停业的牌子挂出去。至于你嘛，嘿嘿！我要判个无期，你就得自寻主了;要判个死罪，那更简单了;要，要是判个十年八载的，这就要看你对我的情分了！你……”

“你快别说了！啊、啊、啊！……”话到伤心处，胖婆娘又拍了下屁股嚎起来，“你死了，我守灵！你活着，我守寡！要是还能出来，我决意等着你就是了!”

“唉!”五儿叹息一声低下了头，望着胖婆娘的脚尖默默不语。此时此刻，他心里有多么懊恼、多么后悔、多么痛恨自己做出这等蠢事……

“唉!”胖婆娘也叹息了一声。不过，她却没有低下头去，没有像五儿那样去看她的脚尖。她的目光，则停留在五儿那张阴沉着的脸上，停了很久很久，仿佛像钉子似的钉到了那张煞白痛苦的脸上，似乎想从那张脸上寻找到点儿什么。什么呢？唔，她从他的脸上看到了一缕闪光、一道阴影，闪光和阴影使他那张煞白的脸发生了急剧的变化。

“唔!”

不知什么时候，火灭了，天亮了，太阳从烟雾茫茫的鹰山上升起来。两个人的目光，都不由得转向了起火的地方。

起火的地方，虽说还烟雾缭绕，但在灿烂的阳光照耀下，一切都清晰可见了。扒倒了的库房，烧毁了的拖拉机，灭火的人群，特别是他那威严可怕的老爹，以及陆续走近老爹的兄弟们，都历历在目了。

“呀!”五儿暗自吃了一惊，他眼见哥哥偷偷塞到老爹手里一件东西。即便是偷偷地，他却看得清楚。从那件东西的形状以及转手时闪耀的一点微弱亮光，他断定那正是他落在火场上的打火机。

“完了，一切都完了!”

这时候，五儿又机械地重复着这句话。他心里清楚，这打火机一落到老爹的手里，那可是人证物证俱在了。有了人证物证，还能有他的好吗?他神不守舍，心慌意乱。一会儿叫胖婆娘捆行李，一会儿又让胖婆娘烧火做饭，把个胖婆娘支使得团团转。

“完了，一切都完了!”

特别是当他眼见老爹走进村民委员会，眼见乡派出所所长带着民警驾着摩托车开进村里的时候，他的心都要跳出来了。他坐立不安，手脚没着没落，喊胖婆娘把做好的饭菜端上来，可扒拉几口又吃不下去了。他将碗筷一推，索性坐到捆好的行李卷上等待就擒了。

他等呀，等！从上午等到下午，从下午等到晚上，瞪着两眼，直望着老爹的屋门。这时间可真难熬啊！

大约在掌灯时分，老爹的屋门开了，从里面走出黑压压一群人。

所长在前，民警在后，接着是老爹和他的兄弟们。

不是神经质，就是看花了眼。五儿眼见从老爹屋门走出这群人，都朝他这个方向望着，并指指点点议论着什么。似乎在说，他的前门在哪儿，后门又在哪儿。

他眼望着所长启动了摩托车，心情越发地紧张起来了。那启动的摩托车好像径直地朝他的院门开过来，所长那一双令人生畏的眼镜，仿佛正盯着他对面的这扇窗户。

他晕眩了、战栗了，面对着越来越近的摩托车紧紧地闭上了眼睛。唔，那摩托车从门前轰鸣而去。他睁眼一看，门前的土道上沙尘四起，伴随着这溜沙尘而卷起了几片鸡毛。

风尘消失了，鸡毛落地了。门前的土道上，又响起了嚓嚓啦啦的脚步声和断断续续的谈话声。

明白了，一切都明白了！

他一脚踢开捆好的行李卷，猛地跳到地上，朝胖婆娘使劲地挥了挥手，喊道："快拿锹来！"

胖婆娘有点茫然，但又不敢多问，只是喃喃自语："要锹干啥？"

五儿从胖婆娘手里夺过锹，便挖桌下藏钱的那口缸。

"你，你要干啥？"胖婆娘见他挖钱窖，越发的疑惑不解了，腆起身子想去挡他。

他把她推开了，抖了抖撒到钱包上的泥土，说了声“赔罪去”，便推开房门跑出去了。

跑呀，跑！他一口气跑到老爹的家。进门一看，大家都在这儿。不管老爹怎么说，不管兄弟们啥脸色，他只是磕头赔罪，苦苦求饶，举着一大包钱，连声不迭地说：“爹！爹……这是我的赔偿，我的……”

“啊……钱！”一见五儿手里举的是钱，老爹更生气了。他抡起胳膊，一巴掌把钱包打落到地上，“你就知道见钱眼开！事到如今，还把钱看得这么重！你作了祸，惹了事，想拿钱赎罪吗？哼！谁稀罕你的臭钱？你……”

他抡起胳膊，本想回手再给五儿一巴掌。可是，哎哟！手上的关节又隐隐作痛起来，他只好收回了伸出去的手。

六儿乖觉，三儿眼快，两个人同时走过来，架起老爹的胳膊，说：“爹！小五既然知罪了，就饶了他这一次吧！你老到里屋休息一下，剩下的事由我们兄弟们商量着办。”说着，劝着，硬是把他架到里间屋去了。

这时候，坐在炕梢的田风说话了。他举起那包沉甸甸的钱，说：“你也别说是赎罪，是赔偿。你要有心思，就用这钱入个股，加入我们的联合体吧！”

“不，不，”五儿摇头不依，他说，“在我没偿还清这次火灾给你们造成的损失之前，我没资格入你们的股，参加你们的联合体！我知道，眼下这点钱，是弥补不了这场火灾的损失。不过，你们尽管放心，我刘守田今后甘愿当牛做马，为你们架车犁地，一点一滴地补报你们！呜、呜、呜……”

他说着，便痛哭起来，边哭边冲着大家使劲地磕头。

众人无法，只好依了他。

至此，五儿两口子，每天早挂幌，晚收摊，把一天挣下的钱，一分不差地送到田风的家里。他每次来了，总是先磕头，后交钱，并喃喃自语："恶有恶报，善有善报，我刘五坑人害己，自作自受哇！"

田风受不了这般的尊崇，加之从小凤那方面排论，刘守田又属于长辈，所以总觉着不是滋味，一再提请他不要这样做。他呢，照旧如此。他说："我不是对你，我是对事不对人哪！实话对你说了吧，在我没有如数还清我的罪责之前，我是不会平身跟你们讲话的！"

说罢，又咚咚地磕起了响头。

崭新的辙印

鹰山，由青变黄，又由黄变白。

这一青一黄一白，标志着时光的流逝，季节的变迁。一眨眼，已是仲秋时节了。

时光和季节，对于自然界来说，是有情的又是无情的，是有益的又是无益的，对不少动植物来说是不可回避和无法抗拒的自然法则。随着季节的变迁，绿茵茵的小草枯萎了，变黄了。鼓噪一时的蚱蜢和隐藏在绿草丛中的其他虫类，已经随着小草的枯萎和变色，也渐渐地消失了、死亡了。蛙，钻进了土里；蛇，龟缩进洞中；黄鼠趁着人们的疏忽，偷偷地把五谷杂粮搬运到早已挖好的洞穴中去了。

人呢，时光和季节对于人类来说，也是不可回避和无法抗拒的自然规律。随着时光的流逝和季节的变迁，人也是要衰老的、死亡的。然而，从整体来讲，时光和季节对于人类则是得大于失，它总是赐给人类无穷无尽的精神财富和物质财富。人们可以利用时光，回顾、思考、总结、判断，估价自己的人生价值。人们又可以通过季节的变迁，检验、衡量、分析，收获辛勤耕耘所创造的劳动果实。

这一段时光的流逝和季节的变迁，对于古朴村人来说，精神上和物质上都是大有收获的。刘家的三儿，那个养蘑菇专业户刘守山，培育真菌已经有了新的突破，从原来单一的凤尾蘑发展到了山珍、石果和白木耳。刘家的五儿，那个开风味馆的刘守田，更是财源茂盛，买卖兴隆。每天红幌往外一挑，便顾客盈门，叫菜声，刀勺声，打趣骂俏声，此起彼伏。饭馆里蒸腾的热气，伴和着酒肉的飘香，弥漫在古朴村的上空。刘家的六儿，那个同田春玲一道办新兴建材厂的刘务农，此时此刻更是诸事如意，实业兴旺。不仅内壁七色板早已定型生产，远销十几个省市，而且又研制出了一种新型建筑材料——软质彩色地板砖。刘家的姑爷，那个借用古河道蓄水养鱼的专业户，眼下正荡船撒网，捕鱼捞虾。刘义的外孙女，那个不恋都市恋乡村的小凤，此时正跟田风开车挂犁，准备秋耕。马达声，说笑声，伴着铁器的磕碰声，在古朴村汇成了一片激动人心的声浪。古朴村的支书，那个曾忧心忡忡的老头刘义，面对着眼前的情景，似乎引发了他内心的许多感慨。他刚刚接到乡党委邀他到乡里开会的电话通知，此时正走在古朴村通往乡政府的大道上。从神态、从走路姿势上看，他仿佛正在把眼见的这一切都串联起来，已经在头脑里形成了一条长长的思路……

“小凤，看你老外公那架势！”田风用胳膊肘顶了小凤一下，示意她看。

小凤白了田风一眼，问道：“那架势怎么啦？”

“挺胸阔步，昂首向前，活像……”田风说着说着就不说了，捂着嘴笑起来。

“像什么？”小凤撂下手里的抹布，追问道。

“像，像只好斗的老公鸡！”田风说罢便跑，他知道小凤不会轻饶他的。

“好哇，你背后说我外公的坏话，看我不撕裂你的嘴！”小凤说着，随后去追赶田风，张着两只手，做出真的要撕裂他嘴的架势。

“笑话，笑话，我是跟你说句笑话！你怎么能当真呢？啊……”田风躲着、闪着，下意识地用手护着嘴。

“笑话？哼！”小凤嘴一努，“笑话小点撕，真话大点撕，笑话真话都得撕！”

一个躲着、闪着，一个追着、赶着，两个人在“东方红”和大胶轮中间捉起了迷藏。

小凤穿身红毛衣，红得像朵花。

田风穿身绿毛衣，绿得像片叶子。

红花，绿叶，在拖拉机和十铧犁中间闪跳着，显得十分醒目。

一群上学的半大孩子，都踮着脚朝这边望着。

“叫你跑!”小凤的手已经抓住田风的绿毛衣。

“唔!”田风就势停下脚步。

“转过脸来!”小凤故意板着面孔，命令似的喊着。

“手下留情，嘻!”田风慢慢地转过脸来，轻声地讨饶。

“留情？嘻!”小凤见他一本正经的样子，忍不住笑出声来。伸过来的手叉开了，沿着他的面腮绕了过去，而后猛地一拢，勾住脖子，嘴唇贴着嘴唇，给了他个长长的重重的一吻。

“啊——亲嘴啦！啊——亲嘴啦!”上学的半大孩子看得清楚。他们先是一怔，接着便边拍巴掌边跳脚，一窝蜂似的嚷嚷起来。

“去!”孩子们的叫嚷声把他们从甜蜜温存的状态中惊醒过来。小凤使劲推开了田风，理了一把飘到眉头的刘海，腾地跳上大胶轮，开车就去追那帮恶作剧的孩子们。

田风见小凤驾车上路了，也跳上“东方红”拉起舵杆，在后边紧追。

孩子们跑着，笑着。晨风，荡起了他们的衣衫，吹得鼓鼓的，黄的、蓝的、花的、绿的，真像一群叫喳喳的小鸟那么讨人喜欢。

孩子们的嬉笑声，拖拉机的马达声，叽叽嘎嘎，轰轰隆隆，震动了整个古朴村，引起了人们的注意。

拖拉机履带卷起的沙尘，在晨光的映照下，像一团团彩云似的升腾起来，在古堡周围扩散开了。

许多家的窗门推开了，仰起了一张张笑脸，指指点点，议论着，赞赏着，投来羡慕的目光。

不少穿开裆裤的娃娃们，手里拿着干粮，嘴里嚼着饭，趿拉着小鞋，或者干脆光着脚丫，同小猫小狗一道跑出家门，跟在沙尘四起的拖拉机后边跑着、叫着，逗得小猫小狗也跟着叫吵吵……

此时此刻，整个古朴村形成了一派火热沸腾的气氛。

这火热沸腾的气氛，在古堡前达到了高潮。

当小凤和田凤驾着拖拉机开到刘守田开的那个关东风味馆门前的时候，胖婆娘从天窗上猛地支出一挂鞭。那鞭点燃了，炸响着，噼噼啪啪。纸屑，像雪片似的落到拖拉机上，也落到驾驶拖拉机的田风和小凤身上。

就在鞭炮鸣响、纸屑纷飞的时候，刘守田拎着酒壶跑了过来，认认真真地为田风和小凤各斟了三杯酒。

他说："这头一杯酒，"眼见跟前没人，才悄声说，"是我的赎罪酒。我不说你们也知道，喝了这杯酒，舅的心里就踏实了！这二一杯酒，是我的感谢酒。我，我的承包田今后就包在你们身上了。我感激，我放心，我往后便可一心扑在饭馆上了！这三一杯酒，是我的祝福酒。祝福你们，车行千里路，人机保平安，开犁得胜！啊，嘻……"

"好！我喝，我喝。"田风眼见他诚恳相敬，加之又在众人面前，心里一高兴，咕嘟嘟三杯全下肚了。

小凤见田风把三杯酒全干了，也一时兴起，当众玩了个花样，说：“舅舅的心意我领啦！这三杯酒，就敬这烧不垮砸不烂的拖拉机吧！”说罢，抬抬手，把舅舅递上的三杯酒全泼到大胶轮上了。

田风本不好酒,刚才只是为了当众逞能,才把三杯酒干了。

三杯酒，量倒不大，往多了说，不过三两左右。放在会喝酒的身上，算不了什么，对素不沾酒的田风来说，却是绰绰有余了。他只觉得心发热，口发干，头有点晕眩，身子仿佛悬空了，轻飘飘的似乎没有多少重量。

他提提舵杆，自觉出手不重，可那拖拉机发疯似的怒吼起来，颠簸着，咆哮着，擦着大胶轮的身边超过去了。

“喂，跟上！别误了开犁的时间。”

“嗯?”小凤先是一怔，接着便开车紧追。

“东方红”在前，大胶轮在后，两台拖拉机赛跑似的朝前驶去。

常言道：酒是提神之物。

这三杯水酒在田风的肚里燃烧着、挥发着，几乎牵动起他的每一根兴奋的神经。被牵动的兴奋的神经最为敏感，常常引发他的自豪感和自负感。

他手握舵杆，面向原野，以将军检阅士兵那威严高傲的目光，环视周围的大地。

“哼,”他轻蔑地哼了一声，竟然想到了自己那个远房爷爷，当年古朴村的头号地主田八。

田八，这个号称古朴村一霸，在这位远房孙儿的眼里，并没有占据什么位置。在田风的记忆里，他只不过是个贪婪的老财，是个靠占有几十顷土地和榨取几十个伙计的果实和血汗，充实自己家业的剥削者。

“哼！”他又轻蔑地哼了一声，同时竟然想到小凤的外公，那个一直蝉联古朴村党支部书记的刘义。

刘义，在田风的眼里，虽然不比他的远房爷爷田八那么俗气和可恶，然而在他的心目中也没有多大分量。在他看来，刘义只不过按照上边的旨意，先是把土地分给了农民，后又把农民组织起来。除此之外，看不出他有什么大的作为。农民照旧用旧的生产工具，采用旧的耕作模式，在旧有的土地上从事农业生产。弯钩犁,弯钩锄,弯刀弯镰，弯腰弯膝，给他留下了不可磨灭的印象。刘义呀，刘义！难道不是这样吗？

“哼、哼……”他狠狠地拉了一下舵杆，竟然从鼻孔里挤出一连串的哼哼声。

这哼哼声，有对田八的厌恶，也有对刘义的蔑视。当然，更大的内涵是他的自负。他既不满足于田八的贪婪，更不赞同刘义的做法。他有自己的目标，自己的方向，自己的理想和愿望。他弃文务农，就是想在这广阔的土地上做文章。多好的天时，多好的地利，多好的政策！他满有信心地想过，他将充分利用这一切，抓住这一切，在肥沃的土地上，充分发挥自己的聪明才智，广泛应用现代的科学手段，创造出无穷无尽的财富，为人们造福。嘿！这可不是吹！

他一拉舵杆，那拖拉机便岔开大路，开进了田里。

酒，还能壮胆。这三杯酒，不仅牵动了他的兴奋神经，而且激发了他的胆量和勇气。他驾着那轰鸣作响的拖拉机，自感到有排山倒海之势。眼前的一切障碍，一切阻力，什么树根哪，界桩呀，地埂和坑洼啦，全不在话下了。他深下犁铧，狠踩油门，树根的断折声，界桩的粉碎声，伴着拖拉机的马达声，在犁铧下不断地鸣响。“嗨！嗨……”鸣响中，他情不自禁地喊了起来。

当然，酒还能误事坏事，它能麻痹人的神经，做出种种的蠢事来。

这时候，田风有点恍惚，有点烦躁，心里老在走神儿。他回头看了看，那犁起的土头，像海潮似的翻滚着、涌动着、变幻着。一会儿像一座小山，一会儿又变成一道人影，一张可亲而又可爱的面孔。

“啊，小凤！”他喊了一声，跳下驾驶台，朝那道人影，朝那张可亲而又可爱的面孔扑去。

哪有什么人影，哪有什么可亲而又可爱的面孔，扑到怀里的全是新犁起的泥土。他抓握着，揉团着，躺在暄乎乎的土地上滚爬，嘴里还不停地叫着小凤的名字。

小凤跑过来，吃惊地望着他，“田风，你这是怎么啦？”

“啊，小凤！”他张开双臂扑向小凤。

小凤下意识地朝后退了一步：“你，你要干什么？”

“秋耕！播种！”喊着，笑着，又张开双臂扑向小凤。

小凤又下意识地朝后退了一步：“秋耕，播种，还不快到车上去！”

“不，不不！是我们的秋耕，我们的播种，我们……”他喊着，笑着，猛地拉住了小凤。

“啊，放开我！放开……”小凤被田风的举动惊呆了。她有点害怕，有点着慌，挣脱着，退缩着，在新犁开的土地上周旋。

“秋耕！播种！嘻嘻！”田风喊着，笑着，死死地拉着小凤不放。

小凤继续挣脱着，退缩着，在新犁开的土地上周旋。

那土地很柔软，很松散，飘浮着一股蒸腾的地气。

地气，是热的，是香的，碰触着眉毛，撞着脸颊，感觉清幽幽的，令人心醉。

咦，不知是挣扎累了，还是被清幽幽的地气熏昏了头脑，小凤不挣脱了，不叫了，任凭田风拉拉扯扯，两人趔趔趄趄滚到墓碑后面去了。

墓碑后惊起了一对麻雀，带起了几片草叶，纷纷扬扬地落到了墓碑上。随之，一切都静止下来。

这时候，刘义从乡里开完会回来了。他可能喝了点酒，走路晃晃悠悠，嘴里还哼着小曲，直奔拖拉机这边走来。

“咦，人呢？”

他眨着蒙胧的醉眼，在犁开的土地上撒摸着、搜索着，猛地从墓碑后面发现了……

他正要喊叫，忽听背后有脚步声，回头一看，原来是老伴儿。

“孩子他爹，你在看啥？”

“我，我在看辙印！”

“辙印?”老伴儿顺着他的视线往前看。咦!她看见了墓碑后两个人的脚，使劲拉了他一把，“死老头子，辙印有什么好看的?还不快跟我去看看新村!六儿说，今后晌他来给咱搬家。”

“啊!是了，是了，是该看看那个新村去了!”说着，他扭过身去，跟着老伴儿乖乖地走了。

背后，传来一串轻细的笑声。

柳暗花明又一村

从新村回来，刘义便有些坐立不安，心里像长了草似的那么烦乱。

老伴儿让他杀鸡，他竟然把刀背架在鸡脖子上拉，拉得鸡叽哇乱叫。

老伴儿让他烧火，他竟然把柴火填到了灶外。好端端的一膛火，硬是让他给烧灭了。

“丢魂啦!”老伴儿夺下烧火棍，一边大把大把地往灶膛里填柴火，一边没好气地申斥他。

刘义自觉没趣儿，索性走到了外面。

外面有点凉。秋风卷起霜染的柳叶，唰啦啦地在墙脚下旋转。

墙皮已经脱落了，露出了发朽的柱脚和风化了的基石。

眼见这柱脚和基石，又有点触景生情了。他记得，这基石和柱脚，都是他亲手从鹰山上采伐下来的，又是他同穷伙计们一道架在这里。这里是当年田八的伙房，也就是地主的长工屋。他和他的穷伙计们，曾在这里度过了十几个春秋。这里，有过他的辛酸，有过他的哀怨，同时也留下了他的记忆和依恋。他对这里有着很深很深的感情。所以，当年分胜利果实的时候，他毫不犹豫地选中这所房子，并一直住到了现在。今天，他就要离开这里，迁居到新村，迁居到六儿在新村里为他准备的那套新房里去了。

新村，坐落在鹰山脚下的柳林河畔，依山傍水，绿柳成荫。那里，不仅有几分的秀丽，而且还有几分的灵气。

说是新村，其实也只不过三五户人家。除了六儿，都是古朴村的暴发户。有木匠，有铁匠，还有常年在外包工的泥瓦匠。

六儿这套新房，盖得极为别致。外面，是用珍珠砖砌的墙;里面，是用内壁七色板贴的皮;上面，是用珍珠瓦封的顶;下面，是用软质彩色地板砖铺的地。除了钢梁木架，这套房子几乎全是鹰山建材厂的制品。如果说这是一套房屋，莫不如说是一栋展品！如果说是供人居住，莫不如说是有意宣传。六儿倒是出于真心，他想用这栋房子孝敬一下老人，借以慰藉他弃农务工给老人带来的烦恼。可田春玲呢，她在这栋房子上花了不少钱，积极资助六儿把房子盖成。她说，这里有你的孝心，也有我的孝心！现在他们是你的父母，将来他们是我的公婆！她嘴上是这么说，心里却另有一番思考：不管怎么说，六儿是在我厂做工挣的钱，购买我厂产品盖的房，只要你往这房里一住，头上顶的，脚下踩的，身上靠的，手上摸的，就都是我厂生产的货！到那时候，嘿！我田春玲，我田春玲的建材厂，就会在你支书的心里有数了，你支书就会真正体会到“无工不富”的意义……

因为各有各的心思，各有各的目的，所以在动员刘义迁居的时候，想的说的也各有各的含义和语气。

六儿说：“爹！你和妈操劳一辈子了，该享几天清福啦！”

田春玲说：“是呀，是呀，住了一辈子茅林草舍，该换换新啦！”

六儿说：“那房子太破旧了！扒掉了也没什么可惜。”

田春玲说：“是呀，是呀，旧的不去，新的不来嘛！”

六儿说：“你都这么大岁数了，虽说是党员，可也得有进有退呀，往后少管点事吧！”

田春玲说：“进呀，退呀，管这，管那，其实和迁居没什么关系。要愿意工作，这新房比旧房要方便得多。这里宽绰敞亮，冬暖夏凉，在这里办公开会，包他来者满意！”

六儿说:“过去，你担心的是土地。现在，土地有了着落，不愁没人承包了。这会儿，你总该放下心来。”

田春玲说：“说的是呢，往后您如果愿意分心，该分在工上、商上，现在讲的是农工商一起抓嘛！大伯，您现在倒该关心一下我们了。我们欢迎您做我们的顾问，当我们的参谋，也可以体现党的领导！啊——如果您乐意，我在这里安一部电话，架一台扩音器，您可以在这里讲话，做报告，发号施令！”

嘿，田春玲的一席话，终于把刘义说笑了。笑声中，他重重地吐出一个字：搬！

可事到临头，他又有点犹豫，有点后悔，有点忐忑不安。

唉！他打了个唉声，又回到了现实。面对着那发朽的柱脚和风化了的基石，心里又是一番感慨。古朴村哪古朴村！现在的古朴村，还有什么可以回顾的呢？古树接种了蘑菇，古堡开了餐馆，古河道放水养了鱼。现在唯一可以说明一点古朴村历史的，只有这所房子了。这所当年的伙房，地主的长工屋，多少还能代表他的一点政绩、业绩，反映一点阶级斗争的历史。可是，如果一搬一扒，那就什么也没有了。今后可怎么向后人交代，向自己的子孙述说旧社会的苦呢？

他感慨着，默念着，一个人面对着那发朽的柱脚和风化了的基石，喃喃自语了很久很久。直到六儿带着汽车开进院门的时候，才打破了这种僵局。

“爹，装车吧。”

“不！不！不！”

他梗梗着头，一连说了几个“不”，闹得六儿莫名其妙。

“爹，你这是怎么啦？”

“怎么啦？不怎么啦！”

他把袖子一甩，回到了屋里。面对着山墙，他只顾吧嗒吧嗒地抽烟，抽得满屋烟雾缭绕，呛得老伴儿干咳起来。

“死老头子，说得好好的，怎么又变卦了？”

“哼！”

“哼什么？六儿说，春玲那孩子，晚饭都准备好了，还邀了三儿、五儿、小凤他们到新房过团圆节，吃团圆饭。你忘了今天是什么日子吗？今天是中秋节呀！六儿，喊了装车，别听他的！”

“慢！”他猛地扭过身来，亮出一张满是泪痕的脸，“要装，等天黑了再装！这会儿，这会儿……”

“这会儿”后面的话虽未说出来，老伴儿却已理解了他此时此刻的心境。她拉了一把六儿，朝司机摆了摆手，说：“那就听他的，天黑了再装车。来，帮我褪鸡毛，吃了晚饭咱再走！”

眨眼间，天就黑了下来。

六儿开始搬东西，准备装车了。

这时候，刘义从里面出来了，面对着六儿，严肃地说：“除了铺盖，啥也别动！这……”

“这为什么？”六儿愣着神，疑惑地瞅着刘义。

“为……”他本想说，“为了后人，为了子孙，为了留个纪念，为了……”可他把这很多很多的“为了”都埋到心里，只说了句“为我自己！”

“也好！”六儿嘴未说心里话，“反正那里什么都有，这些破旧家具就放到这儿吧！”他遵照爹爹的旨意，只把铺盖搬到了车上。

司机已经把车启动起来了，可还不见老爹的影子。六儿回身一看，老爹还坐在屋里，还面对着山墙吧嗒吧嗒地抽烟。只见他头有些下沉，肩端得很高，并一耸一耸的，显然是在抽泣。

“爹，走吧。”六儿声音压得很低，充满着感情。

“唔，走。”老爹的声音压得更低，充满着忧伤。

六儿搀扶着老爹从里面走出来。

老爹并不执拗，任其搀扶着，穿过了堂门，跨出了房门，一步一步地走出了院门,走到了车前。然后,他猛地回过身去，深情地看了一眼整整住了半个多世纪的房子，才默默地上了汽车。

六儿让他坐到驾驶楼里。他呢，摆了摆手，竟然坐到了车外面，说这里宽绰敞亮，能看得远些。

他要看什么呢?

汽车已经开动了。轰轰轰！轰轰轰！马达伴着心律，剧烈地跳动着。

车速加快了，他的心律仿佛也加快了。驶过了古树，驶过了古堡，驶过了古河道，驶过了河畔的柳林，眼前就是新村了。

新村里灯火通明，十分耀眼。电视机的五彩斑斓的光，收录机的音响，伴着一阵阵欢声笑语，从新村，从新村那所房子里飞了出来，十分引人入胜。

刘义呢，却没有被这光彩和音响所吸引，他的脸一直向着车后，向着车后的古朴村。

古朴村已经被夜色淹没了。房山、屋顶、烟囱，一切的一切，都在浓重的夜色中模糊不清了。然而，在浓重的夜色中亮起了点点灯光。那灯光，虽没有新村里的灯火明亮，却扯成了排，连成了串，汇成了长长的宽宽的一片灯火。

从那灯火的位置和亮度,他断定出了这里是谁,那里是谁。

猛地,那灯火似乎都一下子明亮起来,闪跳起来。可一晃,那明亮闪跳的灯火又渐渐地模糊起来，朦胧了，变成了一张张不甚清楚的面孔。

“刘义！你真的搬走啦？”

“老哥！你养了一个好儿子，有享清福的地方了。”

“可我们，可我们还都住在老地方！”

“你，你真的不管我们了吗？”

“你这个老党员，你这个……”

“再见啦！”

“唉……”

他眼前闪动着不甚清晰的面孔，耳边却响着清晰的声音。他忽地站起来，用力地敲打着驾驶楼的顶棚。还没等汽车停稳，他便抢先跳到了路边，语重心长地对六儿说：“六儿，你要有孝顺之心，就好好照看你妈！她，跟我受了不少苦，操了不少心，没享过一天福，让她到你那儿过几天舒心日子吧！”

“那你呢？你……”六儿睁大了眼睛，疑惑不解地问。

“我，我还是回那边去！那边……”那边是什么，他没有说，只是一扭头，便大步流星地朝淹没在夜色中的古朴村走去。

他走得很急，眨眼间便隐没在夜色之中了。

古朴村那边传来了鸡鸣，传来了犬吠，传来了欢声和笑语。

“唉！”六儿长叹一声，无可奈何地摇了摇头，只好驾着汽车朝前驶去……

履　痕

一

月亮，从鹰山那边升了起来。银色的光辉，带着柔和的微笑，把山巅上那棵美人松的影子投射到山脚下一幢农家的院子里。院子里很安静，只有晚风掀起的茅草扑打着窗棂，发出唰唰啦啦的响声。随着月亮的升迁，银色的光辉逐渐移到窗扇上，并洒到三个围着桌子饮酒人的脸上。不知是月光晃的，还是酒气熏的，三个人的脸色板得可怕，白得吓人，像湛蓝的天空罩上了一层乌云，随时都有炸雷从云层中响起似的。

“喝，喝!”坐主位的那个疙瘩汉子，笨拙地擎起酒杯，朝客位那边晃了晃，一仰脖竟自干了下去。

所谓疙瘩汉子，即是对那些身材矮小瘦弱、面目丑陋不堪之人的贬称。

这个疙瘩汉子，不仅矮小瘦弱、面目丑陋，而且左臂伤残，栽棱着肩膀，故得了个绰号：拐子！

“请，请！”

拐子这边把酒杯撂下了，坐在他对面的那个壮实汉子双手擎起酒杯，连道两声“请”字，仰脖也径自干了下去。

这个壮实汉子，膀大腰圆，双目有神，尤其是那双大手，骨粗皮厚，硬棱棱的像两把钢叉。

面对这个壮实汉子，拐子投来赞许的目光。

壮实汉子是他家的房客，是他老婆的相好，是风风雨雨帮他拉了二十多年“帮套”的老搭档，原是山东蓬莱的一名共产党员，六十年代逃来的“盲流”，有名的鞋匠。

假如没有鞋匠的“拉帮”，拐子和他这一家人真不知怎样度过那段艰难的岁月。他对他非但没有一点怨恨，反倒有几分感激，他把他视为救命的恩人！

拐子提起酒壶，又郑重地为鞋匠满上一杯酒。然后，回过手来，也为自己斟上满满的一杯……

“啪！”

这时候，就在这时候，一只胖胖的大手重重地砸到饭桌上。拐子和鞋匠都不由得一怔。

这双手，当年曾给鞋匠送过“与有夫之妇通奸，故开除党籍”的批件。

这位从统购统销、人民公社化，到实行联产承包生产责任制，二十年来一直蝉联关东村党政领导的吴支书，至今仍是这里至高无上的绝对权威！

“孩子她妈!”还是拐子乖觉，“怠慢不得！怠慢不得!”擎起酒杯，赶忙给吴支书满上酒，那酒壶却滴酒未落，原来壶里已是空的了。所以，他一边提着酒壶，一边朝外屋喊道：“喂——拿酒来!”

“哎——来啦！来啦!”

声到，人也到了。

孩子他妈，是拐子的媳妇，鞋匠的相好，关东村有名的精灵女人。

精灵女人，一辈子总是办精灵事儿。

她一手托着托盘，一手叉着腰肢，拧拧搭搭地走上前来，将托盘往桌子上一放，说了声“看!”

不看则已，一看三个男人顿时都愣住了。

托盘里装的哪里是酒，原来是一双绣花鞋。

那双绣花鞋，前打包尖后收跟，中间挂了两条对称的皮帮，工工整整，可见掌鞋人的做工精巧!

“这,”拐子有话说不出口来。

“这!”鞋匠也有话说不出口来。

“这……”吴支书更是有话说不出口来。

“哈哈哈！这不就是当年的那双鞋吗?”

笑声，像响鞭似的在堂屋里震荡着，重重地抽打在每个人的身上。

是啊，这确实是当年的那双鞋，他们何尝不记得，这双鞋又引起当年多少辛酸往事哟!

二

由于过分的激动，拐子那只伤残的左臂痉挛地抽搐了一下，猛地碰翻了酒杯，溢出了亮汪汪的一摊酒。

不是出于羞愧，就是出于懊恼。

他把头压得低低的，死死地望着泼在桌面上那摊亮汪汪的酒。

那亮汪汪的酒流动着，扩散着。他的思绪似乎也像这溢出的酒，流动着，扩散着。

他怎么能忘记呢！当年他们结婚的时候，过门那天她穿的就是这双鞋。

在所谓的“洞房花烛夜”里，他如同欣赏她那双美丽的巧手一样，爱不释手地抚弄着它。

它，白布底，绿布帮，五彩绒线绣着芙蓉花，绿茵茵、红彤彤的，如同两只载着绿叶红花的小彩船。

然而，可惜！随着时光的流逝，那双可爱的绣花鞋如同她那双美丽的巧手一样，渐渐地变粗糙了、磨损了，失去了当年的光彩。

那雪白的“千层底”，被当年“人有多大胆，地有多大产”和“造梯田，闹深翻”的浪潮弄得面目全非。

千针万线刺绣的芙蓉花，则被那阵子大炼钢铁的烟火熏黑了，烤焦了。

到了那个令人难忘而又令人生畏的困难时期，这双鞋不仅磨破了底，烤焦了帮，而且由于主人翻山越岭挖野菜、采山果，它已是前露趾头后露跟，绣花鞋变成开花履了。

“唉——”拐子惋惜地抚弄着它，“可惜了这双鞋呀，该买双新的了。”

买，买得起吗？

就在他边抚弄边打唉声的时候，他那位俊俏而又勤快的老婆，又给他生了第四个孩子！

四个孩儿，四张嘴，哇呀，哇呀，像小老鸹似的要吃要喝要穿要用。

拐子跺跺脚，打了个唉声上了山，爬到高高的老柞树上采山珍（猴头蘑），想给老婆弄点营养补补身子。然而，不幸的是他竟然失手从十几米高的树上摔了下来……

当他从昏迷中清醒过来，首先感到的是左膀子钻心的疼痛。睁眼一看，公社老中医正给他行针号脉，诊查伤情。他不仅左臂骨折，而且还造成了严重的内伤。

“喏！”老中医一边开着处方，一边用目光点着站在旁边的一个年岁同他相仿的壮实汉子说，“多亏了他呀！要不是他把你背回家中，及时行针下药，你可能就没命了。”

他，就是鞋匠。

鞋匠见他家如此贫寒，老婆又坐月子，四个半大孩子哭爹喊妈地号叫，他又遇到如此横祸，便动了恻隐之心，拿出了掌鞋挣的全部积蓄——钱票、粮票，帮助抓药、买粮，为这一家人解了燃眉之急。

村里的人对鞋匠称颂不已，拐子更是感激不尽：“你真是吉星贵人！要不是有你的周济，我这一家人真不知走到哪步田地去了呢！”

鞋匠说：“说哪里去了！眼下，咱们都处在困难头上，谁有力量就搁谁一把呗，这没啥！”

拐子屈指算了算，从他摔伤到老婆满月，从他伤势痊愈（当然身体的有些功能是恢复不了了）到最小的娃娃会喊爹叫妈，鞋匠整整帮了他一年零四个月。

一年零四个月，近五百个日日夜夜，这是何等的情分哟！拐子一家，又感激又不安，心里总觉得欠鞋匠的情。

一天夜里，当孩子们都睡下了，夫妇俩便谈起了鞋匠。

拐子说：“孩子他妈，咱欠人家的情太重了，得想法子还人家才是。”

女人说：“还，搁什么还？就凭咱们这个破家，你就是砸锅卖铁搓骨头渣子也还不清这个情呀！唉——来生来世吧！”

“来生来世？”拐子急道，“那今生今世就不报啦？”

“报，怎么报？”

“想想法子嘛！”

“……”

“……”

拐子沉默了。

女人沉默了。

两个人都在沉默中苦苦地思索着……

突然，女人说话了：“哎，有啦！”

拐子问：“有什么啦？”

女人朝西屋望了一眼，然后正过脸来：“他无依无靠，无家无小，三十好几了还没媳妇，这情只有我来还了！”

“你！”拐子惊叫一声，顿了顿，把要说的话又埋到了心底，“……”

女人望着拐子一脸苦相，深深地出了口长气：“你身体本来就不好，又落下半身残废，养这一家人着实的够呛呀！莫不如，你将就一下他，他将就一下你，一口槽头拴两匹马，一挂车就来个双套拉吧！”

“这……”拐子顿了顿，又把要说的话咽了回去。

“这是没法子的法子呀！”女人摇了摇头，埋下脸哭了。

“嘿，”拐子暗自咬了咬牙，从炕上跳到地下，披上白茬子皮袄推门走出去了。

“他爹！你哪儿去？”女人眼望着走出去的拐子，失声地喊道。

“到，到生产队去住几宿！”拐子说着，脚不停闲地走到外面去了。“呼啦！呼啦……”风，伴着重重的脚步声，从敞开的房门吹了进来。

“嘘——”女人不由得打了个寒战，抽了口冷气。她迟疑了一下，也从炕上跳到地下，趿拉起那双前露趾头后露跟的绣花鞋，跑到外屋关上房门，转身又回到东屋，给孩子们逐个掖掖被子，站在地上呆愣了一会儿，便毅然地抱起被子走进了西屋。

鞋匠正坐在炕上磨锥头，眼见拐子的女人抱着被子走进来，一时怔住了，说：“你这是干啥？”

“陪你睡觉呀！”女人说着，甩掉绣花鞋，上炕去铺被子。她先把鞋匠的被铺开了，接着便把自己抱来的那床被挨着鞋匠的被也铺开了。

“噢，”鞋匠一惊，锥头从手中坠落下去，恰巧钉到那双鞋上。

“这也是天意！”

“天意？”

“啊！”女人一边应着，一边缓缓地往下脱衣裳，并且说得十分郑重，“你说咋那么巧呢？他从树上摔下来，偏巧让你赶上了。你那么好心地拉帮我们，又偏偏落到我们这个穷家，叫我们有恩无法报，有情无法还。我跟孩子他爹商量了，此生恩情此生报，只得用我的身子……来，睡吧！”

“噢！”一声呼唤，把鞋匠从麻木状态中惊醒过来。他正眼一看，那女人早已脱掉外衣，下半身压在被里，上半身露在外面。他自己也不知道，当时是无意地摇头了，还是有意地点头了，是说了声“不”，还是说了声“是”。只有一点他是清楚的，那就是在心绪十分慌乱的情况下，他下意识地捡起锥头，提起鞋，一针一针地掌了起来，掌了起来……

常言道：好事不出门，丑事传千里。那女人跟鞋匠的事儿很快便传开了。有的说，是女人勾引的鞋匠；有的说，是鞋匠勾引的女人；也有的说，是拐子心甘情愿从中撺掇成的。随之，“破鞋儿”“王八头”“拉帮套”等一些言辞，便落在他们各自的头上。

女人勾引鞋匠也罢，鞋匠勾引女人也罢，这一点拐子的心里是最清楚不过的了。所以，尽管人们议论纷纷，他只当作不知。

议论，毕竟是议论。出自黎民百姓口里的言辞再尖刻、再恶毒，都没什么大不了的，无损于他们一根毫毛。然而，这事传到当年的行政领导吴支书的耳朵里，就不得了啦。

一天晚上，吴支书下令把鞋匠召到大队党支部，当着支委们的面说:“好你个 ××，你搞破鞋，搞腐化，同有夫之妇通奸，败坏党的声誉（这时鞋匠的户口已从山东迁来，并转来了党的关系），你说该怎么办？是要女人，还是要党票？说！何去何从，只要你一句话！”

这时候，就在这时候，拐子的女人破门而入，顿时打乱了屋内的气氛。

“什么？党票！党票值多少钱？能管吃，还是能管用？走，跟我回家睡觉去！”

“呸！不要脸的女人，连人格都不顾了！”

不管他吴支书怎么骂，她硬是把鞋匠拉了回去。

七名支委的手不齐整地举了起来，鞋匠被开除了党籍。

三

“哈哈哈！瞧，你们这都是怎么啦？”这个精灵的女人，确确实实精灵得很。她见三个男人那窘迫的样子，尤其是拐子死呆呆地盯住桌面上那摊水酒的眼神儿，一边用抹布擦去了那摊酒，一边笑吟吟地说，“今天的主意是我出的，客是我请的，酒你们可以尽量地喝，有的是！不过，话可得说个明白，今天咱可不是无缘无故地请客，无缘无故地破费，咱想借助这壶水酒好好地清洗身子！”

说罢，她使劲地晃了晃旧式老铝壶，酒在壶里发出了咕嘟嘟的响声。

一听说要借助这壶水酒洗清身子，再看看那咕嘟嘟响着水酒的老铝壶，三个男人的目光又不约而同地落到那双鞋上了。

“孩子他爹!”

“唔,”拐子正过脸来。

“我先敬你一杯酒!”

“我?”拐子眼望着那推过来的铝壶，迟疑地擎起了酒杯。

“嗯!”她一边往杯里斟酒，一边动情地说，“孩子他爹，我过去对不起你呀！我们虽说不是过去那种三媒六证、八抬大轿抬进门的，但我们毕竟是对面相看、相互道了句‘行’的自由对象。婚后，还是恩恩爱爱、体体贴贴，从未犯过口舌红过脸的夫妻呀！可，可我毕竟把一半身心分给了另一个男人，另一个……不管怎样说，作为一个妻子，这也算对丈夫的不忠不贞不仁不义，我有过错，我有罪呀！来，干了我的这杯赔罪酒吧!”

“这……”拐子擎着酒杯的手颤抖起来。

“这什么？这都是我的真心话！干了吧，干了我就消罪啦!”

“嗯，我干，我干。”拐子听她这么说，鼻子一酸，两滴泪水滚到杯里，酒和泪，辛辣和苦涩，一并干了下去，“哼……过错！罪呀！谁的？是你，还是我……”

“孩子他妈!”

拐子举目一看，孩子他妈正给鞋匠斟酒呢!

可能是由于内心过分的激动，她那双擎着铝壶的手微微地抖动着，直抖得壶里的酒洒了，说话的声音也颤了。

“你……你还记得吗？那年，也是这个月的这天晚上，月亮也是这么圆、这么亮，我和你……”不知是话儿碍口，还是心照不宣，话题马上转了，“唉，一晃过了这么些年……这么些年，你为我们一家吃了不少苦，受了不少累，遭了不少罪！这些年，你对我好，我对你好，一家人过得还算和气。可好是好，和气是和气，却过得不清白、不仗义呀！唉——俗话说得好：船有码头车有站，现在到了刹车停桨的时候了。来，干下我给你满的这杯绝交酒吧！干下这杯酒，我们的事就算一刀两断了！”

这一席话，不要说鞋匠听了是何等的刺激，何等的震惊，就连拐子听来也感到有些招架不住了。“孩子他妈！你这是怎么啦？”

这时候，孩子他妈已为吴支书斟起酒来。

吴支书改变了原来的姿势。拄在桌子上的手抽了回去，胸挺得也不那么直了，头向前倾着，眼神里有一丝畏怯的光。那神态、那表情，似乎有些对不住她的地方，这会儿正在洗耳恭听呢！

“吴支书，我敬你一杯求情酒！”

“求什么情呢？”吴支书感到茫然。

“我不说什么，你也知道我要向你求什么情。你看我这个家怎么样？”

“家？”吴支书扫了一眼堂屋内外，堂屋内外满是时兴的装饰：沙发椅，大立柜，洗衣机，电视机，真是应有尽有。“你家是有名的万元户呀！”

“那我呢？我这个人现在怎么样？”

“你?”吴支书上下打量了她一番。只见她上穿尼龙下穿纱，半高跟的皮鞋，全自动的手表，里里外外全是时兴货儿。笑道，“嘿嘿，你是咱村里有名的女能人——康贝尔鸭饲养能手!”

“你这样说，我就心满意足了，也就不会记恨你当年骂过我的话了！当年……当年咱日子不好过，人口多，孩子小，他爹又落下半身残疾，吃不上，穿不上，哪里还讲什么脸面，顾什么人格！如今……如今托共产党的福，日子好过了，咱也像个人了！所以，求你还咱脸面，还咱人格，咱后半辈子也得大大方方过个清白日子了!”

“唔，是这样!”吴支书擎起酒杯，一饮而尽，“好，我还你脸面，还你人格，明个给你开平反会!”

“那我再敬你一杯求情酒!”

“这……”吴支书望着酒杯迟疑起来。

“这是我为鞋匠敬你的求情酒。你还了我的脸面、我的人格，也就该还了他的荣誉、他的党票吧?”

“这?”吴支书没想到她会提出这么个问题，一时难以作答。

“这什么?”

“这个问题，时间太长了。怕……”

“怕什么？我能平反，他为什么不能平反？要知道，他可是由于受了我的牵连呀！还了我的脸面，就得还了他的党票！你说，不是吗?”

吴支书架不住她磨，沉吟了一下，说道：“这要开党员大会讨论决定，还须报乡党委批准。”

“那你就开吧！那你就报吧!”

“好吧！我开，我报。”吴支书说罢，擎起酒杯一饮而尽。

“好——那我再敬你第三杯求情酒！”

“第三杯求情酒？”

“哎，”她一边斟酒，一边朝拐子那边点了下头，说，“这杯酒是为他求情。”

“他？”

“哎，你忘了，他头上也压着一顶帽子呢！”

“唔，是这样的呀！那好，那好！”吴支书在连连的道好声中干下那杯酒，然后下地穿鞋，借口有事先走了。他害怕这个精灵的女人再提出什么要求，便不好脱身了。

“唉——鞋呀，鞋！”

吴支书走了，她下意识地抓起鞋来，一边使劲地揉搓着，一边喃喃自语、默默思忖……

四

任何人的任何一项抉择，都需要决心，需要勇气，需要承担后果。这个精灵女人的这一精灵的抉择，也是经过反复思考才下了决心的。

随着儿女们一天天地长大，一点点地明白事理，她的心里就开始犯起了嘀咕。

一次，她那最小的孩子，仰起天真的小脸问道：“妈，我为啥有个爸又有个叔呢？”

孩子的话语虽不多，却使她一时难以启口，难以回答孩子提出的问题，只好摇了摇头，避开孩子的目光，默默地走开了。

更令她难堪的是，当那几个大一点的孩子到了成婚迎娶的年龄，托人说媒而招来的一些风言风语。说什么："哎哟！她家呀？孩子倒不错,就是根不正。妈是养汉老婆,爹是王八头,不行,不行，名声不济跟着丢不起人!"

说一个，吹一个，弄得儿女们都不用正眼瞧她。

她呢，心里是又急又气，又怨又恨。心里骂道："选对象，看什么家呢，也不是嫁爹嫁妈！哼，小兔崽子，当年要不是你妈豁出脸来，你们这会儿还能像个人似的，早喂狗啦!"她不知流了多少伤心泪!

这一切毕竟都是家事、私事，她容得，也忍得。令她不能容忍的是近两年围绕她家致富问题上的恶言咒语。

自打农村实行联产承包责任制以后，她一家如鱼得水，个个大显身手。不仅承包了土地，而且承包了鱼塘、蜂房、鸭场，她那个最小的儿子还在鹰山上包了个果园。

俗语说：四路进财。眼下，她家则是六路增收，两年不到，成为村里有名的专业户和万元户。

富能使人羡慕，更能使人眼红、眼气，乃至嫉妒。

有的说："她家咋富了，那帮手硬嘛!"

有的说："是啊，是啊，全靠那拉帮套的了！拉帮套，拉出个万元户！嘻嘻!"

"大放什么厥词!"精灵的女人怎受得了这样的冤枉气，"你骂咱养汉老婆、破鞋、卖大炕的，啥啥都行，只是不准你往共产党脸上抹黑！共产党啊！共产党！要没有共产党，能有今天的好时光？要没有共产党的许可，能有咱这万元户？过去那么帮、那么拉，怎么没帮拉出个金山银山？睁着眼睛说瞎话，真是些没良心的东西！老娘为了出这口气，死活也得断了这份情！”

这便是她一边揉搓着这双鞋，一边喃喃自语、默默思忖的原委。

“孩子她妈！”

“唔。”

“他们都走了！”

“嗯。”

是啊，她清楚地记得，吴支书走出去以后，鞋匠也回到西屋去了。

西屋有轻微的咳嗽声、叹息声，以及什么东西相撞时的磕碰声传了出来。

“孩子他妈，你不是开玩笑吧？”

“玩笑？这事还有开玩笑的！”

“唉——”拐子打了个唉声，“不是玩笑，可就有点太不近人情了！”

“人情？哼，”她摇了摇头，苦笑道，“人情又怎么样？人言比人情更可畏呀！”

“唉——”拐子又打了个唉声，“这把子年岁，这个时候，你跟人家绝情断交了，可让人家扑奔哪儿去，投靠个谁呢？”

“唔，你担心他的去处！”她沉吟着，支吾着，“去处，我早为他想好了。”

“想好了！哪儿？”

“小六儿那儿。”

“小六儿？他……”

“他是鞋匠的。”

她说得很随便，却很肯定，听口气，不像是玩笑话。

拐子一听，惊愕地瞪大了眼睛，说道：“好你个精灵鬼！你不是说，只跟他有事，不为他下崽儿吗？哎哎，你呀你！”

“你怎么啦？用这样的眼神看着我！”她明知故问，其实早从他脸上的苦相察觉到他内心在想什么。

她苦笑一声，便直言不讳地说：“当时，我是没想为他留下后。后来一想，不行！人家为咱尽了那么大力，年岁一天天大起来，老了总得有个靠头，有个养老送终的人。这才狠狠心，给他生个六儿。你看看，眼下这不是用上了吗？”

“唉！”拐子听了她这席话，摇头叹息一声。

“这都是命运哪！”她摇了摇头，“走吧，随我到西屋去，跟他当面锣、对面鼓，横竖敲打个明白！”

“我，我还是不去了吧？”

“为什么？”

“我有点怯不开面子张口。这事，还是由你去说吧。我，我到蜂房去看看，晚上就住那儿了。”

拐子说罢，朝外便走。

“回来！”她从来没有这样吆喝过他。

拐子乖乖地回过身来，只见她又摸起那双鞋，使劲地揉搓着，揉搓着，忽然从鞋里揉搓出一件东西，唰啦啦正好坠落到他的脚下。他拾起一看，原来是一张五千元的存折。

“这……”

“这是我分给鞋匠和小六儿的！”

“唔。”

“人家帮咱干了这么些年，总不能让人家空着手出去吧！年景好了，也该让他爷俩儿过几天舒心日子！你说，不是吗？”

“是的，是的。”

“那咱们就一块过去说说吧！”

“是的，是的。”

“那就走吧！”她抬手推了他一把。

“走！”他抬手推开了堂门。

西屋又有轻微的咳嗽声、叹息声，以及什么东西相撞时的磕碰声传了出来。

五

他，鞋匠，在这里默默地坐了三天了。

他背靠着粗壮的山梨树，面对着灰蒙蒙的远天，久久地沉思。

从远天刮过来的风，摇得果园里的果树发出一片沙沙声。在沙沙声中，有几个熟透了的山梨坠了下来，落到他的脚下。

从远天飘过来的云，投下了一片片阴影。那阴影，像落到地上的树叶，很快又被从远天刮来的风吹走了。

咆哮的江水，仿佛也是从远天流过来似的，由南向北，在鹰山脚下打了个旋儿，便折回向东流去。

“唉——”

他长长地叹息一声，暗自摇了摇头。

耳边的风鸣，眼前的云影，脚下的涛声，一下子勾起了他埋藏在心底里的许多往事。

他记得清清楚楚，他离家出走那年刚满 20 岁。那时候，父母都还健在，只是家乡连年遭灾，才不得不像当年一些闯关东似的背井离乡来到东北。他有一手祖传下来的钉鞋手艺，大队党支部还给他开了介绍信和临时户口，证明他的身份和来路。

没想到，当年的东北并不像人们传说和他想象得那样富有。在那个年月，这里也同他的家乡一样遭了灾，人们也是缺吃少穿，日子过得很艰难。

同拐子的相遇，面对拐子的伤势，面对这一家子的难处，出于怜悯和同情，他把自己如同和尚化缘似的挣来的一点点钱粮，全部捐给这一家人应急解难了。

击石有响，擂鼓有音。鞋匠的救应，自然得到了拐子一家的感恩。拐子的妇人，对他这个光棍、跑腿，年近三十还没老婆的单身汉尽到了一个妻子的义务。袜子破了她给补，衣服脏了她给洗，有个头痛脑热的她给煎汤熬药，伺候他甚至比拐子还重三分。要不是这样，他早就离开这里了。其实，帮套也不是那么好拉的。操心出力不说，人言白眼也是很可畏的。但她对他好，她一家都对他好。这一来，操心出力也罢，人言白眼也罢，全不在话下了。他下了决心，已经这把年纪了，又有这么长这么深的情意，今生今世就不再娶了，也不离开这个家了。然而，万万没想到，在这个时候，在这个节骨眼上，她竟然做出了这样的决定！太无情了：“蝎子毒，豺狼狠，最狠最毒莫过女人的心！老了，老了，竟一脚把你给踢了出来？唉——”

想到这里，他的目光情不自禁地落到从树上坠到树下的那几个山梨上。

山梨摔破了，白花花的梨肉上，渗出了亮汪汪的水珠。

眼见这情景，他心里不由得一阵酸楚，眼睛里渗出几滴泪来。

“哈哈哈！”

“嘻嘻嘻！”

笑声打断了他的沉思。

笑声起处，他看见了小六儿，看见小六儿临时招聘的几个帮他采收鲜果的姑娘。

“小六儿，我的儿子！”

眼见小六儿，他心里顿时腾起一股热浪，把刚才升起的那一点点怨恨都抛到九霄云外去了。唉，不管怎么说，她毕竟给他生了个儿子，留下条根，总算有了靠头。那天，她就是在这棵老山梨树下带着他认的儿子呀！

“小六儿！跪下，磕头叫声爹！”

“这……”

小六儿有点茫然，有点不知所措。

“这真是你的亲爹！你，你要听妈的话，好好伺候他、孝敬他，不能惹他着急上火，更不能惹他生气伤心。听见了没有，快，跪下磕头叫声爹！”

在她的催促下，小六儿扑腾一下跪下了。

“爹！”

“哎，哎！”

认了儿子还不到三天，儿子就给他换了一身新——新衣、新鞋、新帽。昨天中午，还特意下山到五家站鱼房子，给他称了几条新出网的大鲤鱼。今天，又给他摘来最鲜的葡萄。你说，他怎能不激动，怎能不兴奋呢？

“儿子，呵，儿子，还是有个儿子好呀！”

他心里一边这样地喃喃自语着，一边欣喜地、爱抚地望着又去采收葡萄的儿子。

望着，望着，忽然望见儿子脚上的鞋有块破绽，顿时叫了一声。

“小六儿！”

“哎——”

“把鞋脱下来！”

“鞋？”

“嗯。”他应了声，随即脱下自己脚上的鞋。他对儿子说，“穿上这双鞋，那双我给你修修。快！”

“哎！”

眼见那固执的样子以及那近乎命令的口气，小六儿是无法违拗的，只好脱下脚上的鞋，换上父亲扔过来的那双。朝他笑着点了点头，又带着嘻嘻哈哈的姑娘们采收葡萄去了。

当儿子的身影和姑娘们嘻嘻哈哈的笑声都隐匿在绿森森的葡萄架下的时候，他才拾起鞋，回到了屋里，打开了修鞋箱。

“唔！”

当年他修补的那双绣花鞋以及装在绣花鞋里的那五千元存折，展现在他的眼前。唔，对了，这一定是那天她送小六儿来这里时，偷偷装进箱子里的呀！

“孩子他妈！你……”

他情不自禁地叫了起来，也情不自禁地揉搓起那双鞋。

揉呀，揉呀，又揉搓出许多的心事来。

六

自那天后晌，他从儿子脚上扒下那双鞋时起，已经过去整整的两天了。

两天来，他一直是聚精会神地补着鞋。

补了布的补皮的，补了单的补棉的。补呀，补！一口气几乎补了儿子几年来所有上过脚的鞋。一丁点儿的破绽，一丝儿的断线，他都不肯放过。那个细心劲儿，令人好笑，更使人感动。

“爹！天不早了，别补啦，早点儿休息吧！”

“唔，不忙，不忙，到了年岁的人，哪有那么多的觉。”

“穿棉鞋的日子还早着呢！过几天再补也不迟。”

“过几天，过几天还有过几天的事情！再说……”

下半截话他没有说出口，眼里却滴出一串泪水。

“爹，你怎么啦？”

“唔，嘿嘿……”他苦笑着，一边擦去脸上的泪水，一边轻轻拍着小六儿的肩头。“爹是高兴啊，高兴！做梦也没想到，爹还有这么好的一个儿子！儿子……”

这席话说得小六儿心里热乎乎的。他咬了下嘴唇儿，往上拉了拉被头，朝爹这边委了委身子，合上眼皮，很快便睡着了。

一觉醒来，天已大亮。

睁眼看了看，爹已经把饭做好了，正在外屋地上忙着什么。

小六儿赶忙穿上衣裳，跨过堂屋一看，爹正在修理那口钉鞋箱子，不由得一怔："爹，这……"

"唔，"他见儿子那副吃惊的样子，没出声地笑了，"爹想再试试老手艺。"

小六儿走过来，扯起鞋箱的背带，说："你要去修鞋？不行！有我劳动，够你吃够你喝的，用不着你再操劳了。妈说……"

"这我知道，妈说毕竟是妈说，可我……怎能闲得住呢？眼下时光好，进城揽点生意，也借机开开眼界、散散心嘛！"

小六儿说不过他，又见他着急要去的样子，只好依顺了他，说："那就早去早回，我送送你。"

父子上路，默默地走了很长一段路程。

"六儿！"

"哎！"

"那鞋……"

"鞋？"

"嗯，那些鞋够你穿一阵子的了！"

"啊，够了，够了。"

"灶门有点燎烟，该修一修了。爹没时间了，你自个修修吧，免得炝坏了眼睛！"

"嗯。"

"那墙也该抹了。抹的时候，泥加厚一点儿，冬天暖和。"

“知道啦!”

“还有……”

“……”

“棉裤薄了一点儿，让你妈再加点棉花。”

“妈，啊!”小六儿猛地想起了什么，“对了，妈捎口信，说她今天要来看你。”

“唔，”这话显然触动了他，他猛然停下脚步，并凝神地望着小六儿，似答非答，喃喃自语，“她今天来看我?她……”

小六儿见爹神情恍惚、犹豫不决，从爹的手里拉过箱子，说：“爹，既然妈来看你，今天就别去了。”

说罢，拉着他便往回走。走了几步，他又转过身来，并从小六儿手里接过箱子，朝关东村那边深情地看了一眼，说：“已经走出这么远了，咋好再拐回头路!六儿，妈来了就告诉她，堂屋屋顶上有个包，让她走时带着。那是她的鞋，她……”

下半截话又咽了回去，淌下的还是一行泪。

“爹，你又怎么啦?”

“唔，爹是高兴呀，高兴……”他一边抬起脸笑着，一边推着小六儿，“六儿，别送了，爹就从这上路!爹……”

说罢，扭身便走，动作很急，步子很大，仿佛慢了一步就会赶不上车似的。

小六儿心里疑惑，眼望着爹的脚步捉摸着许多事情。爹为什么要走呢?爹为什么又走得这么急呢?他真的是进城去揽生意、散散心吗?他……

风，把爹的声音阻断了。

山，把爹的身影挡住了。

小六儿从心底里喊了声“爹！”便转过身去，背着爹去的方向，无精打采地朝回走。

姑娘们见小六儿闷闷不乐，都找话逗他，想让他高兴。可他只是高兴不起来，一上午，就这样闷闷不乐地过去了。直到后晌，他妈妈从老屯子赶来了，他的脸色也没有放晴。

妈感到蹊跷，问道：“六儿，你怎么啦？哪儿不舒服？”

说罢，用手试了试脑门。

小六儿把妈妈的手推开，长出了口气：“爹走啦！”

“走啦？”她一怔，但马上恢复了常态。她以为儿子开玩笑，“扯！好端端的，他往哪儿走！”

“真的走了。妈妈，你看，这是他给你留下的包，说是你的鞋。”

小六儿从堂屋的屋顶上取下一个布包，递到妈的手里。

妈赶忙地打开了。

包里只有一只鞋，一只他当年补过的鞋。

鞋很沉。她摇了摇，猛地从鞋口里倒出一个锥头，一个他当年使过的锥头。

随着锥头，还抖落出那张五千元的存折。

触景伤情，她心里一沉，竟忍不住流出泪来。

那泪水恰巧落到存单的纸面上，落到纸面上一排涂写的小字上。

“六儿，你看！这上边写的啥？”

“这……”小六儿眼望着那行小字犹豫着。

“念！上边写的啥?”

小六儿拗不过妈，只好照本宣科了。

孩子他妈!

六儿是我的，更是你的。俗话说，孩子是娘身上掉下来的肉嘛！你有权利得到他。所以，我把他留给了你，把那五千块钱也留给了你。你替我，也替你，给孩子办一桩圆满的喜事吧!

六儿还小，你要好生照料他。棉裤薄了点儿，再给他加点棉花。房子抹得厚一点儿，免得冻着他……

我走了，走了，走到我应该去的地方。

那锥头留给你做个纪念，那只鞋我带走了……

“快别念了，别念了!”她发疯似的打断了儿子，起身喊道，“走，我们去追!”

七

追!

他们从果园追到了大队。

大队吴支书见了，讪笑道:“嘿嘿！鞋匠啊，他刚从这儿走。乡党委同意恢复他的党籍,大队也准备为你恢复名誉、恢复人格。过两天，就到关东村给你开个平反会！开……”

“唉,行啦!”她跺跺脚打断了吴支书的话,“什么名分、人格、平反会？我问的是他现在在哪儿?”

吴支书并不介意她的态度和口气，仍然讪笑道：“他呀，在这里起了组织关系，到乡里换户口去了!”

“走！”

他们又从大队追到了乡里。

乡秘书说：“他起完户口，就到车站去了，说要赶今天晚班快车到省城去。”

娘俩二话没说，抬腿又往车站追。

追呀，追，可追到了车站，眼见列车由北向南开了过来，眼见列车上的人下来，站台上的人上去了。眼见着，眼见着，那上车的人流中有一个背着木箱的人。他，是他……

“孩子他爹！”

“爸！”

可惜，实在可惜！

当他们赶到站台上的时候，列车已经启动了。娘俩儿的呼唤声，也被长长的汽笛声和铿锵的车轮声吞没了，卷走了。抬头一看，只剩下白茫茫一片烟雾和两道在夕阳下闪耀的钢轨。

那钢轨，像云梯，像天平，像两道长长的等号……

像云梯，可又上不了天。像天平，可又称不出重量。像等号，可又……

这个机灵的女人，尽管她再机灵，眼下也核算不出什么结果来了。

他恢复了……她恢复了声誉；他走，她留下来。她站在这一头，他跑到那一头。在这两道长长的钢轨上，得与失难道是相等的吗？

不知从什么地方吹过来一阵风，凉丝丝、冷飕飕的，她不由得打了个冷战。唔，他得到了……她得到了声誉，可她又觉着失去了点什么！

什么呢？她扪心自问，感到无限的惆怅。是什么？唔——是意识，是感情，是两颗火热而又贴紧的心！啊——仿佛是从心里，似乎是从耳边，再不就是从两道长长的钢轨上涌出一阵感叹：生活啊，生活！为什么这样的严酷？……

江 湾

初秋的季节，仍闷热难耐。这会儿，包龙华在小镇公安派出所指定的向导帮助下，来到松花江一处渔船码头。昨晚，天台县一家农场发生重大刑事案件，包龙华火速前往侦破。县公安局按市局指示，已在拂晓前派出巡逻艇接应包龙华。包龙华登上巡逻艇，立即听取县公安局张局长的情况介绍。原来，昨天上午江湾农场在养珠场收珠时，发现培育多年的几百只珍珠母失盗，养珠场女工魏晓霞失踪……

巡逻艇逆流而上，向松花江中游开进。这会儿，江水清澈，阳光明媚，一阵阵热乎乎的风吹在脸上。弯弯曲曲的江面上，显得十分平静。岸旁的林木、野花倒映在江面上，如放电影一般闪过。包龙华眺望着远处的江湾，不禁想道：这寂静的江湾不正是罪犯销赃灭迹的好地方吗？

“前边就是江湾农场。”县公安局张局长指着江西岸说。

包龙华看到了前边的江面弯弯曲曲、宽窄不一。正是这一带的松花江以其弯弯曲曲的身躯，隔断冲积出一方方的沃土良田。由于沿江两岸人们的常年开垦，把松花江装扮得更加秀美。听张局长讲，这江湾农场的农工多半是当地人。

平缓的江面上，闪着细微的波纹，前面不远处，便是养珠水域。包龙华脱下衣服，向张局长交代了几句下水的意图，便登上巡逻艇尾部，纵身跃入江中。浪花翻滚，包龙华恰似一条戏水蛟龙。少顷，包龙华潜入水中。张局长站在艇上，盯着手表的分针，不时地向水面张望。

几分钟后，只见平静的江面哗地翻起一朵朵浪花，包龙华双手举着一只江蚌从水下浮了上来。

“好水性!”张局长赞叹道。

包龙华一边将蚌扔上巡逻艇,一边爬上艇来。他笑着说:“小时候在松花江边学过一点潜水，已经生疏了。”

张局长说：“这里的渔民水下功夫好，在水下个把钟头没问题。据说，潜水就是以水换水，交替换气。也就是下水之前嘴里含口水，下水之后便靠这口水的吞吐替换进行呼吸。”

包龙华点点头，随即穿好衣服，拿过那只从水底捞起的蚌，与张局长切磋起来。

这是一只死蚌，内脏空空的。在贝壳下端的开口处，系着一根长长的银丝，银丝表面上挂着厚厚的一层水锈，断开的一面露出银白色的痕迹，显然是新近剪断的。这个发现，也许与将要接手的案件有一定关系，这一点包龙华和张局长都深信不疑。

巡逻艇靠岸了。包龙华一行匆匆向江湾农场的公安派出所奔去。

江湾农场公安派出所的民警、县局刑侦人员早已等候在会议室里。包龙华和大家见面并做了自我介绍。他将那只捞上来的江蚌悬挂在北墙上，说道 :“这是人工养殖的江蚌，珍珠是这种江蚌的内含物，要经过几年养殖才成熟，成熟的珍珠是精美的装饰品和名贵药材，价值昂贵。珍珠失盗，女工失踪，联系起来看，无非是图财害命。当然，这只是一种假设，并无证据。”

县公安局张局长接着说 :“据查证，江湾农场的前身是江湾村，这里人工养殖珍珠的历史已有上百年。建了农场后，养珠的传人很多，最有经验的当数现任养珠场场长钱青山、机械队队长国里、帆船舵手李巨。即便是‘文革’时期，养珠场也没有遭受浩劫。不承想，如今这些珍贵的珍珠母却毁于一旦。”

所长向大家介绍了侦查以来的情况 :“据反映，最近从香港来了一批身份不明的人，暗中收买珍珠等金银珠宝及古董。也许这是珍珠失盗的一个外部原因。”

包龙华接过所长的话头，以探询的口吻说 :“在同一地点、同一时间，人珠俱失，很可能是一起内外勾结、谋财害命案!”大家议论纷纷，提出各种侦破方案。

“龙华，你的意见如何?”张局长询问道。

包龙华将目光从江湾农场管辖图上移开，以征询的口气说:“案情复杂，可否大家分工负责，明察案情细节 ；我是外来人，以某种身份暗访。这样双管齐下，尽快寻到线索，也许能扩大战果，将案犯查获。”

“好！我们先详细研究一下方案，并向市局汇报。”张局长这位老公安轻易不下结论，今天却破例当场敲定，这也是对包龙华的信任和钦佩……

按照拟订的侦破方案，包龙华暗唱“单出头”。他换上一身便装，留下手枪和一切警方标志，怀揣“北方养殖场”的介绍信上路了。

江湾农场经过几十年的风风雨雨，坎坎坷坷地发展起来了。整个农场连同邻近村落，人口逾万，形成了一个相当规模的小镇。小镇占地几十平方公里，被松花江曲曲弯弯地分割成几块，东西来往多半靠渡船。

船码头遍布在江的两岸。船码头多修建在地势平缓的地方，这里人来人往，买卖兴隆。众人操着南腔北调，叫卖声、迎来送往声、喧嚣声此起彼伏。码头旁的一处空地上，一个摆摊卖药的人正扯着脖子叫卖。听口音知道他是广东人,年过四旬模样，眉清目秀。这人也怪，看包龙华走过来，便起身在他后腰上撞了一下，那部位正是挂枪的位置。包龙华没在意，径直去买船票，不想那卖药人也收了摊，跟在他身后买了票。这引起了包龙华的注意。上了船，那卖药人又挨着包龙华坐下，目光贼溜溜地在包龙华身上身下搜寻。包龙华索性解开外衣，抖了几下，擦了一把额头上的热汗。卖药人果然将目光落在包龙华的胸间腰下，扫视几眼便挪开了。

这会儿，一位老者踉跄着走过来，包龙华挪了挪身子，将老者让到他与卖药人的中间。老者一边道谢，一边问道：“您去哪儿呀？”

“我去养珠场办事。”包龙华随口答道。

“这位先生是医家吧？”老者瞅着卖药人的药箱。

卖药人扬扬自得地卖弄道：“不错，自幼学医，家传秘方和现代医学结合，除病患疾苦，保万家健康。”

“您是吃八方闯四海的。”老者连声夸赞道。

“不敢，不敢，哈哈哈……”

两个人你一言我一语，谈兴正浓。卖药人见船上人都投来羡慕的眼光，便情不自禁地东拉西扯起来。

“天下事儿多荒唐、多奇怪呀，江湾农场最近出事儿了。”卖药人故意把话打住，待船上人急得直竖耳朵、吞口水的时候，他才慢条斯理地用不怎么流利的普通话说，“养珠场，那有个漂亮女工，跟一个比她大很多的司机好上了。那司机是机械队的，他俩属相不对头，犯克啦。男的骂，女的哭，有一天女的忽然不见了。”人们追问结果，卖药人神秘地晃着头说：“不敢瞎说……”

这会儿，船已靠岸，包龙华走上码头，望着渐渐消失了踪影的卖药人，心里突然起了疑团。没容他仔细琢磨，就被码头西边的呼喊声吸引了过去。那是一个老年妇女近乎绝望的呼喊：“晓霞，你在哪儿呀！呜、呜、呜……”包龙华听出这是失踪女工魏晓霞母亲的呼喊，他循声跟了过去。

几分钟后，魏晓霞的母亲来到农场机械队大院。据群众反映，她这一两天几乎个把小时就来闹一阵儿，精神受不了沉重的打击，近乎崩溃了，疯疯癫癫的。机械队大院除宽敞的停车场、加油站、修理车间外，便是一排坐西朝东的砖房，这里是队办公室。

“队长，你要给我做主呀，报仇呀！都是他害了我女儿……”

“你没有证据可不要乱说。”机械队长国里劝道。

“不是他？他和我女儿好，又被那个小狐狸精迷上了。我可怜的女儿……”

包龙华的心情十分沉重，他从张局长介绍的情况得知，魏晓霞和机械队司机王强的关系确实很紧张，但不能据此推断是王强杀害了魏晓霞，这里面疑点很多。包龙华站在队办公室门前犹豫了一会儿，忽然房门开了，一个年轻的女人笑着招呼他，包龙华只好进去了。他掏出介绍信递给那位姑娘。“噢，原来是北方养殖场的，我还以为是公安局的呢。”边说边将介绍信交给正在安慰魏晓霞母亲的国里队长。

国队长看了看介绍信，又瞅了瞅来人，然后对魏晓霞母亲说：“回去吧，明天县公安局的人就来了，能查清。农场来客人了，回去吧。”国队长送走了魏晓霞的母亲，便回身与包龙华搭话。

“初来乍到，不熟地理，也不知养珠场在哪儿，就先上你队里看看。”包龙华客气地说。

“你来得不巧，想买点珍珠母？可，这儿被盗了。学学养殖经验？那没问题，青山场长，还有，噢，春兰，你哥哥也在行。”

那个叫春兰的姑娘冲着包龙华友好地笑笑，然后说：“我送你去养珠场。”

包龙华连声道谢，临走，他仔细地看了国里队长几眼。他对这位五十来岁的汉子的说话语气有点反感，那语气腔调似乎含着点什么费解的东西。出门后，春兰便回答了他的询问。原来，国里队长一直协助养珠场青山场长工作，后来又调到机械队当队长。他为人随和，没有架子，挺有领导能力。

春兰姑娘好客健谈，一路上几乎没有包龙华说话的份儿，不过，他偶尔插上几句，尽可能不引起春兰姑娘的疑心，旁敲侧击地引她多唠点魏晓霞失踪和珍珠失窃的情况。包龙华从中得知春兰的哥哥李巨是个摆渡的船老大，经常来往于松花江东西两岸、养珠场和机械队、农场场部之间，想必知道一些情况，便想方设法见见他。没想到,热情的春兰姑娘邀他到家里吃午饭，正中他下怀。

他们穿过几趟街房，便来到一座独门院前。院子不大，有几间平房。

“哥哥，来客了。”

“哪的，是公安局的吗？”

“哪来公安局的，是北方养殖场的王工程师。”

门开了，一个三十多岁的壮汉子站在门里，两眼不住地对包龙华上下打量着。

“哥哥，你挡着门干啥？客人还没吃午饭呢。”春兰推了李巨一下，把包龙华让进屋。春兰的哥哥不知是生来不善交际还是手头有活，没搭两句话就出门了。

包龙华吃过春兰准备的饭，在屋里转了一圈。忽然，他看到窗外闪过一张脸，仿佛在哪见过。他来到屋外，却不见了那人的踪影，只听见房后的树林里发出一些响声，那人一定是钻进树林深处了。包龙华忽然想起，这张脸是那个卖药的！

春兰送包龙华来到几里外的养珠场，把他介绍给场长钱青山就告辞了。

包龙华看着正在仓库里收拾东西的养珠前辈，想到丢失了那么多珍珠母，真不知他有多么难过。

看上去，场长钱青山年过六旬，仍不失北方汉子的气度。紫铜色的脸膛，络腮胡子，抬头纹如刀刻泥塑般分明。不过，他的眼神浑浊，充满了焦虑不安的情绪。他一边收拾东西，一边抬头看了看包龙华，局促不安地说："王工程找我……"

"我们北方养殖场想借鉴学习你们的经验，进一步发展科学养殖业，听说你们这儿……"

"唉，还提啥发展呀，十多年的工夫白搭了！"

包龙华一愣："失盗的江珠是养珠场的全部家底吗？"

"差不多吧！"青山皱着眉头，目光呆滞地盯着地上的缆绳，"这些江珠，经营多年了，可是……"他终于忍不住掉下泪来。

包龙华看着那堆蜷缩的缆绳。那缆绳是钢丝制成，有手指粗细，大概是常年浸泡在江水中的缘故，缆绳表面上挂着一层绿苔及其他微生物，有的地方还缠绕着水草。包龙华的目光被缆绳上系着的一根根银丝吸引住了，那些银丝都被剪断了。

"看上去，吊蚌的银丝都是用活口钳子剪断的。"

青山场长点了点头。

"从银丝的长度看，江蚌失盗恐怕是在几米深的水下。"

青山不解地看着包龙华，"你知道的事儿还真不少，我不知道你还想了解什么。"

"安全问题，看来，养珠不能忘记防范失盗这类事儿。"包龙华感觉到自己询问得太多了，便就安全问题与青山场长探讨起来。这个问题，引起了青山的兴致，两个人谈了很久。

也许包龙华的谈吐与见解博得了青山的好感，他破例请包龙华去江边浴场洗浴。

“青山大伯，你身边的那个人是谁呀？”几个洗浴的姑娘问。

“来学习的。”青山脱下衣服，走进水里。在这种情况下，包龙华决定不暴露自己的水下功夫，他在青山的陪伴下，吃力地划着水，并做出喝了几口水的样子，仿佛从未跟大江打过交道。几个姑娘引逗他朝深水走。青山高声道：“去不得，那边有几米深，失盗的部分珍珠母就是在那儿被盗的。”

包龙华听罢，故意装成不小心落入深水的样子，沉入水中，又蹿出来，又沉下去……忽然，水下闪过一道黑影，那是一个人影，以相当快的速度朝包龙华沉下的水域游来。

包龙华以为是哪个姑娘戏弄他，并没在意。可是，当人影游近了，才看出是一个强壮的汉子，凶猛地朝他扑来。这时，包龙华才猛然警觉，手脚用力一划，迅速摆脱了追击，跃出水面。正在寻找他的青山见他露了头，一把抓住他的胳膊，关切地问：“没事吧，吓坏我了。”

“喝了几口水，我使劲一蹬，还真浮起来了。”

青山不让他洗浴了，拉他上了岸。包龙华一边穿衣服一边想，那个水下壮汉究竟是谁，无疑是朝自己来的。看来，有人对自己的行踪格外关心哟，这也好，也许和本案有关呢。这起案件很复杂，有许多疑点还不能解释：作案的时间、作案的工具、作案的手段，还有谁在作案现场，是一个人还是几个人，是当地人、外地人，还是内外勾结，珍珠母失盗和珍珠场女工失踪有无必然的联系，等等，这些问题还有待于明里暗里多方侦查，方能找到答案。想到这里，包龙华举目看了看江面，终于在几百米远的江面上发现了一个浮动物在移动，那是一个人的头影。

过了一会儿，从对岸划出一条小船，朝着那个头影划了过去。渐渐地，头影消失了，小船向上游划去。

包龙华收回目光，看青山场长穿好了衣服，便说:“想转转，有船吗?”

听包龙华要去江湾那边转转，青山场长唤来一条小船，两人上了船，青山亲自驾驭，朝上游划去。

江上起风了,江面涌起层层波浪。小船冲浪而行,速度均匀。青山场长虽年过六旬，但臂力惊人，小船的双桨激起片片水花。

江湾农场的这段松花江，曲曲弯弯几十里，下游江面平缓宽阔，上游变窄，江水流急，两岸也陡峭。因此，岸边的渔船摆渡码头稀少，偶有一处也是精心修筑一条石阶路，徐缓而下抵达江边。这时，江边石阶路下的小码头旁，正荡着一条小船。

青山场长驾船穿崖绕滩地游了一圈儿，便将船驶入铺着石阶路的渡口，正好与那条小船相遇。那船上有一男一女，男的坐船头，女的荡着船桨。看上去，那女人四十多岁，挺随和，远远地就和青山场长搭话。

“青山大叔，送客呀!”

“不，陪王工程师转转。”

“哪个王工程师呀，是省里的吗?”

“是吧，你这是干什么去呀?”

“接一位客人。”

那客人侧着脸,遮阳帽将大半个脸盖住了。包龙华仔细瞅着，还是认出了那个人，正是那个卖药的人。

两条小船各朝着自家要去的地方驶去。包龙华望着远去的小船，不禁问道：“那大嫂是干什么的？”

青山随口答道：“风味饭店的女老板，叫梅娘，寡妇人家。”

包龙华思忖了一下，又询问道：“她常接待客人吧？”

青山点了点头，说：“她家前门是饭店，后门是旅馆，争抢客人就得主动讨好。不过，这梅娘不是个安分守己的人。”

包龙华做出很想听听乡间野史、风流韵事的样子，引青山接着话题唠下去。

青山场长这几天因珍珠母失盗、养珠场女工失踪，搅得心神不宁。适逢包龙华的到来，两人交往投机，又难得清闲，也好吐吐心中闲气，便数落起梅娘的事来……

梅娘是从外地来的。她的亲戚为她找了一个当地的农民，谁知好景不长，刚刚生下女儿，男人就染上了一种病不治而亡。守寡后日子艰难，她的亲戚在农场给她找了个临时工作，对付着过日子。后来，梅娘凭着几分姿色，勾搭过一些尚未成婚的光棍和不是光棍的男人，积攒了点钱，先是办起了店铺，生意做大了，就开了个饭店。她的女儿当帮手，还雇了几个帮工。机械队的司机王强常常帮忙拉货，与梅娘的女儿有点瓜葛。说到这，青山不无惋惜地叨咕着：“可怜魏晓霞了，失踪几天了，也不知是死是活！”

忽然，一阵“救人，快救人！”的喊声从江岸传来。几个女人站在岸边呼喊，江中溅起一团浪花。原来是有人跳江了。

青山用力划着双桨，向不远处的那个跳江人驶去。那人虽有勇气跳江，却又无心去死，正在水中挣扎。

青山将小船靠近，双桨一拢，腾出手来，一把揪住那人的头发，顺势一提，拽出水中，拖上船来。

“王强？”青山在包龙华的协助下，帮王强吐出灌进肚子里的江水。

王强呕吐着，哭喊道：“冤枉啊……”

青山场长和包龙华将王强搀扶到岸堤，立刻围上来一帮人，乘船赶路的、江边滩地劳作的、打鱼摸虾的……

机械队队长国里也来了。他看着自己的部下竟然做出这种事，气愤地嚷道：“好家伙，死能解决问题吗？证据在这儿，你还想耍赖？”国里说着，从春兰姑娘手里接过一把带血的钳子，在王强面前晃了晃。

“冤枉啊，真不是我呀！”王强蹲在地上，抱头哭喊着。

国里向周围看了看，特地将目光在青山场长和包龙华那儿多停留了一会儿，这才说：“不揭他的底儿，他是不肯低头的。”于是，国里向众人讲起今天上午发生的事儿……

早上八九点钟，包龙华从机械队办公室离开不久，魏晓霞的母亲又来找国里队长，交给队长一封信，是从魏晓霞的衣物中发现的。这是一封绝情书，提出与魏晓霞断绝关系，写信的正是机械队司机王强。这时恰好有人来报信，说看到王强跑长途回来了，和梅娘的女儿一起朝养珠场附近的橡胶林走去。国里当机立断，带着几个工人追了上去。后来，他们发现了王强的踪迹，他和梅娘的女儿婷婷分头在橡胶林里钻林空、扒草窠，像是在找什么。

他们监视了一会儿，仍不见王强找到什么。一个工人性急，弄出了动静，惊跑了王强和婷婷。

国里只好和几个工人分头在橡胶林里搜寻，他断定王强是在寻找一样东西。

过了一个时辰，忽听有人喊道："找到了！"人们抬头一看，只见国里队长手中举着一把钳子。他如获至宝，看着钳子笑出了声。大家围过来，仔细一辨认，终于认出是司机王强用的那把汽车工具钳。钳子剪口这头沾着血迹。"找王强去，物证在，还怕他不承认。"国里在众人的簇拥下，直奔风味饭店。

王强果然在这儿，和梅娘的女儿婷婷坐在饭店窗前一张桌子旁,两人似乎在争论什么。见国里一行人进了门,王强站起来，做贼似的瞅着队长。国里将工具钳举起,在王强眼前晃了晃:"认不出啦，这是你的吧！"

王强不敢正视这把工具钳，颤抖着双腿，结结巴巴地说："是，是我……我的。"

"它怎么跑到养珠场附近的林子里去啦？"

"不小心丢的，丢的！"

"那儿也没车道，怎么会丢在林子里。坦白说吧，你干了些什么？这可是物证。"

"唉，"王强无奈，只好交代，"珍珠母是我偷的。前几天，我剪断了江蚌的银丝，抠出珍珠母，爬上岸，就听身后有人，慌忙中工具钳掉在草窠里了。我顾不上找它，就攥着几粒珍珠跑进了林子里。"

"珍珠在哪儿？魏晓霞死在哪儿了？"国里追问道。

作为机械队领导，并无审讯的权利，但王强是个法盲，惧怕他，更害怕那个物证。不过，没有的事儿他坚决不承认，"我没害她，珍珠，珍珠就几粒。”没等他说完，婷婷站出来说：“交给我了，我也不知道他是偷来的，我只是跟他说过要几粒珍珠。他那天给我后，我就给住店的卖药先生了，他用一枚银戒指换的。”说着，婷婷从手指上撸下银戒指。国里没去接那枚戒指，继续逼问道：“你给魏晓霞写的绝情书在我手上，你能说没有害她的动机吗?”国里不等王强做出反应，又说：“养珠场丢失了几百只珍珠母，不是你偷的还会有谁?”

王强的头嗡嗡作响，没想到自己陷得这么深，一切又那么顺理成章，一时不知如何是好，便大叫一声“冤枉”，猛地冲出门外，疯狂地奔向松花江。当人们从这个突然的举动中醒过神来，王强已经蹿出几十米远，并渐渐将追赶他的人们甩到后边。后来，便发生了刚才跳江的一幕。

国里讲述完毕，不听王强的哀号，叫上几个人，架着王强回机械队写交代材料，并派人向农场公安派出所汇报这个重大发现……

包龙华告别了青山场长，径直朝几里外的风味饭店走去。

风味饭店位于农场生活区较热闹繁华的一条街角上。每天，饭店一开门，便招来不少客人。饭店后院开了几间客房，房客们自然也习惯在这里吃上一口。饭店老板梅娘很会经营，不仅重服务，笑口常开，更讲究风味品种。守着松花江，想吃啥有啥。梅娘主灶，女儿迎客。婷婷嘴甜、脸嫩，拉拉扯扯，招揽顾客。

这会儿，婷婷虽然刚经历了一场风波，要好的王强又被架回机械队，但这些对她没有多大刺激。她拿娘的话当座右铭：这年头，改革开放搞活，不就是一个钱字吗？干啥没必要那么认真，只要对咱娘俩有利就行。于是，婷婷又出现在饭店门口，脸蛋涂抹得粉嫩嫩，衣服穿得光鲜鲜，一边听着录音机里传出的歌声乐曲，一边嗲声嗲气地招呼着顾客。

当包龙华出现在饭店门前时，婷婷一眼就认出了他。是他和青山场长救了王强，便格外殷勤起来，一直把他拉进饭店里屋的雅座上，喊来服务员上茶。接着，也不问包龙华喜欢吃什么，就三下五除二地点了几样菜。包龙华也不谦让，美美地吃了一顿晚餐。结账时，婷婷执意分文不收，说是看在王强的份儿上，也该招待招待。但她不忘将包龙华请进后院客房，执意让他住宿，还说农场里没什么好招待所、旅馆，不如这里方便。包龙华索性住下，一来可免除一些关注他的人的疑心，二来也便于观察周围的人们，特别是那个卖药的。听婷婷说，卖药的用银戒指换珍珠是为了配药，可包龙华不相信这一说法。眼下的游医哪有如此好心肠，拿珍贵的上好珍珠下药，怕是他自己也舍不得吃下去。

客房是西朝阳的门窗，一条走廊上并排四个房间，均为木结构，不隔音。婷婷把包龙华安排在四人房间里，算上他已经客满了。临走，婷婷说，隔壁就是卖药先生的客房，他包下了，出手很大方。这又让包龙华觉得奇怪。一个卖药的，竟然包了房，显然是不愿意别人打扰他。

包龙华很累，脱下衬衣、长裤，去洗澡间冲了个凉水澡。

包龙华躺在木板床上，顾不得蚊虫叮咬，很快便进入了梦乡。一觉醒来，天已漆黑，外面平静下来，偶尔传来几声犬吠。邻床几位房客睡得正香，时而从对面床上传来几下咬牙声。

忽然，隔壁房门吱呀一声，定是卖药的出门了。包龙华抬腕看了看夜光表，时针指向十二点。这么晚了，卖药的干什么去？包龙华认定他不是起夜解手，便一骨碌爬起来，披上衣服，追了出去……

卖药先生夜半出门，贴着饭店后院墙听了听动静，见没有什么异常情况，便双手搭上墙头，纵身跃起，翻出墙外，落地几乎无声。这个举动被跟踪在其后的包龙华借着院内门厅上的灯光看得一清二楚，心知卖药先生很有些功夫，不是等闲之辈。

追出墙外，已很难看到踪影，凭借着敏锐的听力和准确的判断，包龙华向街北疾行。很快，他便听到了前边传来的轻微脚步声。过了十多分钟，已远离农场生活区，但前边的脚步声仍未停下来。野外的自然景物、地面、天空反差较大，影影绰绰已看得出前边有一个人影在移动。穿过树林，绕过菜地，走出稻田，爬过一道山坡，卖药先生终于放慢了脚步，走进了墓地。

这片墓地不规则地建在起伏不平的丘陵上。五十年代初，当地的转业军人为了纪念战斗中牺牲的战友，便在丘陵的最高处修了一座五米多高的纪念碑。碑旁埋下了十位牺牲的战友，坟墓是用岩石砌成的。后来，农场的人们去世，便也围着纪念碑四周的栏杆，掘坑掩埋，并按家乡的风俗立下坟头。久而久之，这里便成了公众的墓地，只是这些年实行火葬，墓地才不再新添坟头。这里每到晚上，比任何地方都阴森恐怖，无人敢在深更半夜穿越这里。可卖药先生偏偏选中这块地方，一定有什么不可告人的目的，包龙华这样想。

“喵，喵……”

“喵，喵……”忽然，在墓地的纪念碑方向传来两种不同音调的猫叫。两道若明若暗、时隐时现的阴影会合到一处，聚到了纪念碑下。夜色浓重，虽间隔十几米远，却看不清这两道阴影的真面目。但其中一个是卖药先生，包龙华确定无疑。他趴在坟包的茅草中，断断续续地听到了谈话的内容。

语气粗重、北方口音的那个人问：“定下来没有，出什么价？”

嗓音沙哑、南方口音的那个回答：“不急，老板的口信还没捎到，这么贵重的货，能马上拍板吗？”

“夜长梦多，不快点出手，容易招风，如果出乱子就全完了。”

“怕什么？干得干净利落，没有一点儿痕迹，十天八天他们也难查到线索。”

“唉，可这货，放我这儿，总有点烫手啊，觉也睡不好。”

“嘿嘿，这笔货少说值几十万元，想想这笔财，做美梦吧。”

“就怕是水中捞月一场空啊。”

“不，不会，等过几天老板来信，再碰碰头，议议价，货变钱，就万事大吉了。”

“今天下午，公安局下来调查了，也没把王强押走，咱们也没达到目的呀！”

“急什么。那王强……”接下去便听不清两人说些什么，似乎是耳语或者感觉到了什么。原来，是一只老鼠从包龙华身旁溜过，大概是触到了人体受了惊。老鼠突然蹿进草丛，又惊起一只野鸟。

“有人！”

“什么?”

“快走!”卖药先生推了那个人一把，转身朝包龙华这边扑来。

包龙华没有料到卖药先生如此警觉。

就在卖药先生朝包龙华这边扑来时，包龙华却想知道那另外一个人是谁。所以，包龙华已抢先一步朝相反的方向扑去。

“哎哟，腿……”那个逃窜的人被坟前的墓碑绊倒了，看样子磕伤了腿。

包龙华刚要拽起倒地的人，只听得那人“嘿”的一声，声到人到，包龙华迅速地扭身闪过这一腿，就影影绰绰地看到那人就地一滚，翻到坟的后面，不见了踪影。几乎是在同时，包龙华觉得耳边生风，便缩着身躲过重重的击打，一道黑影便立在眼前。接着，包龙华躲过了对方的拳脚。黑暗中，依稀能辨认出对方的套路,是凶猛的南拳。虽然包龙华曾是市里的散打高手，但对付这凶狠的南拳仍觉出吃力。而且地形不熟，不能拖延恋战，也不能暴露身份。从身手看，对方是卖药先生无疑，不必再和他纠缠，便佯装抵挡不过摔倒在地，待卖药先生扑上来时，包龙华使出北腿的硬功夫，飞起一脚，踢在卖药先生的脸上。

卖药先生倒地之时，包龙华已鱼跃而起，顺着来路，飞快地向着风味饭店方向跑去……

包龙华翻墙进院，轻手轻脚地挪进客房，脱掉衣服，躺到木板床上，抬腕看了眼夜光表，已是半夜一时三十分。又过了几分钟，他听到隔壁的门响了一下，还有轻轻的脚步声，便知道卖药先生回来了。看来，那一脚并没有伤到他的筋骨。

又过了一会儿，隔壁便什么动静也听不到了，想必这家伙睡着了。包龙华却没有了倦意，脑海里浮现出到农场后这一天的经历，从中理出一些与珍珠失盗、女工失踪相关的线索。明天，按原定计划，该和明着调查案件的同事们碰碰头了，也许他们有了更大的收获。

清晨，天气虽不觉得很热，但有些气闷，令人难受，包龙华不得不再冲个凉水澡。然后，他来到饭厅，吃了老板娘亲手做的茶点，和梅娘的女儿婷婷闲聊了几句，便起身离开饭店。在门口，与卖药先生打了个照面，包龙华见他的右颧骨上贴着跌打损伤膏，便故意问道："和谁打架了，脸都肿了？"

卖药先生苦笑着说："啊，没，碰到门上了，碰了一下。"忽然，他好像发现了什么似的愣眉愣眼地盯着包龙华，问道："你怎么也住这，没住农场招待所？"

"这儿办事方便，离养珠场也近，听说招待所服务不周到，吃饭也不随便。噢，你不是也相中这风味饭店了吗？"包龙华轻松地笑着，拍了拍卖药先生的肩膀，以示亲近随和。卖药先生摆了摆手，让婷婷上茶点。他坐在窗前，向外张望，看着包龙华的背影出神。

包龙华走在街上，不时地在地摊卖货的旁边停停脚，确认身后没有尾巴，这才朝街南走去。

走着走着，身后传来摩托车的马达声，随后传来呼唤声："先生，坐车吧。"一个头戴草帽、皮肤黝黑的中年妇女驾驶着三轮摩托车赶上来。包龙华二话没说，抬腿坐到车斗里，"去江边！"

五元钱！跑了十多里路。那女人咧着嘴，露出一口黄牙，将钱塞进草帽里，踩了一脚油门，“屁股”冒着烟走了。

包龙华走进江边附近的树林。

包龙华在一棵榆树旁刚落脚，县公安局张局长便出现在他的面前。

“你早到了，局长。”

“这里我熟，来迎候你。我想，你一定有新的发现啰!”

包龙华想了想，说：“还不成熟，想听听你的看法。”张局长示意包龙华坐下，两人靠着树，面对着不远处的松花江，仔细地分析着案情。

“你是说，根据青山场长的经验介绍，吊蚌的银丝断痕不一致：新断痕，是淡白色的，几天后就发灰了，日子再长，就成了墨绿色。由此推断，江蚌不是在同一个时间失盗的。我同意这个推断。”张局长思忖了一下，接着说，“王强为了满足梅娘女儿的要求，偷了几只江蚌，这是很有可能的。而魏晓霞的失踪也许与他有关，可能因为看了他的绝情书一时冲动，离家出走。但说王强害死魏晓霞似乎又很难成立。魏晓霞失踪的那天，王强已经出车跑长途了，不可能匆匆赶回来害死魏晓霞。据了解，他确实开车到了南边的一个小镇。何况，魏晓霞至今生死不明。”

“是这样，我还有一点猜测，请局长为我的判断提供更为有力的论据。”包龙华边说边在一张纸上勾勒出一个轮廓。画面上，松花江，一道拦江绳上，系着江蚌，一字排开地沉入水底。画面上显示的时间显然是夜里，只有星光。在朦胧的夜色中，一个潜水人，沿着系吊珍珠母的拦江绳行进。行进路线的虚线下标着：三分钟、四分钟、六分钟……末尾有个累计数，是八百至一千一百分钟，等于十几个小时。右下角注明：不可能一个人在一天夜里将几百只珍珠母盗走。

“你的判断有道理。一个人潜水偷江蚌,从入水到掐断银丝、浮出水面再运送上岸,需要的时间不短。若靠江边也得三四分钟，若在江心一带则需要六七分钟以上。盗几百只江蚌，确实需要十几个小时。所以，这个盗窃案，是团伙所为。”

包龙华脸上露出惊喜的神色，他佩服老局长的推断分析，经他一点拨，案情可以从新的角度推理了。“局长，如果驾驶一条船，多了一个船老大，你看会怎样?”

“可缩短盗珠时间，加快了速度，但最多也不过缩短几个小时。两个人或者三个人同时作案，一夜之间也难以盗走几百只江蚌。”

包龙华沉思了一会儿，和盘托出了自己的见解：“昨天，我在青山场长的库房里看到了那堆拦江绳和切断的银丝，发现断丝茬儿口有的呈白色，有的呈灰色，有的呈黑绿色，大约各占三分之一。根据青山场长的经验，这批失盗的江蚌不是在同一个晚间失盗的，可能是几个人在几个晚上盗走的。”

张局长兴致勃勃地倾听着包龙华的推断，然后进一步扩宽了包龙华的思路。他说：“合谋作案确立后，可以设想这几个人都有好水性，要互相替换，轮番下水。其中，有人对江湾养珠场格外熟悉，另有人交际广，有销赃的门路。”

“果真这样，王强就可以排除了，他不会游泳，虽说起初偷了几粒珍珠，但后几天出车在外，不占有大量盗珠的时间。可那把钳子，还有钳子上的血迹，又做何解释呢?”包龙华像是自言自语，又像是征求张局长的意见。

“从王强交代的供词看，有这样一种可能：王强偷了珍珠后听到身后有动静，就失落了钳子，来不及寻找就逃跑了。这样，他身后的人就可以捡到那把钳子，并用它作案或害命，完事后嫁祸于人。”

“你的分析十分合乎逻辑。罪犯利用了王强偷珍珠这个机会，并嫁祸于他，既可逃脱又转移了我们的视线，罪犯的手段够毒辣的。由此也可以推断，魏晓霞已不幸遇害。遗憾的是，钳子上的血迹虽化验出了结果，可魏晓霞没有血型记录和血样资料，无法证实。”

张局长很看重眼前这个年轻的市局刑警，经过两人的切磋分析，对破案更充满了信心。他对包龙华提出的下一步行动方案没有异议，要求包龙华严密监视卖药先生的一举一动，从他密切接触的人身上入手，尽快确认谁是那天夜里的墓地接头人。张局长决定继续分头明察与暗访。

包龙华来到机械队办公室院外，正要推门进院，忽然发现春兰的哥哥李巨从办公室里走出来，似乎腿脚不太利落，这不禁引起包龙华的怀疑。李巨这个壮汉子原来不这样，莫非昨天深夜跌倒在墓碑旁的人就是他？包龙华赶紧离开院门，远远地观察着李巨的一举一动。只见李巨走出院门，与送他的国里队长嘀咕了几句，便朝着江边码头方向走去。他走得不快不慢，腿稍有一点瘸，看样子是哪条腿出了点毛病。

包龙华想了想，决定先不去跟踪李巨，朝着他家的方向走去。临来机械队时，包龙华挂了一个电话，了解到王强还在队办公室，昨夜国里等人守了一宿，命他继续交代问题，已停职反省了。春兰姑娘今天没来，据说是身体不适，在家休息。这是一个机会，登门去探望春兰，顺便了解一下情况，也许可以进一步印证李巨的问题。

十几分钟后，包龙华来到春兰家。敲门进屋，春兰迎了出来，她面带倦意，像是一宿没睡好。

包龙华将塑料袋放到桌上，“事儿办得差不多了，顺便来看看你，听说你病了。”

“看你，还买这么多水果，很贵呀！我好像感冒了，昨夜也没睡安稳。”春兰似乎有什么难言之苦，欲言又止。

“是你哥哥的事儿吗？我刚才碰到他了，他好像腿上有伤，可别感染了，天这么热。”包龙华旁敲侧击，定定地看着春兰。

春兰的脸忽然红了，像发烧，转而又变白了，憔悴得很。她端起茶壶，为包龙华倒水，又去洗了几个水果。她一边给包龙华削水果皮，一边以询问的口气说：“王工程师，你说，人会变吗？”

“变什么，变猴子？”包龙华的这句回答把春兰逗笑了。

“你指的是谁，是王强，还是别人？”包龙华明知故问，他不想让春兰感觉到自己对她哥哥过分感兴趣，只能以萍水相逢的朋友身份来谈论问题。

春兰递给包龙华削好皮的水果，他不吃，执意让身体不适的春兰先吃。他拿起一个水果削起来，意味深长地说：“人也像这水果，起初很小很小，渐渐地长大，如果不受自然灾害侵蚀，它就长得又大又红，酸甜可口。如遇虫害冰雹，肯定会在生长期脱离枝干，甚至枯萎。”

春兰一愣，仿佛哪句话刺痛了她。她沉思了一会儿，直言不讳地说：“我哥哥这半年多变化不小，不像从前了。”

“怎样变化呢？”

“又抽烟又喝酒，喝名酒抽洋烟，不知他从哪儿来的钱。隔几天就上风味饭店喝一顿，嫌我做的饭不可口。唉，还跟梅娘的女儿拉拉扯扯，因为这事儿，差点和司机王强打起来。”

这可是一条重要线索。原来，婷婷不仅与王强有纠葛，还与李巨有牵连，而王强又和魏晓霞有关联，真是一石打三鸟。

“你哥哥和风味饭店关系密切，经常接触外人，他的变化大概是有外因了。”

“对了，风味饭店也有求于我哥哥，常常帮她们跑跑水路，拉货送客，有时还要我哥哥给她们送鲜鱼。饭店老板娘心术不正，她的女儿也不怎么正经，我哥哥大概是被她们带坏的。昨天，我哥哥去上游送客人，去时是梅娘引路，回来时她驾船，半路上还接回一个卖药的先生……”

“那么，你哥哥怎么半路下船了？”

“卖药先生上船，我哥就下水了，他是游过去的。”

“噢！是这样……”包龙华明白了，那天在江中被一个壮汉猛扑了一下，看情形也许就是李巨所为。

“你哥哥昨天夜里出门了吗？我半夜睡不着，出门透透气，看见有个人好像是你哥哥，匆匆忙忙地在路上走着。”

春兰的脸又红了，她凝神瞅着包龙华，一丝疑虑浮上心头。少顷，她那信任的目光落到包龙华的脸上，正盼着包龙华给她拿个主意。“王工程师，你是文化人，见多识广。你说，我哥深更半夜出去干什么？还不让我跟别人说。今天早上，我才发现他腿上有伤。”她说着站起身，走到厨房壁橱旁，拉开柜门，拽出一条裤子。

包龙华拎起裤子，只见裤腿上裂开一道口子，黑乎乎的，嗅了嗅，是血迹。毫无疑问，昨天深夜那个在墓碑旁跌倒的人正是李巨。趁春兰不注意，包龙华撕下一条带血的布角，揣进兜里。只要将衣服上的血迹与墓碑上的血迹化验比较一下，一切就都清楚了。

包龙华将裤子放回原处，对春兰说：“也许昨晚摆渡送人时不小心碰伤的，看情形伤得不重，你别担心。”正说着，忽听厨房水缸里咕咚一声，像是什么东西在滚动。包龙华好奇地问：“你家水缸里不是养什么活的东西了吧。”

春兰掀开缸盖，笑着说：“吓着你了，是我哥哥捕到的一条大肚鱼。在松花江，这大肚鱼可不好抓呀。都养好多天了，我想杀了吃，哥哥不让，说放一放，国庆节快到了，到时候再吃。”

“鱼？”包龙华低头一看，果然是一条大肚鱼卧在水缸里，由于缸体直径不能完全容纳鱼体，鱼很难受地在里面翻腾着。“这种几十斤重的大肚鱼，是江里称霸的鱼王，小鱼小虾遇上它，就成了它的美味佳肴。不是经验丰富的渔民，没有点胆量是捕不到它的，弄不好，连人带网都会被它拖下船。”春兰津津有味地讲着大肚鱼。

包龙华不能久留，又和春兰闲聊了一会儿养珠的事儿，把这几天学到的养珠知识有机地串联起来，恰到好处地和春兰交换着意见，以此来冲淡刚才和她谈的那些与自己身份不相关的话题，进一步使她加深对自己这个养珠工程师的印象。尽管包龙华相信春兰姑娘是个纯朴的青年，但唯恐她不慎暴露自己的身份，所以眼下还只能隐瞒下去……

在进行暗访的过程中，明察也进入新的阶段。县公安局张局长和机械队国里队长再一次听取了王强的申诉。

机械队办公室里，王强正趴在桌上写交代材料。桌上一叠白纸，地上一团团碎纸。王强见张局长和国里队长又来了，赶紧起身，扑通一声跪下，声嘶力竭地喊道："我冤枉，我该说的都说了。局长给我做主哇！"

王强，虎背熊腰，在这个地方算得上彪形大汉，脸上有一道道横肉，但眉眼并不难看，又会开汽车，在这一带还是令人眼热的职业。不然，魏晓霞怎么会相中他呢，梅娘也不会让女儿接近他。

张局长再次询问王强，为的是了解他与魏晓霞感情破裂的真实原因，还有他与婷婷的关系。

王强情知自己机会不多，法律无情，要如实交代才能获得宽大处理。于是，他讲起了事情的来龙去脉……

魏晓霞是农场里很美、很纯朴的姑娘，追求她的小伙子有一长串。可她呢，谁也看不上，许多说媒的都被拒之门外。她从小没有父亲，命运却与婷婷不同。她的母亲安分守己，辛辛苦苦把她带大。如今见姑娘长得像朵花儿似的，当妈妈的很害怕，总怕被坏人糟蹋，也怕男人待女儿不好，总是犹犹豫豫，不轻易把女儿嫁出去。所以，魏晓霞二十五岁了，还没有对象，这在农村是极为少见的。

去年的一天，王强出车去南部的城镇，魏晓霞搭车同行。王强乐不可支，这简直是天上掉下的天鹅肉。他年近三十，还未娶亲，对魏晓霞更是连想也不敢想。如今，出远门跑长途最寂寞了，巴不得有个人陪伴，没想到有女人陪伴，还是顶漂亮的魏晓霞。他俩并排坐着，能听到彼此的呼吸声。闻到女人身上的清香味，他简直要醉了。

他尽量把车开得平稳些，不要颠着魏晓霞，不让时间过得太快。他还不时地讲个笑话，逗得魏晓霞哈哈大笑。也不知是天气晴朗，还是他的讨好幽默起了作用，魏晓霞的兴致好极了。她不停地询问车上的设备，还按了几下喇叭。有一次转弯，急了点，她倒在他怀里，肉乎乎的身子好烫呀，他差点把不住方向盘。一路上，他大献殷勤，不仅吃喝全包了，将货卸完后还陪她玩儿了几个小时，拍了不少照片，说什么也不让魏晓霞掏钱。这一切，足以使魏晓霞对他产生了好感。他还记得当时她说了这样一句话："都说你粗野，我怎么没感觉出来，你的心好细哟!"听了这话后，他几乎心都醉了，整个人处于一种高度兴奋状态。于是，回来的路上，他中途在一个小镇停车，买了不少吃的，还有一瓶烈酒。

车行到半路，已是午后三点，车突然抛锚了。其实，是他故意将车停在这个前无村后无店的地方。他假装修车却无法修好，提出在野外吃晚餐。

魏晓霞并不知他的鬼主意，反倒安慰他说："吃过饭再慢慢修，修不好就在外边待一夜，好在咱们有伴，有吃的，现在也没什么野兽出没。有你这个壮汉，我更不怕了。”于是，两人便在车旁的草地上铺了一块毡布，摆好罐头、水果和熟食，望着远处的山峦，边吃边聊着，很有一番田园乐趣。

魏晓霞虽说已二十五岁，但涉世甚浅，除了在养珠场工作中接触男人，很少与男人来往，对男人知之甚少，更不用说王强这样的人了。因此，当王强倒了一杯白酒给她，她也没在意，就着腊肉喝了一口，辣得嗓子眼儿直冒烟。但这酒的余香又使她好奇地喝了一口。以前只是听别人说白酒如何如何醉人，如今喝了几口并不觉出什么叫醉。野外的风习习吹过，似有一丝丝凉意。夕阳渐渐地落山了,将山上的林木染得绯红,好看极了。她又经不住王强劝慰，被他大口大口地品味白酒的豪气所感染，魏晓霞也跟着喝了起来。

这会儿,公路上的车辆稀少,偶尔从远处闪烁着车灯开过来。尔后，便是一片宁静，只有草虫在轻轻地啼鸣。

王强行车多年，在跑长途的来来往往中，免不了在途经的集镇上住宿，投宿的小店有的便以女色来招揽客人。所以，他对男女之间的事儿并不陌生。这会儿，他觉得时机已经成熟，便趁着白酒落肚，假装大醉的样子歪倒在魏晓霞身上。不承想，魏晓霞已是真的醉了，哇的一口吐了出来，吐了王强一身。王强顾不得这些，一把搂过魏晓霞……

夜半时分，一阵凉风袭来，将已经醒酒的魏晓霞吹醒。她觉得浑身难受，仿佛被什么东西捆住了双手，下身隐隐作痛。睁眼一看，发现自己被王强紧紧地搂在怀里。她用力挣开他的双手，从地上爬起来。

魏晓霞的突然惊醒，将王强从美梦中拉回现实，他霍地从毡布上跳起，朝着魏晓霞追去……

后来，他们只好确定了恋爱关系，尽管当时魏晓霞并不情愿确定这种关系。

再后来，王强接受了风味饭店老板娘的好处，常借开车之便为饭店进货捎客。一来二去，他的魂就被梅娘的女儿勾去了。于是，就发生了魏晓霞接到绝情书后失踪的事件。无论从哪个角度看，王强都摆脱不掉他与此案的牵连。

张局长、国里队长刚刚听完王强的陈述，正在分析案情。忽然听得屋外一阵吵闹声，随之办公室的门被撞开了，跑进来一个疯疯癫癫的女人，手上还举着一把剪刀……

那闯进屋来的女人正是魏晓霞的母亲，她的身后跟了一帮看热闹的人。她手里攥着一把剪刀，又哭又叫："姓王的，你在哪儿，我今天跟你拼了。"边喊叫着边冲坐在墙角的王强扑来。

县公安局张局长拦住她，顺势夺下她的剪刀，劝慰道："大嫂，你这是干什么？咱们要依法办事，不能胡来！"

"胡来？都几天了，他还在队部养着。官不办民办，不就是一命抵一命吗？我的女儿没了，我还活个啥劲儿。王强，你有种站过来……"

跟进屋的人有的助威，有的起哄，也有劝解的。由于屋里人多，推推搡搡，张局长怎么也抵挡不住了，被魏晓霞的母亲钻了空子，乘机扑过去，在王强的脸上又抓又咬。那王强虽说膀大腰圆，但终究理亏，又是个女人，他不能反抗，只好躲闪。这工夫，从他身后蹿上来两个小青年，劈头盖脸地一顿打，顿时将王强打翻在地。原来，这两个小青年都是魏晓霞的崇拜者，如今人死了，他们就拿王强出气。

王强倒地，魏晓霞的母亲正好骑在他的身上，乱挠乱咬。王强终于忍不住了，大呼："救命啊！……"

这事态来得太突然，机械队长国里愣住了，还是张局长动作快，一步冲过去，抓住魏晓霞母亲的右手，挡住两个小青年的身躯，"住手！"张局长大喝一声，叫的不叫了，嚎的不嚎了，魏晓霞的母亲也站了起来。

张局长踢了一脚仰面朝天倒在地上的王强："起来！"

"哎呀，我的晓霞呀，呜……"她又借机哭起来，"欺负我这个孤老婆子呀，抓住把柄，还不治罪！没处说理啦！"

这时，船老大李巨拐着伤腿，从人群后面挤进来，冲着张局长说："你们不法办，我们只好民办，像他这种人，按过去的做法要沉到松花江里。"

"我宣布，对王强实施拘留审查。"张局长怕事态再发展下去难以控制，果断决定先行拘留，再办手续。又怕押在农场派出所不安全，认为送县局拘留审查实为上策。

张局长话音刚落，立刻引起强烈反响，许多人拍手称快，魏晓霞的母亲也不再哭闹了。

船老大李巨愣怔着，他没想到事态就这么简单地被张局长控制下来。他恨不得立时处死王强，一来解解心头之恨，让梅娘的女儿也伤伤心；二来嘛，也好转移人们的视线。这是他的小算盘。然而，作为具有丰富办案经验的张局长早已注意到他的举动，特别是包龙华暗访所了解到的情况更为张局长理清了思路。从刚才李巨的煽动看，他是有些按捺不住情绪了，这样他的马脚会露得更快了。

张局长押着王强，众人让开一条路。农场派出所所长已闻讯赶来，协助张局长将王强押上越野车，一路警笛开道，朝农场公安派出所方向驶去。

越野车在松花江下游临近养珠场的一个渡口停下，张局长下了车，越野车便朝着县公安局的方向驶去。根据王强偷窃珍珠母及自供奸淫魏晓霞的行为，已构成犯罪，他将被提起公诉，移交检察院审理。

张局长跨上等候多时的公安巡逻艇，见包龙华已先到，便令巡逻艇向上游驶去。

包龙华将了解到的情况一一做了介绍，特别强调发现李巨血裤的事。他推断说："李巨和卖药的是案中人，这似乎没有什么疑问了，从他们在墓地的密谈中分析，珍珠还在他们手里，近日可能出手，必须严密监视，掌握他们的动向。这里边还有一个疑点，就是盗珠人似乎还应有一个，究竟是谁呢？"

张局长若有所思地说："这个人至今还没有暴露，也许不到最后关头他不会露面。"

"我怀疑一个人。"包龙华说着停顿了一下，因为确定一个嫌疑犯是要从法律上负责的，也包括对方的名誉和社会影响。

张局长笑了笑："咱俩各自在手心上写上名字，看我们是否不谋而合。"说完，张局长掏出钢笔，在手心上写下了一个人的名字，然后将笔递给包龙华。

两个人几乎同时将手心亮到对方的眼前，然后会心一笑，张局长说道："英雄所见略同!"

"不敢当，我怎么可以与老局长相提并论呢!"

这会儿,巡逻艇已驶离养珠场水域。包龙华对张局长说:"我想再下水看看。"张局长点了点头，对驾驶员说："开慢点!"

包龙华脱下外衣，走到船尾，纵身跃入水中。张局长望着包龙华潜入的江面，嘱咐驾驶员再开慢点。

只听哗的一声，包龙华从艇前的水面钻了出来，手一扬，啪地将一只系着银丝的江蚌扔到艇上。张局长明白了，包龙华是在继续他的水下调查，以便证实他的某种推断。

驾驶员怔怔地愣着，望着包龙华从水下不断地钻出来，又不停地潜入水下，接连不断地甩上一只只江蚌，愈发糊涂了。

从下游到上游这段几公里长、几百米宽的水面，包龙华捞起几十只江蚌，每只江蚌上都系着切断的银丝，蚌的腹内均是空空的，内脏和珍珠全被掏空了，摆在艇上的珍珠母，全是些空壳。

过了上游（江湾农场地段自己划分的上下游），再也捞不到系着银丝的珍珠母了。

张局长扫了一眼艇上的江蚌空壳，抬头问道："这批赃物，足以证明你的某种判断了!"

包龙华穿好衣服，平息了一下呼吸，以肯定的语气说："王强开汽车把这些赃物抛到几公里远的江心，怕是做不到的，从另一个方面证实了王强没有参与这起案件。另外，从李巨等人急于置王强于死地的动机看，也表明王强不是他们的同伙。其次，从被盗珍珠失窃的时间看，王强没有作案时间，而李巨等人占有作案时间。还有更重要的一点，江蚌被撒落到江心的间距几乎相等，说明犯罪分子是不停手地从珍珠母腹中掏取珍珠，掏空一个随手甩到江中，这样走出几公里后，珍珠被全部取出。这显然是一条船，要有人驾驶船只，另外还需要两个人不停地掏珍珠。那么，三个人作案可以成立。”

“干得干净利落，不留痕迹，安全保险。”张局长补充一句。

“罪犯很有经验，蓄谋已久，作案时从容不迫，真有些……”

“狡猾奸诈之徒！”

“局长，我还有个想法。这条作案的船只、舵手一定是同伙。我想到李巨，他有船，本人又是船老大，经常出没在江两岸，也常常夜渡接送客人，对这一带江面最熟。而这些江蚌散落在江中，正好到了上游的一个渡口附近就没有了。我想他们是从那个渡口上岸的，当然不会有什么痕迹了，因为咱们来这里的前一天下了一场暴雨，把一切都冲刷掉了。”

“好，判断准确。这样一来，李巨的嫌疑就更大了。监视李巨的任务由县局刑侦科负责，你呢，可否继续暗访？重点是卖药先生。”

“好！”包龙华暗自佩服张局长，有他这个老公安协助，案情就要真相大白了。

临分手时，张局长与包龙华约定了代号。根据目前的情况，明暗双方不宜再频繁接头，特别是张局长已在公众场合露面……

这会儿，风味饭店的几张桌坐满了客人，老板娘脸上堆着笑和回头客儿们打着招呼。婷婷也不再守着门口迎客，手上捏着一叠纸片，挨桌询问，请顾客点菜。

卖药先生坐在门口的一张桌旁，桌上摆着生拌鱼、花生米、一瓶地产啤酒，正在自斟自饮。他的脚下，是卖药的家当，一只印着红十字的药箱。在桌旁，还有几个当地人正在边吃边聊。当地的东北话，广东来的卖药先生听不太懂，瞅着那些当地人直皱眉头。

卖药先生喝光了一瓶酒，又让婷婷拿了一瓶。他倒满了杯子，举到嘴边，看了饭店靠里边桌旁的包龙华一眼，冲他举了举杯子，算是打个招呼，便一饮而尽。

在饭店投宿的人当中，卖药先生与包龙华算是最熟的了，初来时在码头相逢，住店又是隔壁，这几天低头不见抬头见。两个人也有许多相似之处，包龙华个头比他高一点，都是眼睛不大但很有神。明眼人一看，就知道他们都是头脑灵敏、手脚利落的人。

当卖药先生举杯向包龙华行注目礼时，包龙华也回敬了他，干了一杯啤酒。卖药先生今天午后有点反常，去了几趟码头，还在码头上摆了两个小时药摊儿。天气很热，并没有谁对他的药感兴趣，害得包龙华在太阳底下暴晒了小半天。

这会儿，看卖药先生心神不定，不时看表的样子，包龙华断定他又要有什么举动。

果然，卖药先生喝下最后一杯酒，付了饭钱，便背起药箱朝码头走去。

这里是农场建场初期最早开辟的码头，后来经过多次整修，成了这一带江上客货运输的主要码头。码头宽几百米，几条石阶路沿斜坡而下，通向江边。码头一侧是大船停靠起航的泊位，另一侧主要是小船运输。大船公司经营，小船个人经营，平等竞争。

卖药先生在大船的一侧找了个显眼的位置，摆开地摊儿，与卖水果的、卖小吃的一起，扯开嗓子喊起来。卖药先生的叫卖有板有眼："卖药啰，卖药啰，家传秘方，药到病除！白的治热病，黄的治腰疼，红的能补血，绿的能养生！零卖一剂四元，多买一包三元！噢，卖药，买药，买卖不成有交情。看看瞧瞧，试试用用，说它灵它准灵！"卖药先生一边吆喝着，一边朝江面上看，像是等待着什么。

包龙华远远地盯着卖药先生。他已从码头管理人员那儿了解到，晚九点有一条大船从上游来，是从北部一个城市开来的。如果没有特殊情况，这条船就要到了，但江面仍不见大船的影儿，只有小船那一侧人来人往，上船下船。江面上东西两岸船只穿梭来往，包龙华刚才看到了船老大李巨，他也在摆渡，迎送船客。

又过了一个时辰，因故晚点的大船靠岸了，从船上下来几十名旅客，卸下一些邮包、小件货品，大船便又向松花江下游的城镇驶去。

这几十名旅客出了码头，便各奔东西。卖药先生见旅客纷纷下船，那叫卖声愈发高亢起来。只见一名胖胖的旅客，慢悠悠地朝卖药摊儿走去。

虽然相距几十步远，包龙华还是看清了这个胖家伙的眉眼。这人长得矮墩墩，一脸横肉，浓重的眉毛下藏着一对小眼睛，看上去有四十多岁。这人在卖药先生的摊儿上转了一圈，似乎在观察周围的动静。卖药先生突然不叫不卖了，开始收拾药摊儿。

这人转了一圈，然后和卖药先生相互对望了一下，跟在卖药先生身后，并保持一段距离，朝江边走去。

到了江边，两人凑近嘀咕了几句什么，那卖药先生便指了指驶过来的一条小船。船老大很快便将船靠岸。原来船老大是李巨，包龙华的脸上现出了一丝微笑。

再看时，卖药先生已背着药箱朝码头的出口走去。那胖家伙上了船，船像离弦的箭似的，向江心驶去。

包龙华望着远去的小船,望着低垂的夜幕,他索性坐在江边，一边观察小船的踪迹，一边思索整理这几天的种种情况，做出新的判断。

这时，江边码头人影稀少，白日的喧闹一扫而光。码头上的几盏照明灯熄灭了，只有几处长明灯闪闪烁烁。江面上偶尔驶来驶去几条小船，这是那些宁可劳累些也要趁黑再赚几个钱的船老大。

夜色更浓了，夜也更宁静、更神秘了。

哗——哗——哗……

江面上，漂浮着一条双桨摇曳的小船。渐渐地，那条小船像劳累过度的汉子，仰面朝天躺在江面上。小船在江面上随波漂荡，借着星光发现小船上对坐着两个人影。

看上去，一个稍高一点，直挺挺的，像揳在船板上的半截木桩子；一个稍矮一点，向前探着头，像一头海象。

哗哗的流水声，淹没了小船上的窃窃私语。

“怎么样？老板定下来没有？”

“价太高，老板让我转告你们再压压价，买卖常来常往嘛!”

“按香港价减三，总价五十三万五千块！”

“好吧，老板要的正是这个价。”

“钱呢？”

“货到手交一半定金,另一半要等货到省城再交。我没带钱，明天电汇即到。”

“好，就按你说的办！”

“明天交货，越快越好，地点时间你们定，我不熟悉这里，要有人陪我去。”

“交货地点由风味饭店改为上游渡口菜市场。”

“交换方法要简单方便,到时候我自有办法,只要你把货……”

“嗯，没问题……”接着，便是一阵沉默。

小船的双桨又摇起来，船徐徐地驶向对岸的浅水区，船头与江中水草擦碰出沙沙的响声。中间夹杂着江蛙跳水发出回响、浮鱼击水带起的声波，还有大肚鱼撞在船头的木板上激起的震耳的声浪。

江面又平静下来，只有那条时隐时现的小船、船上的两条人影以及摇曳的双桨。

哗——哗——哗……

小船划破的水面重合了，双桨弹起的涟漪散开了，宽阔的江面像一面镜子，把夜空的点点星光吸引到那美丽的镜面上，一闪一闪，忽明忽暗，仿佛无数的珍珠在银河里流淌……

小船终于靠岸了，包龙华只是隐隐约约地看到那条小船在对岸停下，看不清船上的人。他低头看了看手表，已经是深夜十一点了。

包龙华原以为胖家伙与李巨在江中密谋后会回来，不承想去了东岸，这是他几天来头一次失策。其实，活生生的江，活脱脱的人，还有那来去不定的船，是很难预测的。然而，包龙华仍要自责。

回到风味饭店，客房都已熄灯。在走廊上忽然与卖药先生碰个对头，“嘿嘿，这么晚才回来?”

“拉肚子，一会儿还要拉，大概今天喝的啤酒过期了。”包龙华只好佯装坏了肚子，应付过去。

进了客房，包龙华躺在床上左思右想，觉得卖药先生似有察觉。是什么地方被他看破了？包龙华躺了一会儿，又翻身下床，出了客房到后院厕所蹲了一会儿。果然不出所料，回来时看到卖药先生从门边露出半个脑袋，询问道：“又拉了，要药吗？我这儿有。”

包龙华摆了摆手，“我自带了，不麻烦。”

这一夜，包龙华没有睡好，还做了一个噩梦……

卖药先生昨夜与胖家伙接上头，并介绍给李巨，大概是完成了他的使命，再加上被包龙华折腾到深夜，所以太阳升到竿子高了，他还没有起床。

包龙华放弃了对卖药先生的监视，决定走下一步棋。李巨已成本案的首要嫌疑，要去他家察看一下动向，必要时还要取得春兰姑娘的支持和配合。这是一着儿险棋，也许会得到更多的线索。

路上，包龙华走进一片杨树林，用手机与张局长取得联络，将昨夜在江边码头发现的情况做了介绍，并把再次去春兰家的想法报告了张局长。

张局长向包龙华提供了昨夜监视李巨获得的线索。原来，张局长早已在江东岸安排了监视人员，发现胖家伙在江中与李巨密谈后，住进了一家客店，身份证是省公安厅颁发的，旅客登记簿上填写的单位是香港驻省城某贸易公司办事处。经与香港警方联络后证实，此人系港方外聘员工，曾有过走私贩卖金银珠宝的嫌疑，后因证据不足被释放了。

如此看来，胖家伙的出现显然与珍珠失盗有关。如果说昨夜胖家伙与李巨在江中已商定了什么，那一定离不开珍珠出手的讨价还价以及珍珠的交货方式和地点、时间。现在，就等着蛇出洞了。

包龙华走出杨树林，疾步如飞地奔向春兰家。

春兰家的院门敞开着，小院很静。李巨驾船用的双桨不在，看来已经下江了。包龙华推开房门，问了一声，没有回音，便走进南屋，屋内无人，退出来见北屋的门半掩着，显然是有人出去了。

包龙华把半个脸伸进半掩着北屋门，顿时感到有一股冷气扑面而来。原来，那扇半掩着的屋门刮过从北屋窗子对流来的过堂风，刮得屋门吱吱呀呀地摆动起来。

包龙华退出来，站在南北屋中间的厨房地上，是离开还是继续等春兰姑娘，一时拿不定主意。他想自己从风味饭店出来后，曾给机械队去过电话，说春兰还在家休息。看来，她的病还没好，也许又添了心病。春兰的父母已经去世，这几年她靠哥哥李巨照顾，读完了高中，又是哥哥靠交情找机械队国里队长把她安排到队办公室，干些收收发发、打水扫地的杂事儿。

眼下，哥哥在她的眼里似乎变了，不能不使她心烦意乱、内火攻心，外疾乘虚而入，怎能不生病？包龙华想到这儿，抬脚跨出房门，却见春兰急匆匆地从院外跑进来。

春兰气喘吁吁地说："王工程师。"拽着包龙华进了屋，抹了一把脸上的汗水，"我去找你，你不在。我该怎么办啊？"

包龙华拉她坐下，给她倒了一杯水，劝慰道："别急，慢慢说，我帮你拿个主意。"

"我哥哥今天早上对我说，他今天有重要的事儿，晚上能回来就回来，回不来让我照顾好自己，还说要赚一笔钱给我。"春兰的脸色苍白，一双大眼睛里流露出惶恐的神色。她像一只受了惊的小鹿总算跑回了窝，此时她已把包龙华看作自己的靠山。

包龙华犹豫着，不知该不该把自己的推断告诉她。这不是因为别的，唯恐会更深更重地伤害她，让她失望。可又能怎样呢？案情的调查像剥竹笋一样，越来越明朗了。

"大哥，"春兰忽然喊他大哥，无疑是把希望全寄托在包龙华身上了。她以信任和乞求的口吻说，"我哥他是不是和农场的案子有关？你说吧，要是那样，我也不能原谅他。"

包龙华不情愿地点了点头。少顷，他简单扼要地把这几天对她哥哥的印象讲了出来，并告诉了她自己的真实身份。

春兰似乎并不感到吃惊，只是眼里充满了愤怒和失望的神情。她的脸色更加苍白了，一汪泪水顺着眼窝溢出来。她霍地站起来，催促道："包同志，你快去追吧，他走了有半个小时了，还拿走了那条大肚鱼！"

“大肚鱼?”包龙华拍打着脑门，连声叫道，“我真笨，真笨!”他为自己竟然没有早早料到这条大肚鱼的奥秘而懊悔。

包龙华掏出手机，拨通了张局长的电话。

“我是包龙华，向你报告，”包龙华把刚才在春兰这里了解到的一切，向守候在农场公安派出所的张局长汇报，“黑龙已经开始行动，带走了赃物，我决定跟踪追捕，请在江上配合行动。”

“我立刻实施第一套方案，封锁江湾，控制码头，巡逻艇配合你的行动。”

“我随时与你联系，立刻行动!”

“注意安全，马到成功!”

包龙华安慰了春兰几句，请她多加保重，便径直朝上游码头奔去。

这会儿，天空阴云密布，大地上雾气腾腾，潮湿闷热的初秋气候令人难以忍受，这也是暴风雨降临的前奏。乌云遮住了太阳，乌云与雾气笼罩着江湾农场近几十平方公里的天地，使能见度仅在几十米以内。

包龙华从张局长提供的线索得知船老大李巨的去向，便一路紧追，十几分钟后来到上游一处渡江码头。

前面，似乎有踢踢踏踏的脚步声，身后仿佛有条人影儿。他顾不得看个究竟，便朝那踢踢踏踏的响声走去。

走近了，才看清那响声原来是机帆船轻轻启动的马达声。机帆船的旁边停靠着一只小船。

蒙蒙雾气中，显现出机帆船的整个轮廓。

一个弯着腰的人影，在船头上正摆弄着什么，还发出了响声。

听声音，像是铁器相撞的磕碰声。细一听，还有哗哗啦啦的链环搅动声。近了一看，原来是起锚发出的声响。

包龙华走近船头，那人似乎并没有发现他，还在哗哗啦啦倒着链环，由于用力过猛，还发出难听的喘息声。

包龙华站在岸边，仔细端详着弯腰躬身的那个人，终于认出是船老大李巨。那条小船正是他的，可这艘机帆船呢，显然是机械队的。他是借的、偷的，还是谁批准他用的？包龙华正想到这儿，猛然觉得背后有人推了他一把，险些跌到江中，便顺势跳上了机帆船……

包龙华被身后那人猛地推到机械船上，还没站稳脚，身后那人也跳上船来，口中吆喝道："卖药嘞，卖药嘞！"

"今天天气不怎么好，船老大，捎个脚吧。你去哪儿？"包龙华转身问卖药先生。

"咱们同路，你去哪儿我就去哪儿。"

那个躬着身的人站起来，叉腰梗脖地喝道："哼！这是怎么啦，一大早，你们都跑来干啥？也不问问我去哪儿，捎不捎脚！"船老大李巨横眉立眼地打量着包龙华，还挤眉弄眼地冲卖药先生使眼色。

"你不是去早市吗？这么大一条船还在乎捎两个人？开船吧。"卖药先生似乎是个船长。李巨听了他的话，便不再吱声了。

卖药先生瞅着包龙华说："机帆船中途抛锚怎么办？江面这么宽，你可别后悔呀！"

卖药先生话里有话，似含有威胁的意思。但包龙华早已将生死置之度外，作为一名警察，时刻都在冒风险。正是这些人甘愿冒风险，才换来了天下太平。“既来之，则安之，后什么悔呀！”包龙华泰然自若地说。

“开船了！”船老大李巨走到驾驶台前，使劲一打舵轮，那机帆船便像憋足了劲儿的猛兽一样呼的一声冲出渡口，轰！轰！轰……颠簸着，咆哮着，驶入主航道。

这会儿，乌云密布的天空忽然像裂了缝儿的锅底，从那一道裂缝中透射出一缕阳光，地平线清晰了，远处的山也清清楚楚地显现出自身的轮廓，雾气渐渐地消散了。江面上游弋着许多条小船，往来穿梭。

机帆船驶入主航道后，减慢了航速，像一个年老体衰的病人，吭吭哧哧地喘着粗气，晃晃悠悠地航行着。

包龙华心里清楚，这表明船老大李巨心神不定，正打什么鬼主意呢。包龙华扫视了一眼，见船舱里仅装着几筐蔬菜、几篓鲜鱼，那条放养的大肚鱼也在船舱里，占着主要位置，横卧在舱板上，头和肚子特别大，鼓鼓囊囊的。那大肚鱼显然还没有断气，两腮一鼓一鼓的，尾巴还不时地拍打着舱板。

包龙华暗自思量：那失盗的珍珠应该在大肚鱼的肚子里，罪犯们以为这里是最为稳妥的地方，只有经验丰富的渔民才会这么做。可眼下还不能动手擒拿罪犯，一是身单力孤，这卖药先生很有些功夫，李巨也是身强体壮，不能打无把握之仗；二是还不知这批赃物的出手方式、接头地点，还有什么人与本案有关……

包龙华把手伸进裤兜，悄悄拨通了张局长的电话，同时从兜里掏出一条手帕，擦了擦额头上的汗。

卖药先生站在包龙华身后一米远的地方，观察着他的一举一动，见他从兜里掏出手帕，便将攥紧的双拳松开了。

包龙华假借观赏那条大肚鱼和江上风光，向张局长汇报情况。“噢，这条大肚鱼也要拿到菜市场上去卖？可惜了，留着自家吃多好，听说这种鱼很难捕呀！”

船老大李巨扭头瞪了包龙华一眼，那意思好像在说：“多管闲事。”

机帆船驶进上游的险滩。松花江在这里有几处弯曲，像一条水蛇屈曲在两岸之间。“前面就是蛇盘口了，当心点！”包龙华大声说着，想通过手机传递机帆船的准确方位。

突然，船老大李巨猛地一打舵轮，机帆船便来了个急转弯，这一舵是冲包龙华来的。

包龙华的身体失去了重心，身子朝右一晃，栽倒在卖药先生的怀里。刚想站稳脚直起身，却觉得身体悬空，脚后跟被谁踢了一下，两只胳膊也被人压住了。李巨在左，卖药先生在右，一人攥住他的一只胳膊，把他拖到船头上。

卖药先生扬扬自得地说：“起初，你来农场，我看你不像一般人，你那双眼睛告诉我你太精明了。我几次试探，最终消除了疑心。可那天在墓地，有人打肿了我的脸，好身手哇，我猜想一定是公安局的人，一定是你，便想法子和省城联系。昨天夜里，省城来人捎了口信和物证，证明你是警察。”

包龙华的行踪向来秘密，即便是在公安局内部，也没几个人知晓。怎么会泄密呢？包龙华以为卖药先生是诈他，便叫道：“有何凭证？”

船老大李巨将包龙华的左臂拧在背后，从兜里掏出一张报纸，扔到包龙华面前。那是一张过期的旧报纸，刊登着包龙华破获一起绑架案的通讯报道，并配发了包龙华抓获罪犯的工作照片。包龙华想起了这件事，因为刊登包龙华的照片，这家《法制报》的记者还受到了批评。当时市公安局不同意刊发照片，因为这种做法不利于包龙华进行秘密侦察。没想到罪犯们搞到了这份报纸，真是后患无穷啊！反抗吗？包龙华也许会脱身，但会影响整个破案的计划，不能将犯罪分子一网打尽。任其发展吧，可能会出现预想不到的后果。然而，大智大勇的包龙华还是选择了后者。卖药先生指着船舱里的一块石头说："绑到一块儿沉到蛇盘口深水里如何？让他去找魏晓霞。"

"不用，这家伙是旱鸭子，进水就完！"李巨想到那天在江中看到包龙华和青山场长洗浴的情景，断定包龙华不会游泳，况且这蛇盘口水深浪急，会水的也不敢在此下水。

卖药先生狠狠地说："给他一刀，报那天一脚之仇。"

"也不行，这船是借机械队的，留下血迹怎么办？把他扔下去算了。"

包龙华故意挣扎着，李巨和卖药先生各扯一只胳膊一条腿，将包龙华扔进江中。

李巨和卖药先生望着在船尾的水面上挣扎的包龙华，几浮几没，禁不住哈哈大笑。笑罢，他们便驾着机帆船，冲出蛇盘口，向上游的菜市场驶去……

这一切虽无人发现，但通过包龙华身上开通的手机，将船上的对话都传到几公里外的公安巡逻艇上了。

巡逻艇开足马力，几分钟便赶到松花江的蛇盘口一带，在江面上打着旋儿，东一头，西一头，无目标地搜寻着、吼叫着。县公安局张局长和几名刑警立在艇上，几个人分别面向东南西北搜寻着。

“转向，朝蛇盘口下游一百米处搜索!”张局长下达着指令。他心里清楚，包龙华入水后多半会顺流而下。

果然，在巡逻艇掉转船头向下游开进几十米后，一名刑警发现右前方有一个人在水面上浮动。

巡逻艇靠近后，两名刑警跳入水中，协助包龙华将一个人推上艇来，原来是一个早已被水呛死的女人。

“魏晓霞!”一名当地的民警认出了死者。

魏晓霞的尸体惨不忍睹。

那张原本秀气的脸，被江水浸泡得变了形，由于死前的惊恐和绝望，死相令人恐惧。只因沉落深水区，水底温度较低，尸体尚未完全腐烂，依稀可辨。

死者的手脚都被捆绑着，并坠了块石头。

包龙华紧紧地握着张局长的手，会心地笑了。他没有想到，这意料之中的遭遇，竟然获得意外的收获。刚才在船上从李巨的嘴里得知魏晓霞被扔进蛇盘口，自己便竭力在水下寻找，终于将魏晓霞的尸体找到了，这起失踪案的谜底也被揭开了。

巡逻艇开足马力，冲出蛇盘口，驶上主航道，箭似的朝上游的菜市场开进。

卖药先生和李巨无论如何也想不到，包龙华还活着，巡逻艇正在向机帆船逼近。

巡逻艇自农场发生珍珠失盗、女工失踪案以来，经常在江面上出没,已不会引起人的注意。因此,李巨驾着机帆船靠了岸,并未注意尾随而来的相距几百米的巡逻艇。

这个码头，是距农场中心区域最偏远的一个码头，它主要承担货物的进进出出。码头附近便是农场最大的集贸批发市场,鲜鱼、蔬菜、瓜果成船进货,上岸后由头道贩子倒手给二道小贩,然后再车拉肩挑，进入农场生活区的各个菜点贩卖。

机帆船上的李巨、卖药先生看着等候在岸边的两个人，眉开眼笑起来。交货取钱,转眼间成了暴发户,真是做梦都想哟!

卖药先生弯腰抓起那条大肚鱼，一个箭步蹿到岸上，将大肚鱼交给等候在那里的胖家伙。谁知，省城来的胖家伙没有接鱼，拎着皮箱转身就走。原来，他身旁的机械队长国里拽着他,似乎发现了什么。卖药先生抱着鱼正不知如何是好，扭头一看,巡逻艇驶进码头,船身紧贴着机帆船。船头上,包龙华威武庄严,锐利的目光像两把利剑直抵船老大李巨。

李巨情知不妙，纵身跳入水中。

包龙华紧随其后，也跃入江中，紧追不舍……

案犯全部落网。

县公安局预审室里，人赃俱在。大肚鱼已开膛破肚，浸泡在大玻璃缸内。三〇五颗珍珠摊开在一张桌子的红布上，晶莹剔透，散发着珠光宝气。一把带血迹的钳子，一个装满人民币的皮箱，还有捆绑魏晓霞的绳子。

在事实面前，罪犯们不得不低头认罪。突破口是从卖药先生身上打开的。

他供认：今年，他借行医卖药之名，多次来江湾农场，发现了养珠场即将收珠，觉得这是一个好机会，便首先接触了机械队长国里,谈成了这笔买卖。国里这个人表面随和,工作认真,背地里利用职权,贪污了机械队大笔公款。他自知早晚会被发现,正想找机会把那笔款补上,以逃脱惩罚,便与卖药先生一拍即合。接着，他便收买拉拢了船老大李巨。三个人里应外合，利用养珠场即将收珠的时机，接连几个夜晚，盗走了全部珍珠。

头一天,他们来江边议事,便发现了机械队司机王强来偷珠,三个人喜出望外，这正是嫁祸于人的好机会。于是，他们吓走了王强，拾起他遗落的工具钳。第二天开始盗窃珍珠母。最后一次盗珠时，正巧被女工魏晓霞发现。魏晓霞看了王强的绝情书后，痛苦不堪，哭泣着来到养珠场，面对着松花江饮恨不止，欲投江自尽，又苦于母亲年迈无人照料。正犹豫之时，她忽然发现江面上驶来一条小船。小船上的人也发现了她，急速靠岸。魏晓霞刚说了一句“国队长!”脑后便被李巨用钳子重重地击打了一下。事后，李巨将钳子藏进附近的树林中，国里队长也记住了藏钳子的地方，所以那天几个人寻找钳子，国里轻而易举地发现了它。

在证人面前，省城来的胖家伙也不得不承认，他早就和卖药先生勾勾搭搭,曾经共同倒卖过金银珠宝,受雇于香港的老板,遗憾的是这一次栽了跟头。案情真相大白，案犯收审待检察院公诉。包龙华终于可以喘口气了。

阴阳赋

序

明明昏昏，昏昏明明，乃宇宙之根。
真真假假，假假真真，乃时事之本。
得得失失，失失得得，乃沧桑之道。
喜喜悲悲，悲悲喜喜，乃人世之真。

某年某月某生某氏，在某省某市某县某地，意外地发现了这篇令人深思而又令人费解的短文。

短文，刻在一面断壁上。断壁悬陡，青石龟裂。然而，由于雕工之佳，所以那一排文字仍是刚劲有力，清晰可见。

那排文字的上首，隐隐约约可见三个古旧的大字：阴阳隘。

阴阳隘的对面，矗立着一棵柏树。那柏树，根深叶茂，枝杈纵横，罩着一座破旧的古庙。

古庙虽破，碑额尚存，单单突出个“鬼”字。

阴阳隘，鬼，再加上这令人深思而又令人费解的短文，致使某生某氏越发的流连忘返了。

某生某氏，也算是位文人。闲暇之际，好舞弄笔墨，做些不成体统的小品。有时自赏之，有时投出去发表。名声不大，倒也有些影响。今日，他面对此山此景，徘徊于壁下，思索于庙前，默默地咀嚼着这篇短文的字字句句，一心想从中悟出点什么。

嘭——嘭——

一阵清风，一股冷气。清风，冷气，仿佛带来某种声息。

某生某氏浑身发冷，心里有些发悸，正想回身看个究竟，猛见一只大手搭在肩上，轻轻地拍着他，拍得很有分寸。他侧目一看，原来是一位白发苍苍的道士，那道士似乎看透了他的心事，说道：“莫非想知道其中的奥秘？”

某生点头应之。

“请随我来！”

道士在前，某生在后，径直走入庙内。

庙内更加破烂不堪，墙皮脱落，神像坍塌，供桌上早已不见香火，只积得厚厚的一层灰尘。

那道士拂袖拭之，抹去灰尘，顺手摆上两碟小菜，一壶老酒，笑道：“若想知道其中的奥秘，得听我慢慢地道来！”

“这……”某生有些踌躇。这破旧的古庙，污浊的供桌，加之外面暮色逼近，眼前的景物多有些朦胧，显得阴森可怖。他，不由得吸了口冷气。

“莫怕，莫怕。”那道士执壶笑之，“我是人，不是鬼，是三朝守庙的道士。经过民国、伪满和现在共产党领导下的新政权，在这里度过近百个春秋寒暑了。你瞧，那断壁，那断壁上的三个大字，其下面就是刑场，是处决犯人的地方。过去是用刀砍，现在是用枪崩，反正都是一死！死，死……一生中，我都是面对着活人，目送着死人。人哪，人！他们来去匆匆，生命短促，一过隘口，就是另一个世界的人了。难怪人们把这边称为阳，把那边称为阴。不知哪位文人骚客，写下了这么几个切情切义的大字：阴阳隘！”

“唔，是这样！”某生有些感叹，也有些惊讶，“可这篇短文……”

“我写的！”

“是你？”

“不信吗？”

“唔……”

“嘿……”

那道士笑罢，从供桌下取出一本花名册，一本厚厚的死者花名册。他掂量一下，放到桌上，若有所思地说：“那几句话，就是从这近千名死者身世上，近百个春秋寒暑过程中，一点点领悟出来的。你瞧！这个……这个……他……她……”

一个讲着，一个听着，讲者慷慨陈词，听者思绪万千。讲着，听着，听着，讲着，某生忽觉文兴大发，便点墨挥毫，一举写下了这篇短文：阴阳赋。

详情，且看！

阴魂篇

他，任为民，怎么走到了这步田地！

是风吹的？是浪推的？不，都不是。他原是被一大群人簇拥着，推推搡搡，拖拖拉拉，眼见过了阴阳隘，过了鬼王庙，走向刑场，走向另一个世界。他侧目看看，全身五花大绑，脖子后还插着桃红色的招子。有不少人，朝他投石子，吐吐沫，拿斜眼瞧他，嘴里还嘟哝着什么，都是一副幸灾乐祸的嘴脸。

他想喊，喊不出；他想骂，骂不出。只听得背后有拉动枪栓的声音及子弹上膛的声音，接着便是一道声嘶力竭的口令声：

一——二！

砰！

一声炸响，一股热浪，周身像粉末似的震裂开来，飘忽忽地向四面八方散去。

完了，一切都完结了。他第一次感到生的意义、死的恐怖。他……

一

他像坠入了万丈深渊。

他像被打入了十八层地狱。

他自觉身轻如毛，像一团气，像一缕烟，像一把火，像……

耳边似乎有风声，有雷鸣，眼前晃着冰冷的雨丝和炽烈的闪电。

他想挪挪身子，身子像火烧似的灼热，像针扎似的刺痛。

他想睁开眼睛，可眼皮像挂了胶似的，粘得死死的、硬硬的，连一道缝隙都掀不开。

他痛苦，他绝望，他挣扎，他号叫，他……

“哈哈哈！”

“嘻嘻嘻！”

“嘿嘿嘿！”

“睁开眼睛看看，我们是谁！”

“局长大人！”

“不，他已经不是局长大人了，他是检察长！”

“对，检察官先生！”

“不，他已经不是检察官先生了，他是法院院长！”

“对，法官老爷！”

“不，他已经不是法官老爷了，他是县长！”

“县长？屁！眼下他什么也不是。他是个大贪赃受贿犯，是个地地道道的罪人，是跟我们一样的枪下鬼！”

“哈哈哈！”

“嘻嘻嘻！”

“嘿嘿嘿！”

这声音，听来是那样的熟悉，然而又是那样的陌生。

他循声望去，费了好半天的劲，最终只睁开了半只眼睛。

唔，他发现自己是躺在刑场的大坑里，衣服凌乱，满脸血污。难怪，那眼睛是这样的难睁，原来是被血污糊住了。

大坑上面，模模糊糊站着一圈人，有男的，也有女的，有老的，也有少的。他们个个衣服凌乱，满脸血污，面孔十分狰狞可怖。有的怒目而视，有的狂笑不已，有的骂骂咧咧，有的默默不语，龇着牙瞪着眼，全朝着他用劲！这些面孔，怎么那么熟悉，可又那么陌生，仿佛在什么地方见过，可一时又想不起来了。

“未想到，你也和我们为伍了！”

“这真是天意呀！”

“咱盼的就是这一出！”

“来，伙计！阳世间咱跟他算不了账，阴曹地府得跟他掰扯个明白！”

“上呀！”

“先让他受点皮肉之苦！”

“对，也叫他知道知道咱的厉害！”

说话间，呼啦一下都拥上来了。

有的揪他的头发，有的扒他的皮，有的掳他的肉，有的抽他的筋。他们都恶狠狠的，一心想把他扯扒个粉身碎骨。

瞬间，一瞬间的回忆，使他认出了所有的人。

这些人中，有杀人犯，有抢劫犯，有强奸犯，有盗窃犯，还有在抗美援朝战争中掺杂使假的不法资本家！

他当公安局长时，曾对他们立过案。

他当检察长时，曾对他们起过诉。

他当法院院长时，曾对他们判过刑。

一句话，这些人都是曾拜服在他手下的罪人、死囚犯。难怪，他们对他是如此的疯狂和仇恨。

他，任为民，这位当年在两军对垒的战场上没怯过阵，在敌人的法庭上没服过软，在金钱和美女面前没动过心的硬汉子，面对着这些罪人、死囚犯，竟然直挺挺地站着，任他们怎样的揪掳撕打，眼都不眨，身都不动，哼都不哼一声。

“噢！骨头还怪硬的呢！”

“逞什么英雄！”

“假装正经！”

“来呀，伙计，给他点儿厉害尝尝！”

“慢，慢着。”几个女人的声音。她们跑上前来，分开众人，用身子护住了他，说，“你们……别这么折腾他了。看，这白白的脸蛋，胖胖的屁股，有血有肉的臂膀，交给我们娘儿们慢慢地受用吧！”

说着，竟用手在他身上乱摸，用牙咬着他的肩头，将身子贴得牢牢的。他不由得闭上了眼睛。手到之处，有些火辣，有些酥麻。牙啃之处，阵阵的酸痛。他有些恍惚，有些眩晕，眼见不能自持了。

这时候，就在这时候，忽听一声叫喊：“不！不能这样便宜了他，我得单独跟他算笔账！”

声音好熟，心里一惊，睁眼一看，原来是他！他……

二

任为民怎么也没有想到，会在这里遇上了他。

时间虽说已经过了快四十个年头，可他的形象并没有改变。尖头尖脑，小手小脚，贼溜溜的一对小眼睛，滴溜溜乱转，像算盘珠似的尽核算自己的小账。

他就是那个资本家，那个掺杂使假的不法资本家。

当年，他在县城里也算得上是一个不小的私营业主，经营着好几处鞋帽厂。

一九五〇年，志愿军入朝，后勤一时短缺，不少军鞋军帽分派给私营厂家制作。

这个见利忘义的资本家，把这种光荣而又神圣的支前任务看作一桩发家生财的买卖，暗地里做起了手脚。

他首先用金钱收买了军需订货员，签订了超出本厂能力几倍的军鞋军帽生产任务。然后，又将这些军鞋军帽以低廉的费用包给很多简陋的小厂和个体鞋匠。

接着，他又以加班加点加薪加奖以及开除解雇等软硬兼施的手段，偷工减料，以次充好，在这批军需物资中大量掺杂使假，获得了数以万计的非法利润，一跃成为百万富翁。

最后，他为了使这批低劣产品能够顺利出厂发运，又用美人计把军需验收员拉下了水。

这个唯利是图的资本家，自以为得计。其实，纸里哪能包得住火！这批军鞋军帽运到前线，发到志愿军手里，很快便露了馅。帽子戴在头上，头不热乎。鞋穿到脚上，脚不暖和。没爬过几个山头，那鞋底子全开了包。扯出来一看，全是苞米叶子和马粪纸。帽子里絮的，除了破布条子，就是杨树花子，没有一点正经棉花。那年朝鲜冬天特别冷，多是零下四十摄氏度的严寒，冻伤了不少战士。

当时，任为民是县第一任公安局长。案发后，他亲自组织人力立案侦查，很快就破获了这起大案，使这个见利忘义、唯利是图的资本家落入了法网。

开始，他百般抵赖、矢口否认，小眼珠转悠着，小嘴唇翕动着，一句一个："咱没这事，纯是陷害好人。要是有这事，查清核实了，你就崩了我！"

后来，在人证物证面前，他才不得不低头认罪。可认罪是认罪了，心里却不服。小眼珠还一个劲转悠着，小嘴唇还一个劲翕动着，说什么："这算是什么罪？咱是照生意经办的事。常言道：买卖人要狠，庄稼人要紧！不图三分利，谁起大五更！想不到做买卖，还做出了罪！这……"

这个见利忘义的资本家呀，真是生意人的本质，买卖人的心。他把一切的一切都看成天经地义的事情。所以，推上刑车，押赴刑场，他那对小眼睛还一个劲转悠着，他那两片小嘴唇还一个劲翕动着。他四处撒摸，寻找仇人。当他发现了坐在警车上的任为民，便大吵大闹、大喊大叫："好小子！你等着！这笔账，咱早晚得算！今世算不了，咱来世算！阳世算不了，咱阴世算！算、算、算……"

这绝望的、歇斯底里的声音，在任为民的耳边回响了很久很久。他感到刺耳，感到闹心，感到无比的厌恶。可今天，这声音又从他的耳边回响起来，他感到越发的不能容忍了。

"哈哈！我说得不错吧，这算账的日子终于到了。"

"算什么！你的账不是了结了吗？"

"我的什么账？"

"掺杂使假的账呀！"

“呸！”

“呸什么？你看！”

“唔！”

不看则罢，一看顿时一惊。眼见一条路，缠呀缠！像一条蛇似的越缠越紧，越紧越缠。只听轰的一声巨响，楼房骤然倒塌，暴露出许许多多的秘密。

三

这秘密之一，就是那条路，那条十几公里长的环城路。

那条路是民间投资、政府注资筑成的。县里集资一百万，市里投资两百万，共三百万，筑这么一条路，该说是绰绰有余的了。是呀，是绰绰有余的。就因为绰绰有余，才勾起了不少人对金钱的欲望。筑路队，一个一个地来；承包人，一个一个地谈。一个比一个硬，一个比一个横。都抬高自己，贬低别人。说什么，自己的筑路队有多少多少挂牌技师，有多少多少施工设备，筑了多少多少条公路。听他们一说，仿佛他们是世界上最好的筑路队，似乎天底下的条条大道都是他们亲手筑的。有什么法子，眼下注重的是投标，提倡的是竞争，不把你踹倒，我怎能过得去。再加上兴吃喝风、送礼风、人情风，好烟好酒一条一条地送，一箱一箱地搬，大饭店整天不拉桌。最后，彩电、冰箱也不在话下，一股脑地往上送！送呀，送！送得主管筑路部门的几个局科长上蹿下跳、左右逢源，弄得他昼夜不得安生。最后竟弄得那几个局科长，会同那个承包人，提着一个很像样的包包，拿着一份快揉碎了的承包合同，来找他任为民了。

任为民，是当时的常务副县长，主管财政和城建，是道不可逾越的一关。

俗话说得好，吃人家嘴软，拿人家手短。那几个局科长，竟拣好听的说，美言了不少好话，全替人家争口袋。说什么，这是从几十家投标者中选出的一家最佳施工队。这家施工队造价低，周期短，照原定预算可节省百分之三十，照原定工期可提前三个月。

在那几个局科长的美言下，那个承包人便也借题发挥起来。说什么，我这个施工队呀，全是敢于打硬仗的汉子，一声令下，说一不二。五一节施工，十一前竣工，保您国庆节这天乘上蓝箭转一圈！

好！他任为民要的就是工期短、造价低，当即拍板定案了。他提起笔来，毫不犹豫地在那张揉搓得皱巴巴的承包合同上签了字。字一签，可喜坏了那几个局科长，以及那个嬉皮笑脸的承包人。

他们直起身来，连声道谢，收起那份皱巴巴的承包合同走了，却把那个很像样的包包留下了。

“这……”他指着那个很像样的包包。

“这是给您的。”那承包人说得轻松自如，就像是理所当然的事情。

“是什么?”他提起那个很像样的包包。

“酬金!”那承包人毫不隐讳地说，显得泰然自若。

“这不行。”他指着那个很像样的包包。

“行！现在不都讲有偿服务吗？咱是按政策办的！”那承包人振振有词，不容推辞。

“这不好。”

“这没啥。”

“这……”

“这……”

这来这去，那个很像样的包包最终还是留下了。

“这！这古人卖字贵，也不过一字值千金。可我，任为民，三个大字一签，竟是三万块！三万……”

当他送走了客人，打开那个很像样的包包的时候，竟发现那里装着三千张大团结，顿时惊得目瞪口呆。

三千张，三万块，等于他三十年的薪水，可一瞬间就轻而易举地得到了。啊，真惬意！这个曾在军营里度过大半生戎马生涯的老兵，第一次感受到了钱的诱惑、权的威力、官的作用。嘀嘀！想不到我任为民，竟有这么大的价值！嘀嘀……

这秘密之二，就是这栋楼，这栋十分讲究而又十分舒适的三层楼。

这栋楼，他没动一砖一瓦，没付一分一厘，从下到上，从里到外，全是那个筑路队给垒起来的。

从表面上看，工程进度确实很快，费用耗损确实很低。路都快铺完一大半了，银行户头上还存有很大一笔余额，沙石材料堆得像山一样高。

这时候，就在这时候，那几个局科长，还有那个承包人，又大摇大摆地走进他的家门。说是汇报工程进度，其实又是来献殷勤的。

“县长，您这房子太破旧了，该改善改善啦!”其中的一个局科长这样说。

“改善？县财政困难，哪有钱哪！再说，再说我是管钱的，先给自己改善房子，影响不好。”他这样说。

“我们给你改善!”有一个局科长插嘴说。

“对，用我的工和料，不动公家一分一厘，就算我白某敬献给您的!”那个承包人说了话。

“这不好吧?”

“有什么不好的!”

“这太显眼了。”

“那就以别人的名义!”

“别人?”

“别人！亲戚，朋友，儿子，姑娘，有人应个名就行。”

“这……”

“这事就这么定啦!”

一回生，两回熟。那三千张大团结已经探得出虚实，人家早就摸透了他的脾气秉性。他虽然犹犹豫豫,人家却决心下定了:干!

路铺平了，楼建成了。国庆节这天，他真的坐上蓝箭，带领各局头头一大帮，沿着环行路绕了三圈。然后，他带领那几个局科长和那个承包人兴致勃勃地回到了新居，回到了这栋十分讲究而又十分舒适的三层楼。

迎接他的竟是一位年轻而又漂亮的女人。

这秘密之三，就是这个女人，这个十分年轻而又十分漂亮的女人。

“这是怎么回事?”他回身问道。

“给您雇的保姆!”那个承包人主动搭腔。

“给我雇什么保姆?”他有些不解。

“啊，不，是给您老伴儿雇的保姆。她半身不遂，起居不便，您家又没个人侍候。她，既可以做您老伴儿的护理员，又可以做您的炊事员。两项兼做，保准没错!”那承包人说得在情在理，不容推却。

“可，可我哪有这笔开销呀?”他有些碍口，说的是实话。

“啊，钱嘛！好说，人归您用，钱由我花。反正她是我招聘的临时工，花名册、工资单全部在我这儿!”那承包人说这话时，就像嘴上会气似的那么容易。

“这，这……”

这小保姆倒也机灵，炕上炕下，屋里屋外，样样活计都干得利落。她没几天就和大家混得很熟，博得家人的一致好感。

熟是熟了，却熟得过了头。一天夜里，小保姆竟熟到他的被窝里。自从老伴儿瘫痪，他早已是单床单睡，久无房事。冷不防，被窝里突然钻进个年轻又漂亮的女人，推一把肉乎乎的，贴在身上不动。他打了个唉声，把她抱在怀里，半推半就地做了夫妻。至此，这个进出在任家的年轻又漂亮的女人，明里是他家的保姆，暗里却是他的小妾，日子过得倒也和美。然而，好景不长，转年一开春，十几公里长的环行路，就像肚子里的气憋到了时候，几乎一夜之间都放了出来。表面上看，好端端的一条路，可尽是塌陷断裂之处，几乎没一块好地方。翻车打误不说，有一辆大客车翻到沟里，死伤好几十人，造成全省最严重的公路交通事故。

全哗县然。

全哗省然。

不少人投书上告，揭发这起工程有偷工减料和贪污受贿行为。有人甚至提到了他任为民，提到了他任为民居住的这栋楼，说那路面上缺少的石头，都打在他的楼基础上了。其实，一栋小楼才能用多少块石头，那偷工减下来的材料，何止是三万、三层楼、三十万，而是一百五十多万元，统统转化为现金装到那几个局科长和那个承包人的腰包里去了。人家是利用他的大头，赏给他点甜头，占有了整个工程的实惠。他呀，真可悲！难怪一见着这条路、这栋楼，他是如此的惊慌，感觉那路那楼如泰山般向他压来，令他窒息。他放声大叫，跌倒在地上，好半天爬不起来。

“哈哈！你害怕啦？”那见利忘义的资本家讥笑着。

“你！”

“你什么？你跟我没什么两样！我掺杂使假，只不过冻伤了志愿军战士。可你呢，你贪污受贿，纵容别人偷工减料，可是死伤了好几十号人哪！”

“你！”

“你什么？就凭这儿，也够定你死罪的！”

“你……”

“你什么？以为你是官，我是商，眼下没人敢动你吗？”

“唉！”

“装熊啦？当年的威风哪去啦？哈哈哈！哈哈哈……”

笑声，像针一样刺痛着他的每一根神经。他直起身来，正想冲过去拼个你死我活，可他的胳膊猛然被一只大手揪住了。那人不容分说，提起便走，一边走着一边嘲弄道：“想不到咱这挨千刀万剐的大坏蛋，也有跟共产党算账的时候！嘿嘿，嘿嘿……”

笑声显得很得意，听起来又很熟悉。任为民侧目一看，原来是被他亲手处决的那个心黑手狠的抢劫犯，难怪对他如此的残暴和仇恨。

唉，冤家对头嘛！

四

这是个十分丑陋又十分凶狠的家伙。枣核脸，长着一层黑疙瘩；鹰钩鼻子下面是一张猪卵子似的嘴；黄茸茸的眉毛下，闪动着一双狗眼。整个人显得特别横，端着一种随时都可能下口咬人的架势。

他人高马大，气力无穷，揪个人就像提只鸡似的那么轻松。

他先是拦路抢劫。

男的，女的，老的，少的，见什么人抢什么人，见什么东西抢什么东西。金钱、衣物、瓜菜、水果、鸡、鸭、鹅、狗，连只猫都不放过。

有一次，他劫了个姑娘，没搜出什么贵重的东西，便开始扒衣裳，从头上扒到了脚下，连块遮羞布都没给留。那姑娘蹲在暗处没法走，一心想等个过路姐妹讨件衣裳穿，可等来等去不见人，最后写封遗书跳了河。

他后是打家劫舍。

大家，小家，穷家，富家，见门就进，见东西就拿，上至老头的棺材本，下至小孩的零花钱，比当年的土匪还厉害。土匪还有套规矩：七不抢，八不夺。他呢，见钱眼开，管你是什么人。

有一次，他闯进了一家五保户，抢了老人的生活费。老人双手攥着那把钱，死死不放，声声哀求："行行好吧，这是政府刚刚发下来的救命钱哪！"

"谁管你是救命钱还是保命钱，落到咱手里全是币子！嘿，去你的吧！"他飞起一脚，踢倒老人，夺下钱便走。

那老人被一惊一吓，一股急火，便一命呜呼了。

他呢，肆意挥霍着抢夺来的钱。

这个恶魔呀，丧心病狂，得寸进尺，越干胆子越大。他觉得拦路抢劫、打家劫舍不过瘾了，竟然砸起银行抢起信用社来。一时间，闹得人心惶惶。好端端的世道，全让他弄乱了套。

任为民，当时是县公安局局长。他亲自出马上阵，在这个恶魔经常出没的地方，带领一班人马硬是蹲了七天七夜，终于将他捕获归案。

这个恶魔，凭着身强力壮，凭着一把杀猪刀，刺伤了好几个公安战士。就连他这个戎马生涯大半辈子的老兵，肩头上竟也挨了一刀。

“混蛋!”他狠狠地给了那恶魔一记耳光。

那恶魔又喊又叫，又跳又闹，说什么：“你打人！你打人，共产党的政策不是不许打人吗?”

“打你，还得宰了你!”气得他亲手为那恶魔戴上手铐，推上囚车，并亲自提审和亲手执行了枪决。

那恶魔照旧大喊大叫：“哼！咱干这个就没想活，愿杀愿剐随你的便！哈哈哈……”

叫罢又笑，笑罢又叫，审讯时断时续。

后来，待那恶魔冷静下来，任为民开始问他：“你为什么要抢、要劫、要夺?”

“哈哈！为什么？为吃、为喝、为玩、为乐!”那恶魔说得倒爽快。

“那你知道不知道，这样干是犯法，是犯罪?”他继续问他。

“哈哈！咱生下来就不知什么是法，什么是罪。咱只知道自己胳膊粗力气大，有一个天不怕地不怕的胆儿!”那恶魔既狠毒又无知，真的是个无赖。

“那你知道不知道，这样干将会带来什么样的后果?”他继续问他。

“哈哈！后果？后果无非是一死！一死，一死……活着干，死了算!”那恶魔没有一丝良心上的谴责和悔悟，真是个不可救药的坏蛋。

对于这样一个穷凶极恶的罪犯，没有别的办法，只有一条选择：处决!

行刑这天，任为民出于对这个罪犯的仇恨，出于对那个年轻姑娘和年迈老汉的同情和怜悯，同时也为报公安干警和自身上的一刀之恨，他亲手拿枪处决了那个恶魔。

那个恶魔真可恶，临死前还咬牙切齿地发着狠："哼哼！我认得你了，记得你了，这一枪之仇早晚得报！"

枪响了，人倒了，溅了任为民一身血污。唉，真晦气！

……

说晦气，真晦气。他万万没有想到，在这里竟然碰上了这个恶魔，知道自身难保了。

那恶魔将他拉到一个僻静的地方，左手揪住他头发，右手搧他的耳光，一边搧着，一边数着，还一边骂着："当年你搧我一个耳光，如今我要搧你十个、百个、千个、万个，让你加倍地偿还！"

那恶魔搧累了、搧厌了，又开始用脚踢他蹬他，踢他的头，蹬他的腰，上上下下踢蹬个遍。他一边踢着，一边蹬着，还一边骂着："当年！你打我一枪，只穿一个窟窿，只有一处淌血！如今，我要把你全身都踢蹬个遍，让你全身都是窟窿，到处都淌血！"

那恶魔踢累了、蹬厌了，又揪住头发把他提起来，一边恶狠狠地朝山岩上磕着，一边气汹汹地审问他："说！谁是抢劫犯？"

"你！"尽管有天大的罪过，他也不能在这个恶魔面前服软。

"那你呢？"那个恶魔反问道。

"我？我是公安局长！我是检察长！我是法院院长！我是县长！"尽管在这种处境下，他还是要在这个恶魔面前摆出自己庄严的身份。

“不，你什么也不是。你是个跟我一模一样的抢劫犯!”那恶魔一边说着，一边得意地指着自己的鼻子。那意思是说，我的这副嘴脸，就是你的那副嘴脸。

“你是个什么东西!”他厌恶地看了一眼那恶魔的嘴脸，狠狠地骂道。

“那你是个什么东西?”那恶魔反过来也骂了他。

“你是个抢劫犯!”他义正词严。

“你也是个抢劫犯!”那恶魔也毫不示弱。

“你……”他气得语无伦次。

那恶魔倒振振有词:“哈哈！你是不见棺材不掉泪，不到黄河不死心哪！好，那就请你看件东西。”

“啥?”

“账!”

他心里正在犯疑，那恶魔已经把一本写着“任为民抢劫记录”的账本摆到他的面前了。

“这……”

“这是你的全部罪证!”

他慢慢地翻开了账本。

那恶魔偷偷地望着他笑。

“唔!”那账上真的记录着他未曾公开的一些隐私。他心里一怔，脱口叫道，“你怎么知道的?”

“哈哈!”那恶魔得意地笑道,“阳世不知,阴世知;活人不知,死人知。你在人间的所作所为，全在这里立了案!”

“……”他惊愕中，有些哑然。

“……”他得意中，有些庆幸。

在哑然和庆幸之中，他的眼前浮现出许许多多的情景。

五

记不清是哪年哪月了。

他有点咳嗽，还有点发烧，经医生一听一量，硬是留在住院部的高间住下了。说是要名医会诊，说是要全面检查，说是要输液补糖，说可能是肺部有点感染，需要住院疗养一个阶段。

县长住院，秘书忙得不可开交，他抓起电话，四处告知。说什么，县长操劳过度，正在住院疗养，不紧要的事不要惊动县长，以免干扰他静心疗养。

话儿虽没长腿，传得却很快。县长住院的消息，像一阵风似的吹遍了大街小巷。政府几十个科局，县城几百家工矿企业，农村几十个乡镇的头头脑脑，呼啦一下子都动了起来。张乡长给李乡长打电话，赵厂长给孙厂长打电话，吴局长给王局长打电话，顿时形成了全县电话大串联。串联的中心，只有一个，这就是县长住院了，是不是得去看看？看！怎么能不看呢！县长操劳病了，该去慰问慰问。那带点什么呢？水果罐头？不！糖块点心？不！那些东西，都是低档货。干脆，来实的，钱！钱！钱……

一时间，县城里拥进来不少人，医院里也增加了几倍，都是来看望县长的。来者中，有真心实意的，有虚情假意的，有随帮唱影的，有别有企图的，各式各样的嘴脸，各种各样的身份。尽管医生竭力挡驾劝阻，但是没用，来者都是头头脑脑，讲得又十分恳切：打个照面就走，决不影响领导休息。这事就是院长也没招儿，只好放他们进去了。

这个进去了，那个出来了，这个出来了，那个又进去，走马灯似的折腾了好几天。

进去都是一套话，出来的也都是一套话。说什么，好好休息，保重身体，也不知您愿意吃什么，自己随便买点啥吧！

说罢，一个红包包投进了那个洁白的食品柜。一包，一包，一包，一包……

食品柜塞满了，抽屉里还塞了不少。打开一看，嗬！全是崭新的十元币。数了数，六千多张，好吓人哪！

这事不知怎么传扬出去了，顿时闹得满城风雨，都说任县长住院发了财。不知哪位文人骚客闲得没事做，竟挖空心思地做了一首打油诗：

说咱任县长，
他可真能逗。
住院一个月，
干捞六万六！

“这……”

“这算不算抢？”

他有些碍口，那恶魔却不客气。

记不清是哪年哪月了。

儿子结婚，本不想操办。可秘书嘴欠，他又把这消息捅出去了。他逢人就说，见人便讲："哎哎，你们知道吗？任县长的少爷要成亲了，咱大家得帮助做点什么！"

"是呀，是呀。俗话说得好：红白喜事大家办嘛！"

"哎！可不知任县长是个啥态度，咱可别帮倒忙呀！"

"怎么会呢？眼下兴这个，咱帮的是喜忙，他不会不知好歹！"

"是呀，是呀。他任县长也是个人，也有七情六欲，怎么会不知道这喜中之喜呢？"

"嘻嘻！"

"嘿嘿！"

"哈哈！"

不同的笑声，表现出不同的年龄，不同的性别，不同的气质，不同的动机和目的。这些人哪，背后一撮合，又成全了县长的一桩美事。

正日的头天晚上，他自知儿子的婚事非闹大了不可，来的人不会少，心里正在为难。秘书忽然跑来，报告说，边界纠纷吃紧，请他前去和解。其实，这是一个扣儿，可见秘书的机灵。他巴不得有这一出戏呢！什么边界纠纷，还不是跟前郭尔罗斯蒙古族自治县的领导，查查边，定定向，一块儿狩猎捕鱼玩儿三天。

他在外面玩儿了三天，儿子在家里闹了三天。随礼的，赶份子的，陆陆续续不下千人。他们不认小子认老子，不认老子认乌纱。说是来随礼，其实是打进步，都想从这礼数中得到点什么。少者百八十，多者一两千，平平常常三五百。儿子的一场婚事，又闹来半个数，哎呀，真是桩快买卖！

这事不知怎么又传扬出去了，有反对的，有赞成的，有羡慕的，有妒忌的。一个曾在旧社会要过饭的叫花子，信口开河编了段顺口溜，说什么：

任县长，赛诸葛，
儿子结婚往外躲。
金银财宝没少收，
洗净清身没有我。

“这……”

“这是不是夺？”

他有些心虚，那恶魔却理直气壮。

记不清是哪年哪月了。

姑娘考上大学，又是举家上下一桩喜事。亲戚来祝贺，朋友来道喜，不少书记、乡长、经理、厂长，还有一些八竿子打不着的人，偷偷跑来献殷勤。这个以支持姑娘上学为名，那个以帮助孩子学习为由，送来了不少钱和物。收录机、照相机、高级皮箱、呢子大衣……应有尽有，加起来又是一笔不小的财富。难怪有人又编排这样一套嗑儿：

任县长，三宗宝，
住院结婚上大学。
……

“这……”

“这叫不叫劫？”

他有些懊恼，那恶魔却气急败坏。

“算啦！”

“不！这算抢，这是夺，这叫劫。只不过，你抢得比我文雅，夺得比我含蓄，劫得比我巧妙！”

“你！”

“你什么？你抢、你夺、你劫，靠的是官位，用的是权力，外加一些乌七八糟的关系！我呢，我抢、我夺、我劫，靠的是性命和力气，外加那么一点点歹毒手段！”

“别说啦！”

“说！为什么不说？我要让世人皆知！”

“……”他木然。

“……”他鄙视。

“还我命来！还我命来！”

不知从什么地方，忽然蹿出来一个披头散发的女人，上来抓他、挠他、啃他、咬他，疯疯癫癫的，好凶煞！

“唔！你？”

“还我命来！还我命来！”

六

尽管那女人披头散发，遮住了大半拉脸，可从声音、从神态、从那副撒泼耍赖的样子，他硬是认出了她，一个谋害亲夫的荡妇！

这是个十分漂亮的女人，也是个十分淫乱的女人。十四岁，她就跟本村几个毛小子勾勾搭搭。嫁人以后，她更肆无忌惮了，几乎是有手就上，整天跟狗起秧子似的招得乱哄哄。打，打不服；看，看不住。老实巴交的丈夫没法子，也只好睁只眼闭只眼让她三分。

这一让不要紧，可让出了大祸。她得寸进尺，越发放肆，明目张胆地把奸夫邀到家里不说，竟然当着丈夫的面尽情跟外人戏耍做爱。

丈夫实在看不下眼了，便当面说了她几句。

“你们是人不？”

“是呀！不是人是啥？”

“你们不是人，是狗！”

“狗？”

“狗起秧子，乱哄哄！”

“狗！嘻嘻，狗就狗。反正咱有这口瘾！”

“不要脸的东西！”

“要脸你别看哪！”

“你！”

“你……”

丈夫这声你，是出自内心的气愤。她的这声你，可包含着很多内容，鄙视、反感、忌恨和歹意，其中还酝酿着杀机！

一天，她进城赶集，半路遇上个买卖人。一搭话，两个人就会意了。那买卖人机灵，深知钱的能量，半桌酒菜，一身衣裳，便博得这女人一片好感，拉扯到苞米地里成全了好事。然后她又大摇大摆地把那买卖人领进家来，硬是占了丈夫的铺位，把丈夫从炕头撵到了炕梢，又从炕梢撵到了灶房。这，她还不肯罢休，一心想除掉丈夫。因为丈夫的存在，她感到了碍眼，明里暗里搅了她不少好梦。

一天夜里，她跟那买卖人折腾完了，悄声对他说："哎，你是愿意这样短来短去，还是想做个长久夫妻？"

"短来短去，怎么讲？长久夫妻，又怎么讲？"这买卖人睡眼蒙胧地嘟哝着。

"短来短去，就是这样将就着。长久夫妻，就得处置了他。"

"你要跟他离婚？"

"不！我这人性谁都知道，村上乡上哪个肯同情我？任凭你有千般理由，终归还不都是一句话：不准离！"

"那怎么办？"

"杀了他！"

"啊！"那买卖人耳听说个"杀"字，顿时惊出一身冷汗，"咱跟你是图个快活，可不是杀人害命来的！这……"

"这事由老娘一人承担，没你的事。你就擎等着过好日子吧！"

"我看你还是别那么干，咱这样混下去倒也不错！"

"不！老娘决心早已下定了，这屋子里有你没他，有他……"

"得啦，得啦，我的姑奶奶！你愿意咋整就咋整，明天我得做买卖去了。"

女人的一句话，吓走了买卖人。自那夜以后，他再也没敢回到这里。

买卖人走后，那女人更疯狂了，变着法儿地折磨丈夫。吵呀，骂呀，咬呀，挠呀，隔三岔五还让他吃冷饭，很快便把丈夫折磨病了。

丈夫病了，她假装为他请医抓药，暗自掺上耗子药，硬是把人给毒死了。

毒死了丈夫，她自以为得计，可事情很快就败露了。剖尸化验，认定是他杀。抓起来一审问，她倒也痛快，嘚嘚嘚全说了。

那时，任为民是县法院院长。他亲自审理，亲自定案，亲手在判决书上画了个“斩”字。

当判决书摆在那女人面前的时候，只见她冷笑一声，破口大骂法院院长：“好你个任为民哪，你这一笔勾去了老娘半辈子的时光！老娘还没快活够，你竟催命让我去死！老娘到阴曹地府也饶不了你！”

难怪她见了他，那样的疯狂，那样的凶狠，那样歇斯底里地向他来索命。

开始他还很镇定，心想，一个谋害亲夫的荡妇有什么可惧的。可那荡妇闹腾一阵，唰地亮出一纸判决书，那判决书上清清楚楚地写着他的名字：任为民，某年某月某日某地，他是怎样用双手掐死的老妻……

“啊！”他心里一惊，眼前顿时一片漆黑。

漆黑中，他仿佛看见了老妻临死前那痛苦的挣扎、哀怨的眼神，听到了无限懊恼的一声叹息。

七

那是秋天的一个夜晚。

夜很静，月很明，徐徐的秋风，摇动着庭院里的葡萄树，发出了耐人寻味的沙沙声。偶尔，远处还传来一两声雁鸣。

夜很静，屋子里更静。

姑娘上大学了，儿子带着媳妇去了岳父家。整个三层楼，就他们三个人：瘫痪的老妻，年轻的保姆，以及他这个堂堂的一县之长。

也许是夜太静了，也许是楼里太静了，也许是他们太早和动作太不小心了。他和小保姆调情的嬉笑声，在床上做爱时的滚动声和快活的呻吟声，都从那半掩的屋门一并传到了老妻的卧室。

这时候，老妻并没有睡。

她先是观月色，后是听雁鸣。接着，她便想到自身的瘫痪病给老头带来了多少牵累、多少负担，她感到委屈了他，难为了他，对不起他。这不死不活的，何时是了。唉，她真希望自己能快点死，好早点解脱老头。

想着想着，唔，有点不对劲儿！凭着女人的敏感，凭着多年对老头的了解，凭着多日对那个年轻保姆的观察，她猜测出另一个房间里所发生的事情，他和她正在干什么……

她身子不能动了，可耳朵还能听，眼睛还能看，嘴还能喊，心里还明明白白。

她激动，她气愤，激动、气愤得大喊大叫。

喊叫声，震动了整个楼层，打破了宁静的秋夜，也吓坏了那个年轻的保姆和这位堂堂的一县之长。

那位年轻的保姆跑来了。

这位堂堂的一县之长也跑来了。

他们齐声问："出了什么事？"

"还觍脸问呢，你们干的好事！我还没死，你就招妻纳妾！

我还没死,你就占了我的热窝窝！你、你、你……呜、呜、呜……”

“别嚷，别嚷，别……”

“嚷！嚷！为什么不嚷？我要让左邻右舍都知道！我要让全城全镇都知道！我……呜、呜、呜！我的命咋这么苦哟!”

“别哭！别哭！别……”

“哭！哭！为什么不哭？我的心难受哟！我的命好苦哟！等姑娘回来的，等儿子回来的，等媳妇回来的，我要把你们的丑事都揭出去，让孩子们认识你是个什么人！让孩子们知道这小婊子是个什么人！我还要让孩子们替我写张状纸,告到县委！告到市委！告到省委！告到中央！让你身败名裂、一文不值！呜、呜、呜……”

她越喊声越大，越叫声越高，呜呜哇哇，真的吓人!

“别！别！别……”这位堂堂的一县之长，一是有点害怕，二是有点着急，怕的是她如果真的捅出去，岂不是坏了一世的名声。所以，嘴劝着，手捂着，尽量不让她叫出声来。

糟了!

不是着急了，就是手重了，再不就是有意的，硬是把老妻捂得没气了。

他自知闯下大祸，自知人命关天。

怎么办?

自首,报案？不,不行。若那样,他便一切都完了,什么荣誉、地位、权势，说不定还会闹出个杀人偿命的罪责。

思前想后,只有掩盖真相,制造假象,除了说谎没别的出路。他先通知了儿子，通知了女儿，通知了亲戚朋友，说久病的老妻猝然死去。接着，又通知了机关，通知了同志，请求帮助料理丧事。

女儿哭叫，儿子动情，亲戚朋友都陪着流泪。大家安抚、劝慰，希望他自身保重。他呢，哭得越发的伤心了。

没人多想，没人质疑，更没人提出剖尸检验。谁能想象得到，堂堂的一县之长能在久病的老妻身上做了手脚。所以，尸体很快就火化了，安葬了，还落了个钟爱老妻的美名。然而，他自知受之有愧，心情并不能平静。良心上的谴责，道义上的惩罚，比斧砍刀割还难受，他整日惶惶然，等待事实真相败露的这一天。

这一天终于到来了。可他想不到，这事实真相竟然完全掌握在这个谋害亲夫的荡妇手里。你说，这有多晦气！

他一蹶不振，精神完全垮了。

“完啦！完啦！”

“水啦！水啦！”

“面啦！面啦！”

“哈哈！”

“嘻嘻！”

“嘿嘿！”

“还我命来！还我命来！”

喊声，像咆哮的浪涛似的把他卷了起来，又摔了下去。接着，他便感到有很多很多的人踏到他的身上，蹬着，踩着，恨不得一下把他蹬踩成肉泥。

他感到周身疼痛，透不过气来，眼前一晃，又闪现出了老妻临终前那痛苦的挣扎、哀怨的眼神和无限懊恼的一声叹息。

唉……

八

“我有罪！我有罪！我……”

“哈哈哈！”

“嘻嘻嘻！”

“嘿嘿嘿！”

“你也知道有罪啦？”

“你也承认有罪啦？”

“有罪就该打！”

“有罪就得罚！”

“打他嘴巴！”

“罚他下跪！”

“让他冲爷磕头！”

“跪下！磕，磕响头！”

“哈哈哈！”

“嘻嘻嘻！”

“嘿嘿嘿！”

唉！人到了这步田地，真的不是个人了，什么尊严、地位、人格，全没了。他只得按着人家的呵斥，跪在地下逐个给人家磕头。磕了一圈又一圈，磕了一遍又一遍，可人家还是不依，说：“头磕得不响，得响点磕，磕得砰砰响！”

他不磕，人家按着他磕，磕得头破血流。

那个见利忘义的不法资本家叫得最凶："磕，冲爷磕！想当年你那么牛，如今得杀杀你的威风！谁叫你落到我们手里了呢？嘻……嘻嘻！"

"饶了我吧！饶了我吧！"他实在忍受不了这般凌辱，不得不向人家求饶。

人家呢，非但不听他的，而且更变本加厉地侮辱他。尤其是那个人高马大的抢劫犯，梗着脖子叉着腰，声嘶力竭地喊道："爬！爬过来，像狗那样从我的裤裆下爬过去！爬，爬呀！"

人家喊着、推着，他只得从人家的裤裆下爬过去。

爬呀，爬！那恶魔心眼可真坏，待他爬到裤裆底下，双腿一并，硬是把他夹了起来，夹得紧紧的、死死的，气都喘不出来。他想喊，喊不出；想动，动不了。那恶魔的两条腿像一把钳子，钳得死死的，越挣扎钳得越紧。

"哈哈！"那恶魔得意地笑着，边笑边说，"堂堂一县酋，变成一条狗。爬人裤裆沟，想溜溜不走。哈哈哈……"沙哑的笑声，伴着扑哧的屁声，一并倾泻下来，咸丝丝、臭烘烘的，尿了他一脸和一脖子尿，还一个劲地呵斥他，"吃！吃！"

"饶了我吧！饶了我吧！"百般的凌辱，万般的折磨，使他这位堂堂的一县之长，真是后悔莫及呀！唉，人哪，人……

"饶了你？美得你！当年你怎么不饶了老娘我呢？光让你学狗爬不行，还得让你学驴跑！嘻……嘻嘻！"那个谋害亲夫的荡妇蹿上前来，一抬腿骑到他的背上，又笑又叫，又挠又咬。在众人的威逼下，他只得撑开四肢满地转。

"好驴！好驴！"

“好马！好马！”

“嗨！嗨！你驴没有我驴好，你马没有我马快！”

“驾！驾！驾！前腿蹿，后腿蹬，撅着尾巴挓挲鬃！”

任人家怎样呼喊号叫，他只是闭紧眼睛低着头，闷闷地满地转悠。心想，不也就这样了吗？

“吁……”那荡妇可能是玩儿腻了，从他背上跳下来，蹲到地上撒了一泡尿，回身呵斥他，“喝，喝下去！你带老娘跑了这么长的路，老娘也该饮饮你！喝！喝下去！”

他再也经不起这般的凌辱，再也无法忍受下去了。他猛地跳起来，一脚蹬了那咄咄逼人的荡妇，直奔那人高马大的抢劫犯扑去，要雪那凌辱之恨。但终因寡不敌众，还是被人家团团围住，推搡，踢打，再度遭受皮肉之苦。

“住手！住手！”

正当他有些招架不住的时候，忽然传来一声断喝。

那断喝声颇有权威。推的不推了，搡的不搡了，踢打的也都停下了拳脚，个个垂手站立。

一个身着长衫、绅士模样的人朝他走来了。

那人五十岁上下，黄白面皮，留两撇八字胡，风度翩翩，嬉笑道：“久违！久违！”

他似曾相识，可一时又想不起来：“你……”

“你不认识我啦？我是叶柏青，伪满县长，是第一个被你处决的汉奸。不过……”

“是你！”他记起了处决他的经过，心里有些胆怯。

“是我。不过，没关系，我不怨恨你，你是奉命行事。再说，我为日本人干了那么多坏事，实属罪有应得。可你……”

“我怎么啦?”

“你还有条生路！只是看你肯不肯走了。”

“生路！什么生路?”

“此处不便讲话，请随我来!”

眼见着人们悄悄地把路给那人让开了，可见他在这里的权威。想不到鬼魂之间也有品位等级之分，任为民心里感到骇然!

当那人把他引到僻静之处，给他指了一条生路时，他便越发的骇然了。

九

这是一个僻静的地方，也是一个迷离的地方。

由于僻静，这里便显得有些冷清，有些死寂。

由于迷离，这里便显得有些朦胧，有些恍惚。

仿佛朦胧恍惚间一切又都不存在了。

桌椅板凳，尤其是那张展示在眼前的条幅，时而隐，时而现，时而明，时而暗，飘忽忽的，像道引魂幡。

尽管那条幅时隐时现，时明时暗，可那上边的字句任为民已经记在心上了。

酒酒酒，酒能化怨结友，
色色色，色能排灾去祸。
财财财，财是保命王牌，
气气气，气是缓兵之计。

因为这些字句是那人展示给他的生计，所以他便看在眼里，记在心上，并不断地默念着。但他此时尚不能完全领悟。

那人似乎看出了他的疑虑，笑道："莫非不能解之？"

他沉吟不语。

"其实，这并不难理解，都是古往今来常用之计。就说这酒吧，轻轻一壶酒，牵动众人心。它既能为人助兴，更能让人销魂；它既能为人解忧，更能为人化愁。用在朋友身上，能增进友情；用在仇人身上，能取得和解。你记得不记得，《三国演义》里有一段'青梅煮酒论英雄'的故事？那可是轻轻一壶酒，取得半个天下哪！这国事如此，公事如此，私事亦如此。你眼下大难当头，不妨以酒试之。"

"这……"

"这色嘛，更是古今中外常用之计。古时，施用此计，安邦、定国、谋权、篡位之例，屡见不鲜。文成公主嫁给了松赞干布，取得了西和。王昭君出塞，取得了北安。如今，你四面楚歌，何不以色试之。常言道：英雄难过美人关嘛！"

"这……"

"这财嘛，可是一张王牌！俗话说：财大气粗；有钱能使鬼推磨。在现实生活中，钱能打通很多关节。它能使人动心，它能使人动情；它能买生，它能换死；在金钱的诱惑下，它能使人失去尊严、见利忘义。你，在生死攸关的情况下，何不以财图谋条生路呢？"

"这……"

"这气嘛，可不能轻易用，不到万不得已的时候，不能施用此计。此计一施，再无退路。这一计，只有在前几计不成的情况下，方能图谋之。有道是‘硬的怕横的，横的怕不要命的’，以死相拼，也许能拼出条活路。常言道：大将怕喝嘛！”

“这真是锦囊妙计！这……”他终于领悟了，也终于会意了，并对当年这位不共戴天的仇人产生了由衷的好感，一迭连声地道谢，“我从心里感激你！我……”

“彼此！彼此！”那人讪笑道，“从某种意义上讲，我倒应当感激你！”

“感激我？”他有些茫然，“为什么？”

那人意味深长地说：“因为你我原本是两个对立的阶级对立的人，今天竟然想到了一起，说到了一起，真是令人激动，令人感慨。从这一点上说，我该感激你。”

“彼此！彼此！”

“彼此！彼此！”

“哈哈哈！”

“哈哈哈！”

此时此刻，他们不仅想到了一起，说到了一起，而且会心的笑声竟然也融合到了一起，形成了一股令人不安的声浪。

“不管怎么说，我总是该感激你的，因为你给我指了一条生路！”

“可这条生路，还得由你自己去走！”

“但不知是怎么个走法？”

“那我只好送你一程了！”

“送我一程？”

“嗯。”那人说着便俯下身，“来，我背你走！”

“这……”

“这是为了让你走得更快些！不过，你可得闭上眼睛。”

他有些踌躇，可那人已经把他架了起来。

“唔！”

“记住！不论你听到什么声音，遇到什么情况，千万不要睁眼睛。一睁眼睛……”

十

他从来没有这样的顺从，也从来没有这样的软弱。他紧紧地闭着眼睛，一动不动，一声不哼，因为这一动一哼，关系到他的生死。他……

他仿佛听到了许许多多的声音。

风声，雷声，哀号，喊叫，以及十分奇怪而又十分可怖的响动。

这响动，使他惊悸，令他恐慌，仿佛丧钟似的使他感到绝望。

他紧紧地抓住那人的肩头，希望能带他尽快脱离险境。

他嘴未说心里话：“跑呀！跑……”

那人似乎理解他的心情，跑得特别卖力，特别起劲，特别特别的快。

他只觉得脚下尘烟四起，耳边风声飕飕。

究竟跑了多长时间、多长的路程，他怎么也记不起来了。不过，有一点他是清楚的，那就是风声似乎小了，雷鸣似乎弱了，那哀号和喊叫声似乎也越来越低了。尤其是那十分奇怪而又十分可怖的响动，几乎从他的耳边消失了。他……

“到啦！可以睁开眼睛了。”那人说罢，把他从背上放了下来。

唔！这不是阴阳隘吗？

他感到惊奇，感到蹊跷，嘴未说心里话：“我怎么走到这里来了呢？”

不知是云还是雾，不知是烟还是尘，只见那悬陡的阴阳隘笼罩在一片朦胧的夜色之中，显得越发的悬陡了。

隘的下面是一眼望不见底的深渊，上面弥漫着一层厚厚的云雾。云雾缭绕，十分险峻。

“这个，”他有些眼晕，有些不安。

“这是通向阳世唯一的路呀！”那人说着便催促道，“过吧，过去就是另一个世界了！”

“这……”

“这什么！”

他还是有些犹豫、有些不安，可那人猛地击了他一掌，说了声：“去吧！”便一把将他推下了深渊。

他只觉得头重脚轻，周身旋转，急剧地向渊底坠落。他心里清楚，等待他的将是一声粉身碎骨的撞击。

“砰！”

这一声炸响终于到来了。

这一声震荡也终于到来了。

他先是感到周身一阵阵酥麻，接着又感到周身一阵疼痛，耳边嗡嗡作响，眼前一片红亮。他睁眼一看，像是血，像是火！不，原来是从窗户上透射进来的一片耀眼的阳光。

阳光闪烁，满屋生辉。那个年轻而又漂亮的小保姆正在清理一个被打破了的花盆。那一声炸响,原来竟是从这里发出来的。

他终于清醒过来了。原来刚才是做了一场梦，一场很长而又很可怕的梦！

虽说是梦，可梦境里的一切他记得清清楚楚。尤其是条幅上的那四句话，不时地在他的眼前晃动，晃得他好心慌。

那个年轻而又漂亮的小保姆见他醒过来了，款动着脚步笑眯眯地朝他走来。

他……

阳世篇

他心里涌起了一股从来没有过的求生欲望。

这欲望，是那样的强烈，又是那样的贪婪，几乎达到了难以抑制的程度。

他像个死而复生的人，对眼前的一切都有一种无法割舍的眷恋之情。

阳光是美好的。

阳世是美好的。

尤其是向他款款走来的那位年轻而又漂亮的小保姆则使他越发感到阳光是美好的，阳世是美好的，生对于一个人来说是多么的重要呀！

然而，生受到了威胁，受到了致命的威胁！

这威胁是什么呢？

那位款款向他走来的年轻而又漂亮的小保姆走近了，将秘书刚刚送来的一份快报小心翼翼地呈现开来，一行刺眼的大字展示在他面前：

以地区检察院检察长周立国为首的环城公路一案检查组一行人已到！

这一行大字，如同闪电夹杂着雷鸣，枪声伴随着流弹，一并向他压了过来。

他感到心悸，感到胆战，感到无限的恐怖和绝望！只觉得头嗡的一声炸响，眼前的一切都错乱了。什么阳光呀，什么阳世呀，什么向他款款走来的年轻而又漂亮的小保姆呀，统统地模糊了、消失了，展现在他面前的和回响在他耳边的还是那张时隐时现的条幅：

酒酒酒，酒能化怨结友，
色色色，色能排灾去祸。
财财财，财是保命王牌，
气气气，气是缓兵之计。

十一

风，轻轻地吹了过来。柳枝摇曳，树影迷离，沙啦啦地带来了花香，带来了鸟语，也带来了一片悦耳动听的声响。

阳光仿佛随着轻风，伴着花香和鸟语，悄悄地爬进了这座幽幽的庭院。

庭院不大，古朴典雅，月亮门，花格子窗，一色青砖到顶。

庭院的四周栽着一片郁郁葱葱的古柳，使这座古朴典雅的庭院越发显得古旧了，看上去像一座古刹！

“唉！”面对着此情此景，周立国不由得感慨起来，“想不到，在这个嘈杂而又凌乱的县城，竟然还有这么一处清静的地方！”

然而，这清静的地方，并不能让周立国感到清静。他的心，如同这县城一样嘈杂而凌乱。

他思前想后，感慨万千，怎么也忘记不了四十年前他同战友们在这里打游击和一举攻克县城的情景。说不定，就在这儿，就在那棵古柳下，倒下了那一排可亲可敬的战友。时至今日，他还能一一地叫出他们的名字，记起他们的音容笑貌，想起他们的籍贯和故里。一想到他们，他就感到心疼，感到内疚，感到有很多对不起他们的地方。特别是每当他受到提职、调换住房的时候，他的这种心情则越发的沉重了。这时，每当这时，他总是面对苍天，扪心自问：他们，那些倒下去的战友，有谁还会为他们提职？有谁还再会为他们调换住房？说不定，他们的名字，他们的业绩，他们付出的代价，怕是早已被人们淡漠了、遗忘了。可他不能，不论在感情上还是在道义上，他都永远忘不了他们，他们……

那些倒下去的战友，一定会为世上还有这样一位战友、一位知己而感到慰藉！

是呀，他们应当感到慰藉！他们的战友周立国，踏进县城的第一站，就是到革命烈士陵园瞻仰他们的墓地。

墓地杂乱，碑石断裂，破旧的围墙下，架起了白布摊床，成了个体商贩招财进宝的去处。到处乱哄哄的，好不热闹！

周立国顿时呆住了。他万万没有想到，那个过去曾被人们认为十分圣洁的地方，如今竟然成为买卖交易的场所，实在令他惊愕，令他感叹，更多的还是令他痛心……

死去的战友落到如此的地步！

活着的战友滑到如此的地步！

当他乘车行驶在凹凸不平的环城路上的时候，他的心情无论如何也平静不下来了。他望着环城路，想着任为民，想着在这个世界上唯一还活着的战友。他，真的同环城路一案有着这么大的牵连吗？

从感情上说，他真的不希望任为民——这个唯一还活在世上的战友，同环城路一案有任何一点关系。

然而，感情毕竟是感情，希望毕竟是希望。那举报信中的案情案例，则是件件有着落，可谓铁证如山！

“唉！”他心里着实有些感叹，有些惋惜，多少还有一些厌恶。他推开那份厚厚的举报信，点燃了一支香烟，顺势倒在床上吸了起来。他吸得很轻、很慢，淡淡的烟雾在房间里慢慢地飘散，像是很疲倦的样子。

眼望着淡淡的烟雾，他索性合上了眼睛，决意什么也不去看。他是疲倦了，是该闭上眼睛静静心、养养神，理一理该如何着手这起大案。

这真是一起棘手的案子。他深知，了结这样一起案子，他将在感情上和道义上付出多大的代价，受到多大的折磨。任为民，毕竟是同他有过生死之交的战友啊！怎么办呢？明办，还是暗办？快办，还是慢办？真办，还是假办？这些思绪，就像那飘散在房间里的烟雾缠绕在脑海里，使他一时难以理出个头绪……

不知什么时候，他竟然在悠悠的愁思中睡着了。

又不知什么时候，他却在冥冥的睡梦中惊醒了。

他抬眼一看，还是那条环城路，还是那条环城路上的那一段大陷坑。

今天中午，他的车就是从那里被拖过来的。那路可真糟，那坑可真深，碎石伴着泥水，一轧一道沟，十辆车有九辆陷在里面。人们呼呀、喊呀，吵成了一锅粥。马达声，吆喝声，夹杂着难听的诅咒声，一并传进这座幽静的庭院。

他猛地跳下床，一只手重重地敲打在那份厚厚的举报信上，嘴未说心里道："明案，就应该明查！真案，就应该真办！大案要案，就应该速查速办！他，任为民，当年曾是条好汉！对于他来说，这事应当明说明讲，直来直去，用不着拐弯抹角！"

他抓起电话，正待拨通任为民家里的电话，随行秘书突然走进来，报告说："周检察长，任为民请您今晚到他家里去吃饭。"

"任为民请我到家里吃饭？"他若有所思，默默地叨念着。

"去还是不去，他正等着您回复呢？"秘书在一旁催促着。

"你说呢？"他笑着反问道。

"这……"秘书摇了摇头，持否定的态度，心里话没说出口，"他，任为民，是环城路一案的重点调查对象，怎么能到他家里去吃饭呢？"

周立国呢，却回答得爽快："去！人家好心好意请你去吃饭，怎么好开口回绝呢？"

“这……”秘书耸了耸肩，持怀疑的态度，心里话还是没说出口，“到案件的重点调查对象家里去吃饭，您也不怕人家说闲话？”

周立国似乎看透了秘书的心思，拍了拍他的肩头，笑道：“小伙子，放心吧！这饭是要吃的，这案子也是要办的！告诉他，我准时到场！”

秘书还是迷惑不解，他却胸有成竹。

十二

一听说准时到场，可喜坏了一筹莫展的任为民。

“哈哈，得救了！乖乖，我们得救……”

他笑着、喊着，旋风般地从客厅里跑了出去，一把搂住那个在灶间洗涮碗筷的年轻而又漂亮的小保姆，亲呀，吻哪，心里一高兴，竟抱起来抡开了圈儿。

“放下，放下，都这么大年岁了，还疯癫个啥？一会儿转差了劲儿，你又该血压升高晕乎了！”那个年轻而又漂亮的小保姆，一边挣脱着，一边嗔怪着，总算使他安静下来。

“乖乖！”他气喘吁吁，叫得很甜，青筋暴露的手在那位年轻而又漂亮的小保姆身上轻轻地抚摸着，寄予了很深的爱。“知道吗？他今晚要到家里来吃饭。”

“真的？”那位年轻又漂亮的小保姆惊奇得眼睛都放出了光彩，搂住他的脖子撒起娇来，“不，你骗我？”

“真的，不骗你！他六点一刻准时到，我们该做些准备了。”

“准备什么呢?”

“菜!”

“对,准备最好的菜!”

“酒!”

“对,准备最好的酒!”

“酒酒酒,”

“酒能化怨结友!”

“咦?”

“嘻嘻!”

“乖乖,这话你是怎么知道的?”

“你做梦都挂在嘴上,我怎么会不知道!”

“唔,是这样。”想不到这位年轻而又漂亮的小保姆,早已窥视出他心中的秘密。沉吟片刻,只得叮嘱她一番,“酒酒酒,酒能化怨结友。这是句真言,切记不可外传。”

“放心吧,我不会对外人说的。”

“那就好!”他无不感慨地望了一眼那位年轻而又漂亮的小保姆,进一步说,“只要他走进这道门,不是一家人也是一家人。只要他端起咱敬献的酒,什么样的事说无就无,说有就有。只要他抬抬手,咱就过了这道关。只要他不开虎头铡,咱的脑袋就能长在脖子上。若是这样……”

“你和我,”

“我和你,”

“还能平平安安,”

“亲亲热热,”

“过上一阵好日子！”

“哈哈哈！”

“嘻嘻嘻！”

两个人那颗悬着的心，仿佛一下子都落了地。他们说说笑笑、搂搂抱抱，在舒适柔软的席梦思床上，翻着，滚着，揉着，吻着，寻欢作乐够了，才去准备今晚的酒菜。

菜，是最好的菜。除了摆御宴上的猴头、燕窝、鲨鱼翅之外，几乎应有尽有。参呀，虾呀，鸡呀，鱼呀，还有不知从哪弄来了这些年人们最爱品味的兔和狗。

酒，是最好的酒，贵州茅台，四川五粮液，长白山红葡萄酒，还有十分珍贵的蜜桃汁易拉罐。

菜下锅了。酒上桌了。

难得的一段空闲。趁着客人还没有到场，两个人又面对面地谈起酒来。

“这茅台酒，可是最珍贵的酒了。过去，只有国宾来了，才上这种酒。眼下，国宾来了，也不上这种酒了。可咱们……”

“咱们用这么贵重的酒招待他，相信他不会不知道这其中的分量！好酒待好友，定会化怨结友！”

“可我的这位老战友，素来不好酒。这茅台酒属烈性酒，怕喝下去要上头，是要醉的。”

“醉了好！醉了好！一醉方休嘛！只要他一醉，那不是什么都好办了吗？”

“怕只怕他不肯沾哪！”

“沾不沾，在于劝！喝不喝，在于灌！有我在场，还怕他不沾不喝?”

“难说呀!”

“难说什么?嘻——不是说“感情深,一口闷;感情浅,舔一舔;没感情,赏个脸”吗?到了关键时候,咱舍下脸来,给他来个死乞白赖,还怕他不就范?”说着,这位年轻而又漂亮的小保姆,抱着他的脖子,搂着他的腰,娇姿百态地使性子,哼哼唧唧地颤声道,“到时候,你可别吃醋呀!”

“乖乖,只要你能帮我闯过这道关,你做什么我都依!”

“一言为定!”

“好!”

“嘭嘭嘭!”

话音未落,响起了敲门声。抬眼一看,墙上的石英钟恰好是六点一刻。唔,真准时呀!

两个人站起身来,同时叫了一声:“请!”

十三

当周立国出现在屋门口的时候,任为民和那位年轻而又漂亮的小保姆多少显得有点惊慌失措。

笔挺的制服,闪光的徽章,衬着一张黝黑的脸,显得庄严肃穆、正气逼人。

还是周立国主动,他抢前一步,紧紧握住任为民的手,十分感慨而又十分动情地说:“老任,一晃我们快十年没见了。看上去,你的身体还蛮好的呢!”

任为民也无不感慨地说:“不，不行了。老了，不中用了!”

“这位……”周立国面对着站在他们中间的这位年轻而又漂亮的小保姆，似问非问。

“啊，这是我的家庭保姆。老伴儿过世以后，家里家外全托她一个人承当了。”任为民似答非答，很快又把话题岔开了。他拉着周立国的手，把他让到沙发上，苦笑道，“真没想到，你还敢进我的家门!”

“有什么不敢?”周立国扫了一眼富丽堂皇的客厅，半开玩笑地说，“你的门上又没挂杀人刀!”

“不，我是说……”

“别说了，该开饭啦!”

那位年轻而又漂亮的小保姆乖觉，任为民要说什么，她心里最清楚。所以，她拦过话头，很有分寸而又很有礼貌地把客人和主人一并引到餐厅里去了。

餐厅十分讲究。

茶色玻璃转桌，摆着一圈金丝绒椅子。高档的酒具，高档的餐具，把那桌丰盛的酒菜衬托得越发的丰盛了。

周立国心里不由得抽了口冷气，说:“老任，你摆的是什么阵?”

“阵！什么阵?”任为民一怔，反问道，“我任为民摆的是宴，请的是客，诚心诚意接待你这位生死与共的战友!”

“接待生死与共的战友，何必这般的客气？这般的破费?”周立国怔了一下，也反问道，“你瞧，这菜！这酒！要花多少钱哟!”

“钱？哼!”任为民说得仗义，“生死与共，友情为重！我任为民为朋友可以两肋插刀，难道还在乎它几个钱吗？来，斟酒！”

一提斟酒，那位年轻而又漂亮的小保姆立即抓起茅台，正待启封。

周立国抬手拦住了，说：“慢！这酒太贵重、太烈性，喝下去会晕头的。”

“那就喝五粮液！”任为民说着，并伸手拿起瓶子。瞧那架势，他要亲自为周立国斟酒了。他说，“这酒柔和，喝着不冲！”

“慢！”周立国又抬手拦住了，说，“五粮液，有股邪味，我喝不服！”

“那你喝什么？”任为民真的感到为难了。茅台烈性，五粮液有股邪味，名牌名酒不好，那只好喝长白山红葡萄酒了。他说，“那就喝这个吧！这酒不软不硬，香甜可口，里外全是营养！”

“这……”周立国眼望着那殷红的酒汁，不知为什么一下子联想到血。一生中，他见过很多很多的血。在敌人的刺刀下，他见过无辜百姓的血；在地主老财的棍棒下，他见过穷苦雇工的血；更多的时候，在战场上他见过从战友身上流出的血。他摇了摇头，再一次抬手拦住了。说，“不，这酒更不能喝，你看，它多像当年从你身上、我身上和死去的战友身上流出的血呀！”

“若是这样，那就更得喝啦！”任为民移开横在眼前的手，激动而又感慨地说，“我们过去流的血太多了，付出的代价太大了。所以，我们才要喝，才要吃，才要好好地享乐一番。把过去流出的血、付出的代价、逝去的时光，都喝回来，吃回来，一分一秒地找回来。来，喝！”

“不，不。”周立国摇了摇头，毅然地否定了任为民的主张。

在他看来，流出的血，不会再喝回来了；付出的代价，也不会再找回来了；那逝去的时光，当然更不会寻回来了。他关心和忧虑的是，现在有一个巨人在流血，在付出代价。这个巨人，就是我们的党，我们的国家。一些利欲熏心者、钻营投机者、弄权谋私者，以及数不尽的娼妇、骗子、懒汉、惰夫、食客、寄生虫，都在剜他的肉，吸他的血，每时每刻腐蚀着他的肌体。这是一个十分现实而又十分可怕的问题。他周立国怎么能无动于衷呢？想到这里，他还是不能喝下那殷红的葡萄酒。为了不使老友失望，他提议说："喂！有水酒吗？就是那六十度的老白干，还是那玩意儿喝下去痛快！"

"唉！"任为民无可奈何地放下长白山红葡萄酒，只好打发那位年轻而又漂亮的小保姆去打白酒。

打来了白酒，两位老友才真正上桌落座了。

任为民亲自为周立国斟满一杯酒，沉吟了半天，想拣句动听而又很有分寸的话说，可说出来的是句言不由衷的话："这头杯酒，祝你长寿！"

"不，"周立国把酒杯高高地举过头顶，庄重地泼到了地上，说，"这杯酒应当敬献给你我死去的战友。同他们比，我们活得够长的了。"

"哼！"任为民不以为然地干了杯中的酒。抹抹嘴巴，苦笑道，"你呀，还是过去的脾气！人死了，不知了，你就是泼御酒，他们也无法受用了。"

"话是这么说，可事不能那么做。有道是'死人不知活人知'，你我心里总不能忘记了他们。他们……"周立国说到这儿，心里不由得打了个闪。杂乱的墓地，断裂的碑石，以及搭架在烈士陵园围墙下一个个白布摊床，一下子又都浮现在眼前，心里不由得一阵酸楚，说道，“老战友，不，任县长，我在这里代他们向你求个情，你能不能拨点钱，把烈士陵园修整一下。那里……”

“修陵园？哼！”任为民打断了周立国的话，说道，“办活人的事都没钱呢，哪还有钱去办死人的事！来，喝酒！”

一说喝酒，那位年轻而又漂亮的小保姆，赶忙给他二人各自斟上一杯酒。

这次是周立国首先举起了酒杯，他说：“感谢主人的款待！”

任为民不失时机地回了句：“感谢客人赏脸！”

那位年轻而又漂亮的小保姆，见两个人都喝干了自己杯中的酒，不容分说，赶忙又给他二人各自满上了。她一边满酒，一边笑着说：“嘻——这酒可真是好东西，既能化忧，又能解愁。请，请！”

“对对对！酒酒酒，酒能化怨结友！”任为民借着酒劲，壮起胆量，道出了心里话，“不管怎么说，你我终是生死与共的战友，有什么为难遭灾的事，总得相互照应一下。来，我再敬你一杯酒，凡事请你高抬贵手。干！”

“干！”

“干！”

“干！”

“……”

“……”

劝酒声，碰杯声，伴和着半真半假的嬉笑声，忽而高一阵，忽而低一阵，断断续续闹腾了大半夜的时光。

“虎子，”

“嗯。”

这是任为民的乳名，也是他年轻时的爱称。那时候，战友们都这样呼唤他。周立国叫得最频。

“这栋楼真的是借债盖的吗？”

“咂！”任为民以酒代答。

“这屋子里的东西真的是用你自己的钱买的吗？”

“咂！”任为民又以酒代答。

“这桌酒菜真的……”

“咂！”任为民不仅仅以酒代答了。他喝下那口酒，啪地一蹾杯子，“我说！你是来吃饭，还是来办案？你是来赴宴，还是来宣判？不是朋友，就请！”

周立国在任为民的咆哮声中站了起来，面对着他，指了指帽徽和嘴巴，庄重而严肃地说：“可以说，我既是来吃饭，又是来办案；既是来赴宴，又是来宣判。这徽章和嘴巴，总是代表双重意义！”

“请！请——”

“请就请！不过，虎子，我以一位老朋友的身份，还是提醒你一下，环城路一案可是人命关天哪！何去何从，你自己斟酌。”

周立国迈着大步，头也不回地跨出任为民的家门。

任为民气急败坏地把半瓶水酒泼到了门外，狠狠地骂道：“什么酒酒酒，酒能化怨结友？这酒是越喝越晦气，越喝越别扭。”

十四

环城路一案,像一条长长的绳索紧紧地缠绕着周立国的心!

案情，进展得越快越明朗，他心里的压力就越来越大。正如他当初预料的那样，他在承办这起案件的时候，将在感情上和道义上付出难以估量的代价和难以名状的折磨。

环城路一案，并非一般的经济案件。案件之重大，案情之复杂，案犯之众多，案件的涉及面和影响面都是前所未有的。这里，不仅有金钱和权力的交换，而且有信仰和理想的出卖，同时还有道德和人格的堕落。没有真理，没有正义，没有光明，没有希望，剩下的都是谬误，都是邪恶，都是黑暗，都是绝望。整个案情牵扯着工，牵扯着农，牵扯着商，牵扯着县里的方方面面。从上到下，从左到右，密密麻麻地形成了个网状。唉，太可怕了!

他不能再看下去了，也不能再想下去了。他感到头昏，感到眼胀，心里有一种莫名其妙的懊恼。唉，可悲呀!

他推开了案情分析报告，打了一个长长的呵欠。看看表，已经是夜里十点钟了。该冲个澡，睡一个安稳觉了。

他住的是个套间。

外面是客厅和办公室，里间是卧室和卫生间。

他脱了衣服，放满了水，调好了温度，便钻进浴盆里泡了起来。

温热的水，散发着淡淡的清香。不一会儿，卫生间里便是白茫茫一片雾气。太舒服了，太惬意了。浑身麻酥酥的，像有许多小虫子在爬。汗水争着从所有的毛孔往外钻，钻得好轻松哟！飘忽忽的，仿佛打了个盹儿。忽见卫生间的门唰地开了，恍恍惚惚走进来一个人。像是老伴儿，又不像是老伴儿，手裹着毛巾尽情地在他的脊背上搓。搓得很认真，很得体，周身火燎似的烫。他激灵一颤，睁开了眼睛。哪有什么老伴儿，卫生间的雾气早已散尽，墙壁的镜子上映出他裸露的身体。

他已无意再在水里泡了，撩了几下水，爬出了浴盆，扯条浴巾披到身上，思思量量地走出了卫生间。

出来快一个月了，真的有点想家，有点想他那位温顺体贴的老伴儿。每当他在家里洗澡的时候，老伴儿总是手裹着毛巾尽情地帮他搓背，尽着老夫老妻间的恩爱之情。五十多岁的人了，房事早已淡漠了，但肌肤之亲还是有的。时至今日，老两口还是同床依偎，共扯着一床被子。

“嘻——”

“嗯?”

笑声，像是女人的笑声。

四下看看，没人。唉，人老了，耳朵也不管用了。他以为是错觉。

“嘻嘻!”

“嗯?”

又是笑声，而且真的是女人的笑声。迎着声音望去，笑声就是从那宽大的双人床上传出来的。不知什么时候，床铺上竟睡着一个女人。那女人用被蒙着头，只露出一缕黑发。看上去，年岁不会太大。

“你是谁?”他声音不大，却很威严。

“是我，嘻!”那女人不得已地探出了头，发出了一声贱笑，并故意把半拉前胸和一条大腿从被子底下亮了出来。唔，原来是任为民家里的那位年轻而又漂亮的小保姆，怪不得声音有些耳熟。

“是你？起来!”他抬高了声调，一副命令的口吻。

“不嘛！刚刚焐热了被窝，起来会着凉的。来嘛，你也睡吧！你离家这么多天了，难道就不想女人?”说这话时，她挑逗性地扭着丰满的胸脯和白嫩嫩的大腿。

“想女人!”他嘴未说心里话，“哪有男人不想女人的。不过，我想的女人是我的老伴儿，并不是所有的女人，尤其是你这样不要脸的女人!”

最后这句心里话，他终于骂出声来。

“脸？这年头啥叫要脸不要脸？有吃，有喝，有穿，有戴，就有脸；没吃，没喝，没穿，没戴，就没脸。我要是要脸，就不会有今天！我要是要脸，就不会到你这儿来啦。再说了，我要是要脸，就得不到那两万块！人家是花两万块钱聘我来的。这是一场赌！常言道:赌场里无老少，拉下脸父子爷们也下注！来吧，他出的是钱，我出的是身子，你爱怎么受用就怎么受用，反正谁也不欠谁的情!”她越说胆子越壮，越说越放肆，冷不防掀掉了裹在身上的被子，赤裸裸地扑到他的怀里，尽力往床上拉。

“啪!”他忍无可忍，重重地扇了她一记耳光，喝道：“几个臭钱，竟然使你丧失了人格，丧失了尊严，出卖自己的灵魂。说！谁派你来的?”

不知是这一记耳光扇得重，还是她真的感到羞耻了。她只觉得脸麻酥酥的痛、火辣辣的热，手捂着羞处说出任为民的名字："他，他，是他……"

她着实的天真，也着实的可爱。这样一位天真可爱的少女，怎么会堕落到如此的地步？他心里不由得涌起了一丝怜悯之情，压低声音和蔼地说："还不快穿上衣服！"

"衣裳不在这屋。"她很难为情地说。

"在哪儿？"他感到蹊跷。

"那儿！"她朝墙那边点了点头。

唔，真没想到，那对面的墙壁上竟有一道暗门。用手一推，门开了，仿佛有道人影从那里溜出去了。她的衣裳，全脱在床上。

"混账！"他心里骂着，抱起那堆衣裳轻轻地放到她的脚下，像老人对孩子的口气，"快穿上，别着凉感冒。"

"嗯。"她顺从地点点头，慌忙穿上衣裳。穿得很吃力，手哆哆嗦嗦，怎么也扣不上衣服的扣子。

他替她扣上了。

他一边替她扣扣子，一边对她说："抬眼看看，我这把年纪，都可以做你的父亲，甚至做你的爷爷了。你怎么能这样对待我呢？"

她哇地哭了，一头扎到他的怀里，捶胸顿足地说："你真是位好叔叔！你真是位好伯伯！不，你是这个世界上唯一的一位好人、一位好官！"

"不。"他不同意她的说法，摇了摇头，纠正道，"不论怎么说，这个世界上，好叔叔多着呢！好伯伯多着呢！好人好官也多着呢！不要把这个世界看得太糟！”

“呜、呜……”她哭着说道，“可我在这个世界上吃了很多的苦，受了很多的骗。我，我也是个受害者呀！呜、呜、呜……”

“有什么委屈，你尽管说，伯伯替你申冤做主！”

“我说，我说，我要把我知道的一切都说出来，再不能这样糊里糊涂地混时光了。我……”

“对，这才像个人样儿！”

他珍重地拍了拍她的头。

她满含泪水的眼里闪烁着动人的光泽！

十五

她原本是一位天真而又活泼的姑娘。

她原本是一位聪明而又伶俐的姑娘。

她在读小学的时候，每年的期中、期末考试几乎都是班里的第一名。

上了中学，年年是优等生，成为老师心目中最有出息的学生，年年受到学校的表彰。

受表彰有什么用？优等生有什么用？第一名有什么用？报考大学的时候，她明明知道自己是考中了，又明明知道自己是被人家顶替了。至此，她才知道在这个世界上，还有人整人、人骗人、人吃人。一气之下，她拒绝了好心的校长为了她明年能再考而提供的免费复习的机会。

考什么？学什么？考了，学了，有什么用？她闷在家里，无所事事。

一天，城里的一位远房亲戚来到家里，见她闷闷不乐，动了恻隐之心，托人在县里一家工程队给她谋了个工作，搬砖运水。

工作不济，总比待在家里强。可时间一长，她发现那大瓦匠不规矩，趁她搬砖运水之际，总动手动脚的，不是捏她的手背，就是拍她的屁股。有一次跟前没人，竟放肆地掐她的大腿里子。晚上，脱下裤子一看，有两道紫黑色手指印子。她用被子蒙住头，委屈地哭了一夜。第二天早上，那个大瓦匠见了，心里直发毛。不是怕她想不开寻短见，而是怕她豁出去告发他，于是跟带工的说了句："这姑娘登高头晕，给我再换个打下手的吧！"

一个臭小工，那不是咋扒拉咋是，她被分派去当刷油工。

刷油工倒不错，总在屋里作业。风吹不着，雨淋不着，每月还有一笔可观的保健费，干得倒也舒心。

可好景不长，那个贼眉鼠眼的刷油匠又打起她的主意。

一天，已经到了收工的时间，很多刷油工都下了班，可那个贼眉鼠眼的刷油匠不让她走，说："就剩这两扇窗子了，加会儿班，刷完了再走，我多给你加班费！"

她不知是计，默默地刷起来。刷着，刷着，忽听背后有喘息声，还没等她回过身去，竟被一个人拦腰抱住了。她想喊，但嘴被一只大手捂住了，瞪眼喊不出声来。她心憋得怦怦地跳，头晕晕的，一点挣扎的力气也没有了，任那人将她拖到套间的一张破板床上。

"啊！是他！"原来是那个贼眉鼠眼的刷油匠。那刷油匠眼睛红红的，呼呼喘着粗气，恶狠狠地解她的衣扣，扒她的衣裳。

这时候，就在这时候，门忽地开了，随着一束亮光走进来一个人，承包人昂首挺胸地站在门口。

刷油匠吓跑了。

她惊魂未定地坐了起来，一边整理衣裳，一边哭诉道：“我不干啦，明天就回家。”

“别，明天我给你调换个工作。”承包人再没多说一句话，替她撣撣身上的尘土便走了。

承包人说话算数，第二天真的给她调换了工作，而且调换了一个很像样的工作：记工员。

记工员是个好差事。早晨，记记出勤人数。晚上，核核用工时间。月首月尾，填写两张报表，也就算完事，一个月有半月闲。

工作调换了，工资也调整了，从原来的六十八元，一下子调到八十二元。每月，承包人还暗自送给她一个红包，说是对她工作的奖励。

那奖励可真不少，少则七八十，多则一二百。她心里疑惑，去问承包人：“每月咋给我这么多?”

承包人笑了：“傻孩子，别多问，给多少，你就收多少！难道你还怕钱咬手吗?”

“是呀，管他的呢!”她再也不多问了，拿得很仗义。不过，她对这位面目和善、见人总笑眯眯的承包人，心里满怀好感，像父亲一样的看待。

一次，屋里没外人，她跟他谈起这种心情。那承包人一口应允，说：“我上无老，下无小，身边没一个亲人，巴不得有你这样一个聪明伶俐的女儿!”

她听了,既没有反对,也没有应允,只是哧哧地笑着。这一笑,可笑出了问题。

一次,那承包人到市里谈工程带上了她,并当着客人的面介绍她是他的女儿。

她正要说不是,可已经晚了。客方一听说她是承包人的女儿,殷勤中又多几分献媚,敬吃敬喝,还送了一份厚厚的礼物。晚上,竟然把他们安排在一个房间里,说什么父女俩住在一起,相互也好有个照应。

这一照应不要紧,那个看来很和善的承包人,趁她睡熟之机,竟然无耻地爬进她的被窝里。

她当时感觉像做了一场梦,一场十分恐怖又可憎的梦。她梦见一条狗,不,是一条狼,一条披着人皮的狼,恶狠狠地扑到她的身上,撕她的皮,掳她的肉,吸她的血,周身像针扎似的一阵阵疼痛,疼得她惊醒过来。啊,原来她被承包人死死地抱在怀里。

一切都完了,一切都晚了。哭叫、喊闹还有什么用?生米已经做成了熟饭!

那承包人哄他、劝她,给她很多很多的钱,还答应回去后给她调换一个更好的工作,让她主管整个工程队的现金。

她现在也看明白了,在当今的世界上,哪个人不都是为了钱。有权的靠权抓钱,有势的靠势抓钱,没权没势的就得靠别的玩意儿抓钱。想不到爹妈给的这身骨头肉也值了钱。哼哼,这漂亮的脸蛋,这苗条的身段,竟然也变成了牟利的资本。一想到这些，她也就平静下来，任凭那承包人，那个曾认她做干女儿的老不要脸的轻薄去吧！女人嘛，反正还不是那么一回事，她有点儿玩世不恭了。

那承包人说话算数，回来后真的让她做了出纳员，掌管全工程队的现金，连承包人的工资袋也掌握在她的手里。她从来没有见过这么多钱，五十元一张的票面，一百元一张的票面，大把大把地进，大把大把地出。她的眼前变成了钱的世界。

钱、钱、钱……

她第一次看到了钱的力量。钱能买动权，买动势，买动情，买动义。一句话，钱能买到一切。

为了生意兴隆，承包人又独出心裁，花重金从南方聘来一些十分标致的公关小姐，交给她调遣。

什么公关小姐，全是公办的娼妓。她们白天陪客户方吃饭，晚上陪客户方打牌，夜深了便半推半就地陪客户方睡觉。

说来也怪，不论是老的还是少的，不论是大的还是小的，只要经公关小姐一陪，就都土崩瓦解了。什么原则呀、条件呀、利益呀，全部拱手相让了。承包人由此获得了不少好处。

不知是利欲熏心哪，还是别有所图，承包人公关攻红了眼，竟然派她去攻那有权有势的任为民。他心里谋算，只要能攻下任为民，何止是几个钱，全县的十分天下，将有我承包人一半。

没想到，任为民竟如此易攻易毁。

不到两个月，他就成了她精神上和肉体上的俘虏。半年以后，他已是百依百顺。现在呢，她要他干什么，她要他怎么干，他都会言听计从。

那承包人通过她和他，从中获得不少用金钱得不到的东西。听人说，任为民要提名他做政协委员，进常委班子，他就要通过钱打入政界了，这是他发财后最迫切的欲望。钱嘛，要那么多有什么用？人图的是荣誉、地位和声望，这玩意儿是名垂千古的。

这一点，他知，她不知；他懂，她不懂。她只知道，用姿色、用肉体讨得任为民的欢心，得到他的好处。不过，天长日久，她又感到厌恶，感到乏味。一个二十几岁的黄花姑娘，整天跟一个糟老头子混在一起，总不是那么太舒心、太惬意，时时还有那么一点负疚感。特别是那天晚上，当她和他的丑事被那个瘫痪的老太婆发觉后，她真感到无地自容，产生了极大的同情心和怜悯感，真想一走了之。可眼见任为民亲手闷死自己的老伴儿，她又感到惊恐，感到痛苦，像杀人犯似的惶惶不可终日。

任为民就是利用她的这种心理，把她紧紧地抓在自己的手里，动不动就威胁说："看到了吧，咱俩是一条绳上的蚂蚱，哪个也挣不脱，跑不了。活得活在一起，死得死在一处。我呢，五十多岁的人了，死了也不算少亡。你呢，可是一朵花刚开！"说得她心里总是悬乎乎的，只得任其摆布。就说今天这事吧，她本不情愿，怎奈他一再要挟，还出大价钱，所以她才不得不为。未承想，周立国是个堂堂正正的汉子。照她的说法，是个好叔叔、好伯伯，是这个世界上唯一的一位好人、一位好官……

她从他的身上，似乎看到了某种东西、某种希望，只觉得心头猛地一颤，眼前一片光明！

十六

什么“酒酒酒，酒能化怨结友”，什么“色色色，色能排灾去祸”。一招未成，一招又损；连施两计，均未得逞。真晦气！

任为民像热锅上的蚂蚁在地上走来走去。

他骂叶柏青授计不灵！

他恨周立国无义无情！

最使他恼怒的还是那位年轻而又漂亮的小保姆，美事不成，全让她给办砸了。不知她在周立国那里都嘚嘚些啥。城建局的几个局科长，施工队的几个承包人，还有银行财政部门若干个头头脑脑，一下子都被逮捕拘留审查了。就连他这个堂堂正正的一县之长，眼下也被责令停职检查，交代问题。

什么“停职检查，交代问题”，还不是“坦白从宽，抗拒从严”那一套！

坦白从宽？全是骗人的鬼话！咱不是两三岁的小孩，一哄就啥啥都说了，啥啥都认了，咱可没那么傻！你说了，你认了，白纸画上黑字，那就是铁证如山，想赖也赖不掉。哼，咱就给他来个软磨硬泡、死乞白赖，看你能把咱怎么样？检查呀，交代呀，去他的吧！他写了撕，撕了写，抛得满地是纸屑。

撕累了，写累了，寻思寻思，还得试试叶柏青的下一个计策：“财财财，财是保命王牌！”

他打开保险柜，取出了十万块。搁在手里掂量一下，又抽出一半，心里说：“五万足矣！干吗要给他十万块？”

他抓张报纸包了起来，拣了个牛皮纸大信筒，装好封好，写上“任为民交代材料”和“周立国亲启”的字样，命人送到周立国的下处，便等待回音了。

一天过去了。

两天过去了。

三天又过去了。

真有度日如年之感！因为成败就在此一举了。

到了第四天头上，家里那部多日不响的电话突然铃声大作，声音好不清脆！

他激动地抓起电话，搭耳就听出是周立国的声音：“听着，虎子！”他还喊着他的乳名、他的爱称，“你送来的交代材料我收到了，是不是太少了点？据我所知，你应当交代出比这更多的问题，再增加一倍、两倍，或者更多一些。我等待收到你的第二份交代材料！”

不容他回答，对方就把电话咔地挂断了。听口气显然没有一点儿回旋的余地。

任为民放下电话，心里是又惊又喜。惊的是，周立国的价码开得太高了，这等于让他倾家荡产。喜的是，周立国总算吃了这口，事态的发展对他有利。

他再次打开保险柜，划拉划拉，把所有的现钞都归拢到一起，数一数恰好是十万块。这里除了环城路承包人送给他的所谓“特别劳务费”外，还把儿子结婚、老子住院所收的礼金也都搭进去了。

“哼哼，好你个黑子！”“黑子”是周立国的乳名，也是周立国的爱称。他手里一边数钱，心里一边叫着，“你酒不沾，色不好，想不到你爱的也是财。财财财，都给你，统统都给你！只要咱能保住脑袋，保住地位，保住权势，到时候还不是要什么有什么！”

他又拣了张报纸，把钱包好。同时，又拣了个牛皮纸大信筒，写上“任为民第二份交代材料”和“周立国亲启”的字样，命人又送到周立国的下处去了。心想，这回他总该开恩了吧？十五万块，也算是不小的数码！能盖一栋小楼，能买一台轿车，彩电、冰箱可以整车地拉。他不会不算这个账，他不会不知道这笔钱的价值。他，嘿！说不定一高兴，不仅会恢复我的职务，而且会解除那帮难兄难弟的拘留审查呢！

他想着，笑着，在屋里手舞足蹈地跳着。

他处于高度的兴奋之中。

他在这高度的兴奋之中度过了三天三夜。

到了第四天头上，不知是想累了，笑够了，手舞足蹈地跳厌了，还是寻思过味来了。唔，不对呀，三天过去了，怎么不见一点回音、一点反应，好像压根儿就没发生什么事似的。可有一点异常，这就是那条长长的、使他望而生畏的环城路，不知从什么时候起，聚集了很多车辆、很多人，吆吆喝喝，像是在平整路面。因为有沙石的装卸声和轧路机的马达声，不时地从环城路上传了过来。他的心，又长草了。

这时候，就在这时候，秘书摸黑跑来报告说：“任县长，糟啦！糟啦！你送给周检察长的钱，都让他给你垫路啦！”

“什么，垫路啦？”他猛地跳起来。

秘书说：“他把你贿赂给他的钱，在群众中公开了。他说，你的这些钱是从筑路工程上偷工减料偷下来的，应当还用于修路上。所以，已经用这笔钱组织施工队开始施工了！”

“好你个黑子，真歹毒呀！”秘书头脚走了，他后脚就骂起来、闹起来。抬腿蹬翻了茶几，回手打破了立柜，索性把彩电、冰箱也砸个稀巴烂。他不想活了，也不想过了。他一边歇斯底里地打着、砸着，一边恶狠狠地咬牙切齿地骂着：“什么同志！什么战友！统统都是冤家对头！老子豁出这条命拼了！”

说拼了，真的要拼了。他从写字台的最后一个抽屉里，摸出公安局特发给他的那支防身手枪，顶上子弹，打开保险，气势汹汹地冲出了房门，冲出了小院，很快便消失在漆黑的夜幕中了。

十七

夜幕把一切都遮掩起来了。

真的，假的，善的，恶的，美的，丑的，在夜幕的遮掩下，一时难以分辨了。仿佛这个世界从来就是这样一派糊涂样子。

然而，就在漆黑的夜幕下，有一块天地还闪烁着明亮的灯光，这就是坐落在城中的那座幽静的小院。

跑了一天外调的周立国，眼下正坐在灯下审阅环城路一案的最后一批证词。

这每一份证词，都如同他前一段处理环城路一案的关系网一般，宗宗件件，都和虎子，他当年的战友，如今的任为民有着不可分割的联系；宗宗件件，都表明虎子，他当年的战友，如今的任为民有着不可推卸的责任。一句话，他有罪，有着不可饶恕的罪行！

在明亮的灯光下，他那支沾红的笔在证词上勾画着。

每勾画一笔，证词上就显现一条殷红的箭头。勾画着，显现着，不一会儿，那密密麻麻的殷红的箭头，都指向着虎子，他当年的战友，如今的任为民。只要他再轻轻勾画上一笔，他……

他的笔在颤抖着。不，那是他的手在颤抖。不，那是他的心在颤抖。

颤抖着，颤抖着，最终还是颤抖着勾画出这最后的一笔。这一笔，使所有指向虎子、他当年的战友、如今的任为民的殷红的箭头，似乎顿时化成了一摊血、一团火，很快便把“任为民”那三个字融解了、焚化了。受贿罪，渎职罪，杀妻罪……唉！这每一条罪行都充分表明，他，虎子，这个唯一还活在世上的战友是难逃法网、必死无疑了。他鼻子一酸，眼里流出了一汪悲怆而又失望的泪水，脱口喊了声：“虎子，我的战友……”

“用不着叫魂，我来啦！”

不知什么时候，任为民已经气势汹汹地站在他的身后，乌黑的枪口正顶着他。

“你要干什么？”

他面对着枪口，冷静地转过身来，语气却显得很重。任为民抖抖枪口，声嘶力竭地喊道：“你说干什么？你在干什么？这几天你竟跟我作对啦。我，我找你清账来啦！”

“清账？好呀，你的账是应该清清了。”他打开卷宗，抽出证词，一张一张地数着，说着，“瞧瞧，睁开眼睛瞧瞧！这些年，你都想了些啥？说了些啥？干了些啥？你在经济交往中受贿七次，总金额十八万多元！你在历行公务中，渎职十五次，直接或间接给国家或集体造成经济损失达一千五百多万元。有的还因为你玩忽职守死了人！你还亲手闷死了你的老妻，你……”

“够啦！够啦！”任为民咆哮着打断了他的陈述，端着枪，冷笑一声，“哼哼！实话对你说了吧！我今天是跟你索命来了！”

“索命？哼哼！凭什么？凭你一个人？凭你手中的那支枪？”他也冷笑一声，“你罪重如山，天理难容！党纪国法容不得你这样的人继续留在党内，留在人世。我的命你是索不去了！”

“那我就跟你拼啦！”任为民朝前走了半步，端起的枪口正冲他的前胸。任为民咬牙切齿，怒目圆睁，“我死了，你也别想活！今天我就让你先尝尝子弹的滋味！”

“哈哈哈！哈哈哈……”周立国面对枪口，仰天大笑。笑声震天动地，鬼泣神惊。

任为民不由得打了个冷战，那扣动扳机的手本来已经拉紧了，可立刻又松开了，不解地问：“你笑什么？为什么这样笑？”

“我笑你原来是如此的没有胆量，这样的不敢正视现实！你……”

“你什么？”

“你应当好汉做事好汉当！干吗拿那破玩意威胁执法人？刀、枪、子弹、鲜血，想当年我见得多了！开枪吧！朝这儿打吧！”他庄重地拍拍肩章，指指帽徽，“你的枪口对准的不仅仅是我一个周立国，而是法！是国家！是我们曾浴血奋斗来的政权！”

“这……”任为民的枪口低下去了，可他马上又突然举起来，对准自己的脑袋，绝望地喊了一声，“那我就死在你的面前！”

“别!”周立国手疾眼快，拿出当年缴俘虏枪械的本事，一把抓住任为民的腕子。可任为民毕竟是任为民，他不是俘虏。枪响了，子弹擦着头皮，打碎了墙上的一盏壁灯，发出一声巨大的炸裂声，一下子打破了夜晚的宁静。

枪声，传遍了县城的大街小巷。

枪声，惊醒了昏昏欲睡的人们。

枪声，终于使错综复杂的环城路一案真相大白了。

生死篇

他从来没有这样的平静，也从来没有这样的轻松，平静、轻松得令人生畏。

当执法官把那份死刑判决书放在他面前的时候，他眼睛眨都没眨，只是很认真地读着，默默地咀嚼着每一个字，还平静地、不时地点着头。那意思好像是说：对，都是事实。

执法官依照法律程序问他：对判决还有没有什么疑义?

他平静地摇了摇头，表示没有。

问他：在十天内上不上诉?

他又平静地摇了摇头，表示不上诉。

生，对于他已没什么意义了。

死，对于他也没什么意义了。

他吃得香，睡得好，平静而又轻松地度过了一生中最后的一段时光。

可另一个地方的另一个人，心情十分沉重。这个人，就是与他有过生死之交的战友，环城路一案的检察官和起诉人周立国。当任为民的死刑判决书送到他办公桌上的时候，他捶胸顿足，悲痛欲绝："虎子！我的战友……"

十八

人非草木，岂能无情。

不管怎么说，他和他毕竟是有过生死之交的战友！

一九四五年夏天，那是日寇在华北发动的最后一次扫荡，也是最后一次的垂死挣扎。

因为是最后一次，可能预感着末日的来临，所以敌人扫荡得也越残酷，几乎到了无以复加的程度。他们见房子就烧，见人就抓就杀，有时候连一只猪和一条狗都不放过。真是穷凶极恶！

那时候，周立国和任为民都是燕山游击队的战士，两人的年龄加起来还不满三十五周岁，是队里两个最要好的小八路。

因为要好，两人几乎形影不离。操一起去出，仗一起去打，有什么特殊任务都争着一起去执行。

当时，游击队准备护送一批伤员到后方去，派周立国和任为民到总部去送信，请求路上接应。

信送到了，任务完成了，可他们在回来的途中竟同日寇的一支小分队遭遇了。两人虽然拼死突围，但终因寡不敌众，最后都负伤被俘，被押解到县城的大牢里。

大牢里关着很多人，有男的、女的、老的、少的。有游击队员，有平民百姓，多数是些无辜的人。

由于大牢里的人爆满，监狱长可能感到了压力，每天夜里都借故犯人闹事随便拉出去几个枪毙。

任为民比周立国大一岁，看透了这里的情景，感到每时每刻都有被杀害的危险。所以他便私下里对周立国说："黑子，别怕！"

"嗯。"

"不管遇到什么事情，你都别慌！"

"嗯。"

"一切听哥的安排！"

"嗯。"

"哥叫你咋做，你就咋做，千万别拗劲！"

"嗯。"

"……"

"……"

话音未落，牢门开了，监狱长带着几个气势汹汹的狱卒闯进了大牢。他们又要杀人了。

监狱长扯着公鸡嗓，用不太熟练的中国话喊着一些人的名字。

喊起一个，狱卒架走一个。一连喊起了十几个人，最后一个竟然是周立国。

周立国刚要应声站起，任为民用手把他摁住了，并悄声说："别动，听哥的！"

"哥……"

"哥比你大，该先走一步！"说罢，用力地握了握周立国的手，应声站了起来，眼见被气势汹汹的狱卒带走了。

接着，牢房外传来了声嘶力竭的喊叫声、厮打声，以及汽车马达的轰鸣声。随即又消失了，世界又趋于平静，静得令人心悸！忽然，从很远很远的地方，似乎是在城外的山坳间响起了一串撕裂人心的枪声。

“虎子！我的战友……”

这枪声，使周立国捶胸顿足，悲痛欲绝。他以为今生今世再也见不到任为民了。他感到痛心，更感到内疚，因为他是代自己去死的哟！这是何等的情分？

然而，任为民大难未死。鬼子可能是杀人过多，又加上是黑夜，放了一顿乱枪以后，见人都纷纷倒下了，便开着汽车走了。

不知过了多长时间，任为民从昏迷中清醒过来。鬼子的枪弹只穿透了他的肺叶，并未击中他的心脏。他艰难地爬出了刑场，被好心的百姓护送回了部队。

当年秋天，鬼子投降了。当牢门打开时，周立国万万没有想到，在监狱门口接他回部队的竟是任为民。

“黑子！”

“虎子？你没……”

“我没……”

“没”字下边的那个字都没有说出口，但他们的心里都很清楚。惊喜、悲愤，多少还有那么一点点侥幸。

他们先是抱头痛哭，接着又各诉衷肠。

“虎子，我以为今生今世再也见不到你啦！”

“这不是见到了吗？”

“你命真大!”

“还不是托你的保佑!”

至此，两人便结下了生死之交。

一个说：“不能同年同月同日生，但愿同年同月同日死!”

一个说：“救命之恩，一定补报!”

可是，补报了吗?

周立国不能再想下去了。他推开那张死刑判决书，艰难地站了起来，一边缓缓地踱着步，一边痛苦地思索着。他真的有点后悔了。假如他在他的起诉书上，真的少加上那么一笔，或者在某些细节的描述上婉转一点儿，也可能使死刑变成死缓，死缓变成无期，无期变成有期。然而，现在一切都晚了。死刑判决已经经过最高人民法院核准，被告人又没有按期上诉，临刑期又仅剩下一天的时间，任何举动都无济于事了。

唉！他陷入了极度的痛苦之中。

思来想去，唯一可以补报的，就是请求组织，允许他到狱中去看望他——虎子，这个唯一还活在世上的曾经有过生死之交的战友。他要为他去送行，去和他道别，同他一起度过人生中的最后一个夜晚。

他……

十九

过道的灯又亮了起来，显然是黑夜又降临了。

死牢的光线不佳，时间概念很不明显，只有借助于过道的灯光来判断时间了。

任为民心里清楚，这是他最后的一夜时光了。

对于时光，他已经没什么留恋、没什么惋惜的了，只想看看星星和月亮！

他背靠着冰凉的水泥墙壁，抬眼望着高高的厚厚的死牢屋顶,一心想从那铁灰一般的牢房顶上望穿一道缝儿,望见一线天，看到星星和月亮。

记得小的时候，姥姥抱着他，指着天上的星星和月亮，讲了很多很多神奇动人的故事。

姥姥当时最爱讲的和他当时最爱听的，是牛郎和织女的故事、嫦娥和玉兔的故事。

姥姥指着那条长长的银河系，说那是王母娘娘用金钗画的一道天河，把牛郎隔在河那边，把织女隔在河这边。从此，牛郎和织女就再也到不了一起了。只有每年的七月初七，无数的喜鹊飞来给搭桥，牛郎和织女才能会上一面。还说，要是正晌午时蹲在黄瓜架下，就能听到牛郎和织女的哭声！

年幼无知，信以为真。当时，他和姐姐真的蹲在黄瓜架下听过呢。可听呀，听呀，听了一晌午，除了虫鸣、鸟叫、风吼，始终没能听到牛郎和织女的哭声。现在想起来，真是好笑！

姥姥还指着月亮里的黑影影说，那是棵根深叶茂的老桂树，树下那个黑影影是玉兔在捣药呢！仔细看了看，还真像！

心想，要能爬到月亮上该有多好呀，可以天天跟玉兔赛跑玩儿。唔，真是童心未泯！

后来，姥姥去世了，妈妈又抱着他讲星星和月亮的故事。

妈妈没有姥姥的故事多，讲的也不那么神奇动听。她总是说，人都是顶着星星下来的，大命之人顶着一颗大星星，小命之人顶着一颗小星星。人死了，他顶着的那颗星星也就灭了。

他幼小的心灵萌动了一个不小的欲望，我该是顶着一颗大星星吧？

长大了，成人了，参加革命了，姥姥和妈妈讲的那些古老的童话也渐渐地淡忘了。不过,有一点他却感到应验了,这就是：大命之人，顶着一颗大星星。心里说：自己虽不是什么大命之人，却也是堂堂一县之长。虽然是个小小的芝麻官，也算是当朝七品哪！谈不上众星捧月吧，可身边也总有些小星星围着转。每天一上班，这个喊“任县长!”那个也喊“任县长!”耳边是一片长、长、长，身边是一群人、人、人，都嬉皮笑脸地美言着你，真差一点就叫爹了。他心里一激动，眼前仿佛真的闪现出星星和月亮，真的有无数颗像小星星的眼睛望着他，有数不清的人影在围着他转，各种各样的嘴脸都在眼前出现了。

“啊——”一阵撕裂人心的声音把他从幻觉中惊醒过来。隔壁死牢里的那个死刑犯又绝望地号叫起来,他对死并不那么情愿。

哪里还有什么星星和月亮？哪里还有像小星星似的眼睛望着他？哪里还有围着他团团转的数不清的人影和各种各样的嘴脸？展现在他眼前的还是死牢里那高高的、厚厚的、铁灰一般的牢房顶。

对于眼前那稍纵即逝的一切，他并不感到怅惘，并不会像隔壁牢房里那个死刑犯那样发出阵阵绝望的号叫。然而，他那平静而又轻松的心里，或多或少有那么一点点的酸楚和一点点的失落感。人哪，有权有势的时候，都围着你转。一旦失去了权势，顿时便和你冷落了。自从他成了阶下囚，有头有脑的，有员有长的，统统都回避他。他想了想，这期间除了儿子、女儿外，倒有几个平民百姓来狱中看过他一眼，还说让他保重。那些过去成天围着他转的局科长,乃至贴身秘书,都无影无踪了。唉！想这些干啥？谁叫你犯了错误违了法，是罪大恶极的死刑犯呢？哪个还稀理你……

这是很自然的事情，怪不得任何人。当今的人情世故，就是这个样子嘛。有道是：世态炎凉!

想到这些，他那平静而又轻松的心里油然而生的那一点点酸楚和失落感很快便都消失了。接踵而来的，是平静中的更加平静，轻松中的更加轻松。他平静、轻松地闭上了眼睛，打起盹儿来，并做了一个很长很长的梦。

他梦见了什么？

他梦见了他——黑子，这个唯一还活在世上的战友周立国。

他来看他了。

二十

是牢门的启动声把他从睡梦中惊醒的。

睁眼一看，周立国真的来看他了。他身着便装，手里捧着一个时装盒子。两个狱警抬着一桌丰盛的酒菜，紧跟着他走了进来。

狱警退了出去，从外面把牢门扣上了。

“虎子!”

“黑子!”

“我的战友!”

“我的兄弟!”

“我……”

“我……”

两个人紧紧地抱在了一起，就像四十年前他们在监狱门外相见时那样抱在了一起。

不过，四十年前毕竟是四十年前，那时候有那时候的处境和那时候的心情。今天，毕竟不是四十年前了。两个人的处境不同，心境也不同。但此时此刻，他们都很感慨。

周立国拍着任为民的肩头说：“虎子，我对不起你。我对你的大恩未报，却把你推到了这一步!”

任为民摇了摇头，说:“不，不。不是你把我推到了这一步，是我自己走到了这一步。我不埋怨任何人。我……”

周立国说：“我本来可以使你得到从轻处理。可我……”

任为民说：“要是那样子，我会心不安的，还是这样的好。”

“可我失去了一个唯一还活在这个世上的战友!”

“不，你的战友多着呢！只要志同道合，都是战友!”

“可我们是生死之交呀!”

“你还会有新的生死之交的战友!”

“虎子！……”

“黑子！……”

两个人长时间的沉默，长时间的不语，只是静静地对视着。

仿佛心里都有好多的话，可一时又不知从何说起。

“黑子，”还是任为民打破了沉默，他指着牢门里的这桌酒菜说，“你带来的这一桌酒菜，想必不是只让我看的吧？”

“啊，”周立国如梦初醒，说，“这是我为你送行道别的，同你一起度过这最后的一个夜晚。”

“这么说，这是我最后的一顿晚餐了。”任为民说得很轻松，笑道，“我从心里感激你！”

周立国则深沉而又悲痛地说：“这是我唯一能为你做的一点补报。来，我连敬你三杯！”

“连敬三杯？”任为民感到有点好笑，“为什么要连敬三杯？”

周立国恭恭敬敬地举起一杯酒说：“这第一杯酒，我敬你救命之恩！”

任为民郑重地接过这第一杯酒，举过头顶，抛洒到地上，说：“这第一杯酒，应当敬献给死去的战友。当时，只因为他们牺牲了，我们才活了下来，你我的救命恩人应当是他们！”

“这，”周立国又恭恭敬敬地举起第二杯酒，说，“这第二杯酒，我敬你过去曾为党和人民做过一些好事！”

任为民又郑重地接过这第二杯酒，举过头顶，抛洒到地上，说：“往事不堪回首。这第二杯酒，就作为我向党和人民的赔罪酒吧！”

“这！”周立国又恭恭敬敬地举起第三杯酒，说，“这第三杯酒，是我敬给你的上路酒！”

任为民还是郑重地接过第三杯酒，又高高地举过头顶，仍旧洒到地上，说：“这第三杯酒，就敬献给这牢房吧！这些天来，是这座牢房使我冷静下来、清醒过来，使我悔悟过来！”

“虎子，我的战友……”

周立国含着眼泪又倒了第四杯酒，第五杯酒……

可任为民呢，都振振有词地一一抛洒到地上，一杯也没有喝。他说：“黑子，别倒啦！这些天，我在牢房里已经吃饱了，喝足了。你的酒，你的菜，”说着，擎过酒杯，端起盘子，一一地嗅了嗅，“我心领啦！受用啦！”

“虎子，那么这套衣裳你总该穿上吧？”

周立国把他特意买的那套崭新的青色料子服送到他的面前。

任为民点了点头，应下了，说：“衣裳我穿上。”

沉默了，两个人都沉默了。

周立国说：“虎子，你还有什么要办的事没有？”

任为民摇了摇头：“一个要死的人了，还会有什么要办的事？”

周立国说：“虎子，你还有什么要求没有？”

“要求？”任为民的眼睛里忽然放出了光芒，似乎想到了什么，说，“要求倒是有几点，怕是你难以做到呀！”

周立国说：“什么要求，你尽管说，我争取做到。”

任为民说：“我在银行里还存有两万两千元钱，存折在这里。”

“钱？”周立国接过存折，有些惊愕。

任为民笑了，说：“这钱不脏，都是我攒下的。原想留给孩子们的，看来还是不留给他们好。你代我取出来，把战友的墓修补一下，县财政拿不出这笔钱！”

“行！”周立国当即表示，他的这个要求一定能办到。

“还有，”任为民说，“我死了以后，一不要火葬，二不要棺材，倒在哪儿就挖个坑埋在哪儿！人反正是来自于大地，死后就应该归于尘土，这样好早点化作一摊泥土！”

“行！”周立国又当即表示，他的这个要求也一定能办到。

“再就是……”他欲说又止，“唉，不说了。”

“说吧，尽情说吧。”

“我是在环城路上欠下的债！临刑前能不能拉我在环城路上走一圈，我要亲自到这条路上去赎赎罪呀？”

“这也能办到。”

“那就没什么了，你可以走啦！”他激动地说。

“不，我要陪你到天亮。”他凄然地说。

“有这个必要吗？”

“有。”

“现在离亮天还早着呢！待得不寂寞？”

“不，不寂寞。我们可以唠点什么！”

“唠什么呢？”

“什么都行！”

“那就唠唠阴阳生死吧！”

“阴阳生死？”

“嗯，阴阳交替，生死难免！”

“这……”

“这是我狱中的总结！”

二十一

开始，周立国心里还有点蹊跷。

阴阳生死?

他为什么出这么个题目，要唠这样的嗑呢?是不是神经系统出了毛病?可仔细观察一番又不像。因为，他的脸色还是那么平静，神态还是那么自若，谈起阴阳生死来，倒也颇有一些见地。

阴阳生死，乃宇宙之根本。

他像是对他说的，又像是自言自语。说这话时，他的目光一直盯在那高高的、厚厚的牢房顶上，仿佛那是一本书，字字句句都印刻在那上面了。

他说,宇宙间皆因有了阴阳,才有了昼与夜。古人称,昼为阳,夜为阴。也皆因有了昼夜,宇宙间便有了光明与黑暗,便有了春、夏、秋、冬四季，便有了万物和万物的生与死……

周立国默默地听着，暗暗地赞佩。想不到，他，虎子，同他有过生死之交的战友,对阴阳生死竟然阐述得如此精辟、透彻,还蛮有哲理的呢!

他的目光继续盯在那高高的、厚厚的牢房顶上，仿佛在继续寻觅着他所要阐述的字字句句。

宇宙间的阴阳生死也贯穿于整个人世。

他说，人世间也皆因有了阴阳，才有了男与女。古语云：男为阳，女为阴。也皆因有了男女，才有了生育，有了繁衍，有了人世间以及人世间的不平事……

他的目光终于从那高高的、厚厚的牢房顶上移开了，缓缓地落到周立国的脸上，凝视了好半天，便又讲了下去。

他说，事物之间也有阴阳之分。真与假，善与恶，美与丑，上与下，左与右，里与表，是与非，真理与荒谬，其实也是阴阳……

唉！说到这儿，他无不感慨地拍了拍周立国的肩头，便联系到自身的过失。

他说，一个人功过得失，也无不同阴阳有关。阴阳错乱，是非颠倒，利令智昏，忘乎所以，进而导致可悲可鄙的下场。其实，乃阴阳作祟也！

周立国对他的这一番话，虽不敢苟同，但又不好提出质疑。对于一个要死的人了，总该顺应其几分才是。所以，未加可否地点了点头。

他说，这些天狱中反思的最大收获是：为官不宜大，大则有险；谋财不宜多，多则丧志；图名不宜高，高则不稳；择妻不宜美，美则招风。一句话，不平则鸣，平则不鸣，还是平平的好！

周立国耳听他越说越玄，借机拦过话头，说："虎子！我们还是唠点别的吧？"

"比如过去，我们的过去。"

"过去已经过去了，将来又不属于我。属于我的，只有现在，只有今天，只有一死。所以，总想唠点阴阳生死！既然你不愿意听，那就唠点别的吧！哎！黑子，这些天我还从自身的过失中思考了另一个问题。"

"什么？"

"唉，不说了。"他摇头欲止。

周立国却催促他："有啥话你尽管说，何必装在肚子里!"

他想了想，鼓了鼓勇气："说就说！反正是要死的人了，说错了也不会有人怪罪。黑子!"

"嗯。"

"你说说，我早不犯这个罪，晚不犯这个罪，偏偏在今天、在现在犯下这样大的罪，这和当前的形势和环境有没有关系?"

"有哇,有!"周立国爽快地答道,"改革开放,发展商品经济,本来就是一场革命。革命就要付出代价。因此，它对每一个人都是一场严峻的考验!"

"这么说，我没想错?"

"没错，没错，你想的没错。"

"没错就好！黑子!"

"嗯。"

"告诉咱们的党，改革不错，可也不是什么一改就好！承包不错，可也不是什么一包就灵！这里边还有很多的情和景，不是那么简单的事！黑子，你说我说的对不?"

"对，对，你说的都对。"

"对就好！黑子,"

"嗯。"

"告诉咱们的党，发展商品经济是对的，可全靠市场调节不行,还得有点宏观调控,还得有点指令性计划,大撒手可不得了。对了,还要告诉咱们的党,个体经济是该发展,但要有量有度呀！货币不能无限度地掌握在个人手里。枪多了能造反，钱多了也能作乱。我就是被金钱打中了的！毛主席曾说啥来的?"

“糖衣裹着的炮弹!”

“现在何止是糖衣裹着的炮弹?酒色财气，样样俱全。可怕呀！可悲呀！可……唉，一个要死的人了，说这么多有啥用?算了，不说了。”

“这……”

这时候，从牢房的窗外传来了一阵悠扬的音乐声。唔，县广播电台开始播音了。

“黑子,”

“嗯。”

“天亮了，你该走啦。”

“你，你还有什么要说的没有?”

“没有。”

“对儿子，对女儿，对亲友乃至对我个人?”

他不无痛苦地低下了头,沉默了许久。然后,猛地抬起头来，说：“黑子，有笔吗?”

他把英雄笔递给了他。

“有纸吗?”

他把记事日志递给了他。

他略思片刻，便刷刷点点地写下了一行令人深思的诀别之言：

阴阳本是一界隔，
界里界外好蹉跎；
酒色财气多作乱，
荣华富贵曾几何?

罢、罢、罢！

罪有应得，

死而无怨。

但愿此行，

能得再生！

一九八七年七月一日，这个在革命队伍里曾经跋涉了大半生的人，当他的党龄正好满四十周年的时候，则被永远地被开除了党籍，永远地被开除了公职，永远永远地从这个世界上消失了。

人哪，人……

尾

一年过去了。

历史从不左顾右盼，它总是无畏而又无情地按着自己的客观规律变化着、发展着。

一九八八年七月一日，当周立国年满六十周岁的时候，他离休了，告老还乡了，决意回到生他养他的河北易县刘庄。

临行前，他的心情怎么也平静不下来。留恋，怅惘，还有一点点的酸楚。看来，他必须到当年工作过和战斗过的地方去一趟了。

车在环城路上飞速地奔驰着。

震惊内外的环城路一案平息了，环城路也平整了。坑不见了，洼不见了，宽宽的柏油路镜面似的光亮。

烈士陵园的墓地整修一新。新竖的碑额，重砌的墓穴。那搭架在围墙四周的一个个白布摊床也不知迁到哪里去了，整个墓地，庄严肃穆。从整个陵园的修缮状况来看，任为民那两万块钱是不够的，肯定是县财政或什么部门拨了款。他感到十分欣慰，站在墓碑前沉思了良久："安息吧，战友们！"从烈士陵园出来，他驱车经过了阴阳隘，来到了任为民伏法的那个地方。不管怎么说，他毕竟是他的战友，毕竟是与他有过生死之交的战友。在告老还乡之前，他不能不来看看他。这也可能是今生今世最后的一眼了，六十岁的人了，还能有几度春秋？他一眼就认出了他的墓地。什么墓地？那只不过是一个不起眼的土堆堆，好像有什么人给加高了一层。是儿子，是女儿？或许是其他的什么人？他面对着那个不起眼的土堆堆，默默地闭上了眼睛。嘴未说，心里话："虎子，我的战友！你本来是个英雄，却成了个罪人。你本来可以英勇倒在杀敌的战场上，却不光彩地倒在了人民的枪口下。你呀你……"唔，好像有什么东西在面前晃了一下，睁眼一看，是那土堆上长着高高的、密密的一簇青草。那草的样子很特殊，好像从来没有见过，绿绿的，开着紫红色的花。花不大，却血一样的殷红，火一般的闪亮，怪扎眼的。唔，他记起了他诀别时那句"能得再生"的话来。难道说，这就是他所期望的那种再生吗？